生正逢时

时鹏寿 —— 著

中国文史出版社

图书在版编目（CIP）数据

生正逢时 / 时鹏寿著 . -- 北京：中国文史出版社，

2020.12

（跨度新美文书系）

ISBN 978-7-5205-2840-5

Ⅰ.①生… Ⅱ.①时… Ⅲ.①散文集－中国－当代

Ⅳ.① I267

中国版本图书馆 CIP 数据核字（2020）第 253772 号

责任编辑：金　硕　胡福星

出版发行	中国文史出版社
社　　址	北京市海淀区西八里庄路 69 号院　邮编 :100142
电　　话	010-81136606 81136602 81136603 81136605（发行部）
传　　真	010-81136655
印　　装	阳谷毕升印务有限公司
经　　销	全国新华书店
开　　本	650×960　1/16
印　　张	20.25
字　　数	250 千字
版　　次	2021 年 4 月北京第 1 版
印　　次	2022 年 3 月第 2 次印刷
定　　价	58.00 元

目 录
Contents

人事代谢

生活百味

江湖行走

人事代谢

暖人的春晖

常常有人为父母记得子女的生日而子女总是忘了父母的生日而感叹。是啊，为人子为人女的，对生你养你的父母亲，无论是于情于理还是于法，自当奋力以报。"羊有跪乳之恩，鸦有反哺之义。"何况身为万物之灵的人类？

有一首广为传唱的歌曲叫《世上只有妈妈好》，确实感人；但是，其不足也是显而易见的，一个"只有"，便将"另一半"排除在外了。固然，世上的爱有多样的表达方式，母亲的爱往往是外向、热烈的，而父亲的爱常常是内敛、醇厚的，但是，他们对子女的那份浓得化不开的深情是相同的。

父亲的生日在春天，一提起春天，人们涌现的多是美好的联想：春暖花开，姹紫嫣红，莺歌燕舞……其实，在以前很长一段时间里，与春天连在一起的还有"春荒"！那时候，人们的生活水平还很低，温饱问题时常困扰着许多家庭，过了"年关"便到了"春荒"——一个青黄不接的季节。于是，父亲的生日便成为我们兄弟姊妹的期盼。每到此时，我们总能"打"上一顿"牙祭"，也无非肉渣、鸡蛋、茶干之类的，虽然这些东西在今天看来是那样的菲薄，但在那时的我们心里，这些就诠释着"幸福"的含义。父亲的生日因而成为我们的节日。

日子一天天地过去了，生活一天天地好起来。父亲在岁月的流逝中也步入了老年人的行列。从村里"高干"岗位上退下来的父亲有了难得的闲暇，散在各处的子女体谅父母的倚门倚闾的心情，相约在父亲生日再尽尽做子女的孝心。于是，父亲千禧年前夕的六十大寿成为他一个甲子的生涯中最风光的一次生日庆典：一大家子，几代同堂；电视台点歌，家里面设宴；祖父共享天伦，儿孙齐声祝福……虽然从苦日子里过来的父亲还忘不了"煞风景"地念他那本"老皇历"——教育我们不要铺张，宜有时常思无时——但我们都理解他的良苦的用心，因为受过高等教育的我们都知道，在过上了好日子的今天，"精神赡养"更加重要。

父亲的生日是我们记忆中的一道永恒的风景，如果说小时候的记忆是物质的，成年后的经历更多的是精神上的收获。

《南通广播电视》2000 年第 38 期

易卜生的"绝对隐私"

最近，中央实验话剧院再度排演了《玩偶之家》这部在中国演出次数最多的外国戏剧，剧作者易卜生又一次为媒体所关注。

易卜生开始进入中国观众的视野，跟鲁迅先生那篇著名的《娜拉出走以后》有很大的关系；作为世界名剧《玩偶之家》的作者，他享有与同时代的大文豪列夫·托尔斯泰一样的声誉，被认为是当时最伟大的作家和预言家。然而，当我们撩开罩着他的神秘面纱后，一个真实的易卜生凸现在世人面前。

身世之谜

1828年3月20日，易卜生出生在丹麦辖下的挪威海滨的希恩城——一个狼和麻风病很常见的蛮荒之地。父亲祖祖辈辈都是商船船长，母亲是个相貌出众但不得意的演员。易卜生是5个兄妹（4男1女）里的长子，在6岁那年，他的父亲破产了，家中常常负债，只能以土豆为食。他生得丑陋而矮小，据说是当地一个登徒子的儿子，他本人也相信这个传言，在喝醉酒后，他会脱口而出，但是又没有确切的证据能证明这一点。

两度失业

为家境所迫，度过羞辱的童年后，他被送到远离家乡的一家药房当学徒。在那儿，他的运气不佳，因为他的师傅长期经营不善而破产，他也随之失去了第一份工作。后来，他被聘请担任一家挪威语剧院的寄宿剧作家，一干就是六年，做过舞台布景，化过妆，售过票，也当过导演，实际上成了剧场的杂役。随后又到新建的克里斯蒂亚那剧院度过五年，1862 年，剧院破产，他也被解雇。已有家室之累的他在债务的困扰下精神抑郁，酗酒成性。在政府与民间的资助下，随后的近三十年里，他背井离乡，在罗马、德累斯顿和慕尼黑生活。

寂寞与辉煌

易卜生从 1850 年起自学大学课程，很多年的生活一直贫困。他尝试着写过诗歌、无韵诗剧、戏剧评论和政治评论。最早的剧本《诺尔曼人》没能上演，第一部被搬上舞台的诗体悲剧《凯替来恩》遭到失败，第二部搬上舞台的《圣约翰之夜》同样运气不佳，第三部剧作《勇士之墓》在卑尔根又遭失利，第四部剧作散文体的《厄斯特罗的英格夫人》匿名演出，也没有逃脱失败的厄运。这时的他饱尝寂寞。成功的最初迹象出现在 1864 年，他的诗剧《觊觎王位的人》被剧院列入上演剧目。随后，他的名声三次达到高峰，第一次是 1866—1867 年，他创作了《布朗德》和《培尔·金特》，这使得他在整个斯堪的纳维亚地区首次被视作反抗正统观念的领袖；第二次高峰出现在 19 世纪 70

年代，《社会支柱》《玩偶之家》《群鬼》纷纷出笼，诸如金钱的力量、妇女的地位甚至人们忌讳的性病等许多令人不安的问题也随之提出，易卜生的影响也扩大到中欧、盎格鲁—撒克逊人的世界，这些最初的现代戏剧，开启了他成为世界性人物的过程；19世纪80至90年代，第三次高峰到来，他的思考已经从政治问题转向个人解放问题，此间创作的《野鸭》《罗斯莫庄》《海达·高布乐》《建筑师》《约翰·盖勃吕尔·博克曼》令当时的很多人大感困惑甚至费解，但现在，这些已成为他最有价值的作品。他的思想传遍全世界，他的剧本在世界各地被日益频繁地搬上舞台，他的名声显赫至极。新闻记者不远千里赶到他的寓所采访，他每天在格兰特饭店的咖啡店的露面成为首都的一道景观，他走进咖啡店时，全屋的人都站起来向他脱帽致敬，他落座后，其他人才敢在坐下来。易卜生终于赢得了他人生的辉煌。

惊人的虚荣心

1856年，《索尔豪格的宴会》初获成功后，易卜生变得非常讲究服饰，他接受了诗人的带褶边的护腕、黄色的手套以及精致的手杖。到了19世纪70年代，他更关注装饰了，甚至还在帽子里面的顶部粘着一面小镜子，以便随时梳理头发；他还随身携带着一只带有硕大金质饰帽的胡桃木大手杖。他后来的传记作家来拜访他，他每天都要在穿戴打扮上花费一个小时。当他从乌普萨拉大学得到第一个荣誉博士学位后，他不仅暗示希望被称为"博士"，而且常身穿一件黑色的长外套礼服，以致一些农村姑娘误把他当作牧师，在他散步时跪下来亲吻他的手。

他对奖牌和勋章的热衷达到了近乎荒谬的程度，他具备一定的绘画技能,《星球勋章》便是他留存至今的第一部卡通画。1869 年夏季,在斯德哥尔摩举行的一个探讨语言问题的会议上,他首次被捧为名流,并获得国王卡尔十五赐予的一枚瓦萨勋章。这是他荣获的第一枚勋章,他在家中也戴着。第二年 9 月写信给一位经营勋章业务的丹麦律师,请求他帮助自己获得丹尼保格勋章;两个月后,他又写信给一位与埃及宫廷有联系的亚美尼亚籍的代理人,索求一枚埃及奖章。最终,他得到了一枚梅德齐底勋章,他欣喜地称之为"一个漂亮的东西"。1873 年是他的奖章丰收年,他赢得了一枚奥地利奖章和一枚挪威的圣奥拉夫勋章。然而,他积聚更多奖章的努力依然毫不松懈,甚至在 70 年代,为了得到奖章,他会脱帽向经过身边的车身上带有皇家或贵族徽章的马车致敬,即使车上空无一人。

他坚持在每一个可能的场合展示他那堆不断增多的光彩夺目的勋章,出席晚宴时,走在大街上,外出旅游时⋯⋯

自私成性

早年的生活和奋斗在他的心中留下了巨大的阴影,结果,他变成了一个以自我为中心的怪物。他认为他的父母应对他不幸的青年时期负责,他的同胞手足也有连带的罪责。自从离开家乡后,他几乎不跟家里联系,他怕被他们拖后腿,他以他们为耻,他担心他们提出经济上的要求。他越富有,越有能力帮助他们,他就越不想与他们联络。他跛足的弟弟尼古莱至死也没有得到他的帮助,墓碑上刻着:"为陌生人所敬爱,为陌生人所哀悼。"他最小的弟弟奥勒一贫如洗,直到死在一家老人收容所里,也没有得到他一分钱的资助。

1846 年在药房打工时,他与那儿雇用的一个长他十岁的女仆艾尔丝私通，后来，女仆生下一个男孩，按照法律，易卜生必须支付抚养费直至孩子十四岁，但是，当时的他很贫困，因此十分痛恨对他微薄的薪酬的这种搜刮，就再也不能原谅那孩子和母亲。他既不承认这个儿子，也不关心他，更不情愿从经济上给予援助。直到46年后，身无分文的儿子摸到父亲的寓所想要点钱，这是父子的第一次见面，也是唯一的一次会面。易卜生只给了他5个法郎，就当着儿子的面关上大门。1892年，一贫如洗的艾尔丝死去，他不知道死讯；1916年，他的私生子穷困潦倒地死去，他在易卜生的遗产中一无所得。

1858年，他有了"有用但不温馨"的一场婚姻。他对妻子十分苛刻和不满，离婚的说法不断地冒出来，可怜的儿子经历了其他孩子从未有过的悲惨。

即使他一向喜欢的年轻姑娘，如爱米莉·巴尔达希、海伦娜·拉夫等，也仅仅因为"我的创作需要这些""出于他的想象力的需要"。他不可能认真地考虑与这些姑娘中的某一个发生性关系，更别提结婚了。

对朋友，他同样态度冷淡，时常发火。诺贝尔文学奖获得者、他的儿女亲家比昂逊（1832—1910，挪威小说家、诗人、剧作家，其诗作《是的，我们热爱这片土地》被选作挪威国歌歌词）不遗余力地帮助他，他却始终把比昂逊当作竞争对手，而且嫉妒他早年的成功、他外向的性格、他的快乐、他友好的风格和他显著的善于享受生活的能力。他冷酷无情的忘恩负义让人感到卑鄙，鉴于对方为他所做的一切，比昂逊60大寿时，在别人的劝说下，他最终发出一封贺电，这是一个最低热度的动作："亨利克·易卜生祝愿你生日快乐。"

约翰·保尔森出版了一部小说，描写一位专横跋扈、嗜好奖章的父亲。易卜生抓住一次机会，在他送给自己的请柬背面写上"恶棍"，然后公开地在聚会上将它递还保尔森。

实际上，他同所有作家的关系都是以争吵而告终，即使不曾发生如何争执，这种关系也将因为营养不良而死亡。他总是使友谊处于紧张的状态，其间穿插着一段段的沉寂，也总是另一方做出努力。在易卜生看来，他如果没有忽略、漠视甚至在需要时蹂躏他人，他就不可能成为一名卓有成就的剧作家，他的艺术方法的核心是创造性的自私原则。

仇恨一切

易卜生对人类怀着普遍的敌意，他仇恨的探照灯系统地扫过人类社会的所有方面，它似乎是示爱般的不时停落在某些特别地激起他的憎恶的思想和制度上。

他憎恨保守主义者。也许他是第一位这样的作家——他物色到的人才将变成一支庞大的军队——劝说一个保守的政府资助一位作家，这位作家致力于攻击这个政府所珍惜的一切。以致当他再次申请更多的资助时，政府拨款部门的一位成员说，易卜生应受一顿痛打而不是另一笔补助金。

对于自由主义者，易卜生甚至更加仇恨，说他们是"可怜的废物，人类的路障"，他们中的大多数人都是"伪君子，撒谎者，胡说八道的家伙和杂种狗"。

他和他同时代的托尔斯泰一样，也特别厌恶议会制度，在他看来，这是无穷无尽的腐败和欺瞒的根源；他喜欢俄国的原因之一就是那儿没有议会。

他憎恶民主。正如克里斯托弗·扬松的日记中所说的，他随意讲出的格言读起来让人感到可怖。"大多数是什么？是无知的群众。智慧总是属于少数人。"他认为，大多数人"没有资格持有观点"。"少数人总是正确的"，所谓"少数人"就是"那些提前进入大多数人还未能达到的领域的人"。

也许，除了钱袋，任何东西都不会让他感到亲近！

恐怕，上面的易卜生才是一个真实的易卜生，因为他缺了人为的光环，也少了人为的伪饰。因其"返璞"，所以"归真"。

2000 年 9 月

"放下"后的再崛起

——与当代著名作家卢新华面对面

卢新华？何许人也？

30 岁以下的人有这样的疑问也许不足为怪，因为当卢新华大红大紫的时候，他们还只是懵懂孩童或压根儿就没有降生到这个世界上；当他们开始懂事之后，卢新华却又在文坛上销声匿迹了。

但是，如果我们说卢新华是一个如雷贯耳的名字，相信对文坛比较关注的有着一定阅历的人是绝无异议的。因为，26 年前，1978 年，当时还是复旦大学中文系一年级学生的年仅 24 岁的卢新华以 9000 字的小说《伤痕》一夜成名，一步登天：小说以最多的得票数获得当年全国优秀短篇小说奖并以多种语言出版还改编成连环画，从而开创了追溯"文革"记忆的文学思潮——"伤痕文学"，青史留名。卢新华因而成为当时中国作协最年轻的作家。

近日，祖籍如皋高明卢西的卢新华先生假座丽都假日酒店举行了"从《伤痕》到《紫禁女》"学术报告会。笔者有幸与当代著名作家卢新华面对面，两个多小时的精彩的报告让我们对这位富于传奇色彩的作家有了切实的认识。

卢新华广为人知是因为《伤痕》，因此，说起卢新华就必须说《伤痕》。那么，《伤痕》是怎样的作品呢？《奇人物论》如是说《伤痕》：我们可以不读它，但是不能不提它。在那个特殊的时代，卢新华以超前的敏锐对"文革"进行反思，于是，卢新华伴着王晓华从复旦大学走进《文汇报》进而走向全国走向世界，鲜花、掌声、光环联翩而至，来访不断，约稿不断；苦恼、压力、包袱也接踵而来，能发表的东西不想写，想写的东西发不了，不断地重复自己，难以突破自己，除了痛苦，还是痛苦。

1985 年，卢新华在众人不解的目光下辞职到深圳，下海开公司。

1986 年，卢新华带着预支的第一部长篇小说《森林之梦》的 1000 元稿费自费赴美国加州大学洛杉矶分校（UCLA）留学。

此时，卢新华宣言：让《伤痕》和卢新华见鬼去吧！于是，卢新华成了"卢泰瑞"，成了三轮车夫，成了经营不善的公司的老板，成了股市上的倒霉蛋，成了洛杉矶赌场的发牌员……以文学而闻名天下的卢新华似乎与文学彻底告别了。

不解，除了不解，还是不解。

为什么要出国？为的是一鸣惊人之后不至于昙花一现。于是就要"行万里路""读万卷书"，于是就要取法自然，于是就要跳出"此山中"。《伤痕》是个难以逾越的高度，也是难以承受的重负，不"放下"就不能向前。

怎样"放下"呢？孔子在达巷党人议论他学识渊博但是没有树立名声的一技之长时，对学生说"吾何执？执御乎？执射乎？吾执御矣！"（我该专门学些什么呢？学习赶马车吗？学习射箭吗？我还是学习赶马车吧！）也许是受儒家思想的浸润吧，蹬三轮车便成为卢新华

"放下"的最好的手段。这似乎可以作为对传得沸沸扬扬的卢新华蹬三轮车的最地道的诠释。

丰富的人生经历成为卢新华文学创作不可或缺的财富。"我不大赞成'体验生活'这种说法，喜欢到生活里真正地摸爬滚打。"

卢新华先生说："我内心从未对文学忘怀！""我从来没有真正放弃'伤痕文学'，而是从更深的层次上去找伤痕，那是结了疤的烙印。"

于是，有了 1998 年出版的中篇小说《细节》。

于是，有了 2004 年出版的长篇小说《紫禁女》。

忽然想起了台湾漫画家几米，想起了他的"向左走向右走"。以《紫禁女》为复出文坛标志的卢新华面临着"向左走向右走"的抉择时，与众不同的他做出了与众不同的抉择，因而有了特别的《紫禁女》。

《紫禁女》从表象结构看，讲一个石女（医学上称"阴道闭锁症"）与三个男人（分别代表儒家、佛家、西方）的情感经历；从隐性结构看，它其实是"以各个人物为象征，表达了个人和民族打破先天封闭限制、走向自由开放的痛苦历程，展现了百年中国的历史境遇和悖论"（陈思和教授语）。同时，它熔生命奥秘、男欢女爱、身体告白、异国情调、情色伦理等于一炉，又是一个好看的世俗故事。誉之者称之为"奇才写的奇书……与《狂人日记》有异曲同工之妙"，堪称"中国的《百年孤独》"。

卢新华因为是远距离地观照，因为有中西交融的宏阔背景，对中国社会的体认自然较一般人深刻。他这样解读鲁迅的名篇《祝福》：人间悲剧不是狼吃阿毛，而是封建礼教"吃"祥林嫂；他这样解读中国几千年的历史：几千年都是"存天理，去人欲"的，而今十几年的时间就把它颠覆成了"存人欲，去天理"；他以《太阳》一诗开讲，传达了"没有故乡而处处是故乡，没有信仰而个个可信仰"的理念；他以《恍惚》一诗收讲，警醒众生"佛魔同在，放手如来"。

曾经的卢新华引得了万众瞩目；对于而今的卢新华，我们更有足够的理由期待，期待他给文坛、给读者带来一个又一个的惊喜。

《江海晚报》2005 年 1 月 12 日

"天下豪杰魁"：胡瑗

"人过留名。"一个人能够得到从皇帝到同侪，从门生到吏民的交口赞誉，可谓备极盛荣。

北宋的胡瑗（安定先生）就是这样的人。

宋神宗赞之曰："诚斯文之模范，为后世之钦崇。"王安石誉之为"天下豪杰魁"；范仲淹尊之为"孔孟衣钵，苏湖领袖"；苏东坡曾写下过赞颂他的诗句"所以苏湖士，至今怀令古"；朱熹认为其一生事迹可为"百世之法"；明朝学士程敏政断言："自秦汉以来，师道之立，未有过瑗者。"明末清初的颜元提出儒者士人"当远宗孔子，近师安定"……

口碑载道，这是怎样的荣耀啊！

且让我们走近这位先贤，走进他的世界。

平生行迹

胡瑗，祖籍今陕西子长县的安定堡。公元 993 年生于今江苏如皋市。其家族世代显赫，始祖胡遵为晋车骑将军，后裔中曾有过两位皇后和太后，另有三公九卿及将军、太守 10 余人。祖父胡修已任泰州司寇参军时举家随迁，但自其父胡讷任宁海军节度推官后，家道衰落了。

他自幼聪颖好学，7 岁善属文，13 岁通五经，被左右乡邻视为奇才。人们对胡讷说："此子乃伟器，非常儿也！"但因家境衰微，早年并未受过良好教育。那么，到哪儿去补课呢？他想到了泰山，那可是个读书的好去处。主意一定，胡瑗毅然辞别家人，径自北往泰山，这一年，胡瑗大概二十五岁。他与孙复、石介等人到山东泰山栖真观求学深造。潜心研习圣贤经典，10 年不归。

古代的文人常怀"治国平天下"的理想，总希望能够把自己的满腹诗书"货与帝王家"。从隋文帝始开的科举考试差不多是文人进阶的唯一途径。胸怀鸿鹄之志的胡瑗当然希望能通过科举一举成名，奇怪的是，几次科考下来，才华出众的胡瑗总是名落孙山。今人当然难以知道胡瑗当时的心情，按照常理，失落和沮丧总是难免的。可贵的是，胡瑗在 40 岁时断然放弃了科举意念，返回泰州城，在华佗庙旁的经武祠（今江苏省泰州中学初中部）办起了一所书院（私塾），并以祖籍安定命名，称安定书院。这，掀开了胡瑗 30 多年的从教生涯的第一页。

1034 年，42 岁的胡瑗开始到苏州一带设学讲授儒家经术。时值原朝廷中向来重视文教的范仲淹因反对废后被贬该地任知事。翌年范在南园开办郡学后，聘他为首任教席，并让自己的儿子范纯佑拜到胡瑗门下。胡瑗到任后，随即制订了一套严格的校规。由于范纯佑能带头遵守，其他出身豪门的学生无一胆敢肆意践踏，郡学很快就成为全城各地学府的楷模。

1036 年，经范仲淹的引荐，44 岁的胡瑗以布衣身份，与知杭州的音乐家阮逸同赴开封接受正急于雅乐改进的宋仁宗召见，并奉命参定声律，制作钟磬，三年乃成。其间，他合乎古礼的文雅举止深得朝中要人的赞赏。随后被破例提拔为校书郎官。

1041 年，胡瑗调密州（今山东诸城）任观察推官时，因父亲去世而辞官回家奔丧。翌年复出，改任保宁（今浙江金华）节度推官。不久应湖州（今浙江吴县）太守滕宗谅之邀，到当地的州学任主讲教授，以致"四方之士云集受业"。其间创立了卓有成效的在教育史上影响深远的"苏湖教法"。

1044 年，范仲淹推行新政，并效法湖州的办学经验兴办了一所中央太学。

1050 年 11 月，朝廷再次更定雅乐，仍诏胡瑗与阮逸进京主持，并在司马光和范景仁的支持下以 3 年时间完成。

1052 年被任命为国子监直讲，晋光禄寺丞。被征为太子中舍，后以殿中丞身份致仕（封建时代的官员退休）。任教期间因学识渊博且教学得法，备受学生的欢迎并敬重。

1056 年，64 岁的胡瑗晋升太子中舍暨天章阁侍讲，成为当朝太子的导师。同时兼在太学协助博士的考教训导与执掌学规。此时虽身为朝廷命官，却始终保持师生平等，常与学生切磋交流，在校园里形成了一种"沈潜、笃实、醇厚、和易"的学风。当时的受教者包括皇室多位储君、众多知名学者及礼部中的近半官员，他深得学生与朝中上下的敬重，被视为一代宗师。

晚年，胡瑗依旧苦读勤教，并参议朝政。1059 年终因积劳成疾而卧床不起。后经仁宗皇帝钦准，领太常博士衔赴杭州长子胡康任所疗养。临行前京城轰动，相送者"百里不绝"。不久即病故，被朝廷追谥"文昭"。

名满天下的胡瑗为后人留下了许多佳话。

在泰山求学期间，为了潜心治学，每每接到家书，只要看到信封上写有"平安"两字，就投入涧中，不再拆开细阅，大有面壁十年的味道。后人为了发扬这种勤奋刻苦的求学精神，将他曾投家书的山涧命名为"投书涧"，并在涧边立一石碑，上书"胡安定公投书处"。

在任天章阁侍讲的时候，他曾经为仁宗皇帝赵祯讲解《周易》。胡瑗讲书，总要先读原文然后讲解。他高声朗读："乾，元、亨、利、贞。"甫一落音，惊坏了在侧的大臣：因为胡瑗触犯了皇帝的名讳，不避御讳，那是"大不敬"，罪在不赦。满腹诗书的胡瑗岂不明白这个道理，只是他对这等避讳的"规矩"是持反对态度的。他不顾仁宗和大臣的脸色变化，继续讲解。讲到"贞"时，仍然是朗朗而道："'贞'者，'正'也。"大臣们为胡瑗一再犯忌的做法惊出了一身冷汗，皇帝也是满脸愠色。胡瑗慢慢起身，向皇帝深深鞠躬，平静地说道："微臣听闻，皇帝圣明，臣下忠直。唐太宗时，主明臣直，遂有贞观之治。陛下仁德远超前朝，微臣岂敢不效前代大臣，向皇帝表达忠直之心呢。"见皇帝脸色有所缓和，胡瑗继续进言："陛下要洞明前代得失，开创盛世。微臣体会陛下的意思，自当尽心把历代经验陈明，以供圣上采择。如果讲解中多所规避，如何能讲得明白？那不有负皇上圣明吗？"开明的仁宗皇帝宽宥了胡瑗的忠直，恩准他如此这般地继续讲下去。这就是胡瑗讲书"临文不讳"的精彩故事。

一代宗师

胡瑗毕生从事教育，先后在泰州、苏州、湖州和京师太学执教三十年左右，受教育者不下数千人，对教育事业作出很大贡献。他集教学理论、实践和改革于一身，开创了宋代理学先河。

《宋史·胡瑗传》说："瑗教人有法，科条纤悉备具。"胡瑗的教育思想和教学方法，很有特色和首创精神，不愧为一代宗师。他的教育理论和教育实践成就，经受了千年历史检验，依然熠熠生辉。

胡瑗几十年的教育生涯，从思想到实践，居功至伟。主要成就表现在以下几个方面：

确立了培养"致天下之治"人才的教育理念。

胡瑗有一段广为引用的话："致天下之治者在人材，成天下之材者在教化，职教化者在师儒，弘教化而致之民者在郡邑之任，而教化之所本者在学校。"这是胡瑗在《松滋县学记》中开篇文字。他从"致天下之治"的政治目的出发，揭示了人材、教化、学校之间的内在联系，提出了自己的独到见解：一是为什么要重视教育。胡瑗认为，治理好国家关键在人才，人才要通过教育培养。二是如何办教育的问题。他认为，一要"师儒"，就是以孔孟之道管理和从事教育；二要普及教育于"民"；三要地方行政长官兴办学校。在封建社会中，人民处于无权状态，封建政权内部的监督机制有名无实，各级官吏的政治道德、文化素质对于吏治的好坏、人民负担的轻重有着密切的关系，因此培养真正的人才对封建社会的长治久安有着现实意义。北宋初期，教化不兴，风俗偷薄，当时的科举制度崇尚声律浮华，以诗赋取士，社会上普遍存在着"苟趋禄利"、轻"教化"、重"取士"的风气，且各地又没有建立学校。为了培养真正合格的致治之才，胡瑗认为必须建立"敦尚行实"的学校，这种"立学教人"的主张在当时是有进步意义的。

强化"明体达用"的教育思想。

胡瑗力倡"明体达用"的教育思想。他认为，教育不能只是为了科举考试，获取功名，而应该培养出既精通儒学经典，又能在实践中运用的人才培养通经致用的人才才是教育的根本目的。

胡瑗在答宋神宗问时说："臣闻圣人之道，有体、有文、有用。君臣父子，仁义礼乐，历世不可变者，其体也；举而措之天下，能润泽斯民，归于皇极者，其用也。"很清楚，"体"是指君臣父子，仁义礼乐，是封建社会的基本道德标准；"用"是指掌握运用这个基本道德标准去治理国家。为此，他做出很大努力并取得成功，开创了宋代理学先河。同时他又将"明体达用"的思想，渗透到教育改革之中，成为他从事教育改革和实践的理论基础。

力主州县办学，推广普及教育。

宋代官学有两种：一是中央官学，二是地方官学。庆历四年，在第一次兴学运动之前，中央官学生员很少，绝大多数为官宦子弟；地方官学，只有大中祥符二年宋真宗准允曲阜先圣庙立学，并赐额"应天府书院"，是为州县办学之始，余则寥若晨星。

面对宋初"轻教育"学风不正的状况，胡瑗还运用历史对比的方法，着重阐述了"师儒"和"兴校"的重要性。他说："学校之兴莫过于三代，而三代之兴莫过于周。大司徒以六德、六行六艺教万民而宾兴之。纠其有言异者诛，行异者禁。其所言者皆法言，所行者皆德行。"胡瑗大声疾呼"弘教化而致之民者在郡邑之任"，不仅是对地方行政官员的强烈呼吁，也是对宋朝统治者的忠告。胡瑗主张"广设庠序之教"，大兴地方官学，它不仅可以使人才"继踵而出"，更为重要的可以"正以民心"，维护封建统治秩序，以达到太平盛世之目的。故庆历四年四月，宋仁宗采纳范仲淹的建议，开天章阁，与大臣们讨论扶倾振兴的良策，慨然下诏全国，要各州、县都要兴办学校。这与胡瑗倡导的"以仁义礼乐为学""致天下之治"的思想是完全一致的。

开创了分科教学的先河。

胡瑗在中国教育史上首先创立了分斋教学的制度。这是他教育思想和教育实践中最具有创新意义的内容，是对中国古代教学制度的一项重大革新。它在中国教学制度史上第一次把民、兵、水利、算历等军事和自然科学知识正式纳入官学教学体系之中，与儒家经典取得了同等的地位。也是他对中国古代教育理论和教育实践的独特贡献。

他设立经义和治事二斋，依据学生的才能、兴趣志向施教。经义主要学习六经；治事又分为治民、讲武、堰水（水利）和历算等科。他把"心性疏通，有器局，可任大事者"选入经义斋；凡入治事斋的学生每人选一个主科，同时加选一个副科。另外还附设小学。这种大胆尝试，使学生能领悟圣人经典义理，又能学到实际应用的本领，胜任行政、军事、水利等专门性工作。实践证明，这种教育内容和教学方法的改革是非常有效和成功的，培养了一批学有专长的人才。如长于经义之学的孙觉、朱临、倪天隐等，长于政事的范纯仁（范仲淹之子）、钱公辅等，长于文艺的钱藻、腾元发等，长于军事的苗授、卢秉等，还有长于水利的刘彝等人。

分斋教学制度在当时引起了强烈反响，"四方之士，云集受业"，纷纷到胡瑗主持的湖州州学来求学。分斋教学直接影响了中央官学的教学制度，京城开封设立的太学当时就"取胡瑗法以为法"。北宋以后，历朝太学、国子学、国子监等中央官学，大都实行分斋教学。分斋教学对书院教学制度影响也很大。北宋以后的书院，尤其是规模较大的书院，往往也采用分斋教学。清初实学思想家、教育家颜元曾说："秦汉以降，则著述讲论之功多，而实学实教之力少，宋儒惟胡子立经义、治事斋，虽分析已差，而其事颇实矣。"晚年他规划漳南书院，分设文事、武事、经史、艺能、理学、贴括六斋，是直接借鉴和发展了胡瑗的分斋教学制度。清朝后期泰州另一位热衷教育的大家刘熙载的教育思想受同乡胡瑗的影响很深，他晚年主讲龙门书院以后，也推行胡瑗的分斋教学法，根据学生的程度、志趣、特长进行分斋教学，时人誉之为"以正学教弟子，有胡安定风"。

建章立制，言传身教。

胡瑗在苏、湖执教的二十年间，亲手制订了一系列教育规章制度。如学校作息规定：一般上午讲解经义，课后复读500遍；下午讲解历史，复读100遍；晚上讲解子书，复读300遍。他对学生既严格要求，又注意言传身教，并规定师生之间的礼节，自己常常"以身先之"，盛夏之季，他也整天公服端坐堂上，决不稍懈。有一次，学生徐积初次见胡瑗，头稍稍有些偏了，他就直呼"头容直"。这使徐积从中受到教育，时刻警示自己不仅要仪态端庄，更应该注意自己的心也要正直。同时，他又十分关心学生的生活，如学生安涛患了痼疾，他慈父般地给予关照，学生非常感动，说先生之爱如同冬天的太阳。在规章明、要求严的情况下，胡瑗的弟子"皆循循雅饬"，"衣冠容止，往往相类"，外人一看就知道是胡瑗的弟子。胡氏这种独特的学风与校风，先施行于苏、湖，后旅行于太学，并使此规章制度经皇上批准，在全国推广，可见其影响之大，效果之好。他的这套教学规章，与后来朱熹所订的《白鹿洞学规》前后辉映，同是中国古代教育史上的重要文献。

注重音体美教育，全面提高学生素质。

在重视德育、智育的前提下，他也注重音乐教育，注意用音乐来陶冶学生的精神情操。如在各种考试之后，他常与学生们会于"肯善堂"歌诗奏乐，至夜始散。在平时，诸斋亦常有弦歌声达于户外，致使路人也驻足倾听。胡瑗十分强调学生要有一个好的身体。他经常教导学生在吃饱饭以后，不要立即伏案读书，这样做将有害于身体健康。他要求学生要适当参加体育锻炼，平时要学会"射箭"、"投壶"和其他各项游乐活动。胡瑗提倡体、美、音乐教育，超越功利性，这在中国古代教育史上，不能不算是一大开拓创新。

首倡太学"寄宿制"。

宋代起初规定太学学生不能住宿，主要因为太学右侧是御书阁，消防工作特别重要，每到夜半时分，宿舍里的灯烛要全部熄灭，实行"火禁"。嘉祐元年（1056 年），胡瑗与孙复主持太学，他们为了让学生有较多的时间过集体生活，请求有关部门放宽火禁，如发生意外，概由他俩负责。此后太学就实行"寄宿制"。每晚由师生轮流值班，督促火烛小心。同时规定学生每月放假四次，其余时间皆留校住宿。每日起身、就寝以鸣鼓为号，进出校门必须请假，平时也不准随意会客和离校。这种寄宿生制度在有条件的地方延伸到州、县之学，在今日的学校中还在沿袭使用，且日臻完备。

重视社会实践，组织游历考察活动。

胡瑗在教学中除重视书本教育外，同时还组织学生到野外游历名山大川，并把此项活动列入教程之中，做到让教育理论与教育实践相统一。他认为："学者只守一乡，则滞于一曲，隘吝卑陋。必游四方，尽见人情物态，南北风俗，山川气象，以广其闻见，则有益于学者矣。"故他曾亲率诸弟子自湖州游关中，上至陕西潼关关门，回顾黄河抱潼关，委蛇汹涌，而太华、中条环拥其前，一览数千里，形势雄张。他慨然曰："此可以言山川矣。学者其可不见之哉！"由此证明胡瑗反对闭户读书，主张接触实践，了解社会，浏览名山大川，以开拓胸襟视野，让书本知识与客观实际相结合，有利于实现他的教育目的——真培养出"明体达用"的致治之才。同时也一语道破了知识来源于直接经验和间接经验的真谛。

综观胡瑗教育生涯，他的确留下了丰富的教育宝藏，至今仍然非常实用。从中，我们不仅可以看到他自强不息、艰苦创业、以苦为乐、终身教育的敬业奉献精神，而且可以看到他勤勉好学、求真务实、力纠时弊、锐意改革的创新勇气；同时，还可以看到他淡泊名利、忧国忧民、躬行力践、诲人不倦的高尚品质。

多才多艺

胡瑗在教育上戛戛独造，世所瞩目。他还是一个多才多艺的人。根据他的造诣，冠之以思想家、军事家、音乐家衔号，实不为过。

他之所以有独特的教育理论和丰富的社会实践，是因为他在学术思想上的深厚造诣。他的学术思想主要根源于《周易》一书，内涵非常丰富。

倡导天人合一的哲学思想。

易学为讲天人之道、讲万物变易法则的学问。胡瑗的《周易口义》是他的学生倪天隐根据先生口述整理而成。其特点是大胆疑经，自立新解。据统计，胡瑗仅在《周易口义》一书中，疑经的地方就有10多处；在《洪范口义》中，也纠正了许多不合理的注解。据《宋元学案》记载，胡瑗"日升堂讲《易》，音韵高朗，旨意明白，众皆大服"。丁宝书在《安定言行录》中引用胡瑗学生王得臣的话说：胡瑗为国子直讲，"朝廷命主太学，时千余士，日讲《易》，予执经在诸生列，先生每引当世之事明之。"毫无疑问，胡瑗是宋初易学的权威，是一位开源发蒙、鼓动风气的人物，也是宋代义理易学的创立者。清人全祖望亦在《宋元学案》中追根溯源地说："宋世学术之盛，安定、泰山为之先河。"

坚持安民之道的民本思想。

胡瑗的安民之道，一在求贤用贤，二在养民教民。他以为，君王再能干贤明，若无贤臣辅佐，则"倡而无知，令而无从"，虽有仁义爱民的欲望，亦无法施行仁政于天下。因此，胡瑗说，"天下之广，生灵之众，一贤不可独治，故必群贤并进于朝廷，则可大行其道。"广纳天下群贤，一可佐君施行仁政，二可辅君增广视听，三可致君无为而治。当然，这里所说之"民"，不过是统治阶级的左臣右相。但他倡导在州县办官员学，则是从教育培养地方基层民众入手，努力提高他们素质。尤其胡瑗在《周易口义》中"论民本"时说："不以一己为忧乐，所忧者天下，所乐者天下。"这与范仲淹的"先天下之忧而忧，后天下之乐而乐"的思想其实是一致的。

主张知行合一的实践思想。

胡瑗还提倡理论与实践相结合。他在讲授"三礼"（《周礼》《仪礼》《礼记》）时，因其中所记载的礼仪器物久已失传，无形象教学之具供学生观摩，就自制挂图，悬于讲堂之上，让学生直观，以增强学生的记忆力和理解力。另外，还组织学生走出课堂，到远近地区去游历考察，观名山大川，开阔学生视野，做到书本知识和社会实践的统一。

说胡瑗是军事家，并非对这位乡里先贤的溢美之词，只不过这个身份被人们忽略了，或者说被他教育家、思想家的光芒遮盖了。

我们知道，党项的元昊称帝建立西夏后，北宋的西北边境便战云密布。在几次更换将帅也无济于事的情况下，韩琦主张起用贬斥越州的范仲淹。于是范仲淹官复原职，拜龙图阁直学士，兼知延州（今延安）。深知胡瑗文韬武略的范仲淹举荐他为丹州（今陕西省宜川县）军事推官。

上任伊始，胡瑗随范仲淹视察边防，了解敌我形势，潜心探讨宋军应该采取的战略战术。通过与归顺蕃酋的倾谈，他提出了孤立元昊的"恩威并济"方针。针对宋军战斗力不强、山路运输不便的现状，他提议范仲淹实施了"营田和筑城"的措施，对巩固宋朝边防发挥了主要作用。更值得一提的是，此间，胡瑗还撰有《武学规矩》一书，提倡国家大兴武学，以抵御外部侵略，表现了高远的战略眼光。他还以不俗的军事造诣，深深地影响了他的学生，培养了一大批智勇双全的军事人才，如范纯祐、苗授、卢秉、顾临（官至龙图阁学士，编有《武经要略》）等。

胡瑗还是杰出的音乐家。

1036 年，经范仲淹引荐，已过不惑之年的胡瑗以布衣的身份，受到了宋仁宗的召见。召见的缘起是雅乐的改定。历史上，各朝祭祀、朝会、宴饮、庆典都要奏乐，所奏之乐被称为雅乐，也叫宫廷音乐。在此之前，雅乐已更定过两次，一次是五代时期，一次是宋仁宗本朝。但两次更改都不令人满意，于是就有了第三次更定。这次，宋仁宗选了两个人，一位是正在知杭州的音乐家阮逸，另一位就是胡瑗。两人参定声律，制作钟磬，很忙活了一阵子，虽然不能十全十美，但已比原来柔和悦耳了许多。加上胡瑗举止应对悉合古礼，甚得仁宗赏识，官拜校书郎。

1050 年，为在明堂祀祖，仁宗皇帝下诏要求礼乐官及修制官另铸钟、磬。胡瑗因精通音律而再次被召到开封京城，赴大乐所，会同邓保信等礼乐官员，依照经典著作，参照历代规制，用上等秬黍，制成音律、乐律等法物。随后，钟、磬陆续制成。1052 年，胡瑗又精心研制出大小轻重一样的十二钟，其音律的精准度，即使在现代科技高度发达的条件下也是很难做到的。此间还和阮逸等人合作撰就了《皇祐新乐图记》3 卷。他本人还写过《景祐乐府奏议》《皇祐乐府奏议》等音乐著作，惜乎而今不存于世。

他在教学实践中很注重音乐教育。欧阳修的儿子欧阳发就是他的高足,这位富贵公子既不涉足官场,也不习文弄武,而是跟着胡瑗专攻音乐,"得古乐钟律之说",最终卓然成家。

胡瑗"述"而又"作",创新多多。在丰富的实践的同时,留下了大量的著述。遗留至今的有《松滋县学记》《周易口义》《洪范口义》《论语说》和《春秋口义》多种。这是今人弥足珍贵的财富。

斯人远逝,风范长存。

《江苏教育》2011 年 4 月

知"晓""勤"勉，乃成大器

——杜晓勤教授印象

北大，是多少人心目中的圣殿？

能够进入这所名校深造，自然会吸引无数关注的目光，这目光满是艳羡甚至嫉妒。

假如能在这所名校任教，得天下英才而教育之呢？那自然会令人敬仰的。

如果执教于这所名校内，成为一个名师、名教授呢？那无疑会让人们的敬意倍增。

这一切很难做到，但是，杜晓勤做到了。

杜晓勤何许人也？

1967 年 8 月生，江苏如皋人。1989 年 7 月扬州师范学院（南通班）的文学学士；1992 年 7 月陕西师范大学的文学硕士，1995 年 7 月北京大学的文学博士。现为北京大学中文系古代文学教授、博士生导师，主要从事魏晋南北朝隋唐五代文学教学与研究工作，兼任北京大学中国古代诗歌研究中心副主任，《中国学研究》《唐代文学研究》等刊物编委。

出版论著《齐梁诗歌向盛唐诗歌的嬗变》（台北商鼎文化出版公司，1996年8月版）、《初盛唐诗歌的文化阐释》（北京东方出版社，1997年7月版）、《二十世纪中国文学研究·隋唐五代文学研究（上下卷）》（北京出版社，2001年12月版），编著《禅林象器笺》（台北佛光文化事业有限公司，1997年4月版）、《中国历代基本典籍库·隋唐五代卷（电子数据库软件）》（商务印书馆国际有限公司，2002年10月版）、《谢朓·庾信诗歌选注》（中华书局，2005年6月版）等著作10余部；发表论文50余篇。

曾荣获"北京大学教学优秀奖""北京大学最受学生爱戴的老师暨'十佳教师'慈竹奖""北京高校第五届青年教师教学基本功比赛文科A组一等奖""北京市教育创新标兵""全国优秀教育图书奖""第七届北京市哲学社会科学优秀著作一等奖""北京大学杰出青年人文学者奖"等奖项。2009年入选教育部"新世纪优秀人才支持计划"。

套用"我的朋友胡适之"来表达的话，他是我的朋友，虽然我们成为朋友的时间不长。

年轻时读武侠小说，对"白发如新，倾盖似旧"的说法印象很深。确实，有些人整天腻在一块儿未必能走入对方的心里，有些人是可以一见如故的。

我和杜教授相识于去年的暑假，一个偶然的机缘。我高中时的一位恩师从外地回如皋，在教育局任职的一位学长出面接待，我成为应邀的陪客之一。巧合的是，杜也是这位恩师的门下。于是，我们知道了对方的存在。

随后，因为我的一位学兄的女儿即将结束在复旦大学本科学业，准备报考杜教授的研究生，我趁杜在老家的机会，牵线安排他们见面。

那次见面，大家相谈甚欢，于是不知不觉地把酒喝高了。虽然我一直倡导"无酒也成宴席"，但是东家与主宾在酒上的造诣都不浅，主人的热情带动了客人的豪情，喝高就成为必然。终席之时，杜教授已经步履蹒跚了。

我们只好就近找个旅馆，安顿他休息。在下楼梯的时候，他的失足差点让我们一起直接下到楼梯的最下面，还好有惊无险。

我很荣幸地成为他点将陪宿的唯一人选，虽然我们距离各自的家都只有几分钟的车程。

一夜，甚隆的谈兴，让我们彼此相知，特别是对他的学术成就以及他在学术界的地位与影响力有了切实的了解。他埋首于学术而疏于仕途的经营的性情，让我引为知己。

此后，我在他不断更新的微信中，感受北京的四季更替，感受北大的风景人物，感受他在学术的世界里八面来风、游刃有余。我每天刷新的微信也成为他了解家乡的一扇窗口。

前几天，他回如看望老母亲，我在一个婚宴上接到他的电话，于是立即赶去晤面，他的大学同学、南通大学周远富教授也专程来如欢聚。

我们在李渔纪念馆，李昌钰刑侦技术博物馆，如皋丝毯艺术博物馆，水绘园畔的王氏别业（他的朋友家），如皋美协主席吴国华（我的朋友）工作室，书法达人徐飞（我的学生也是杜的朋友）工作室等处流连。文人雅集，谈兴甚浓。他和周教授关于古书的读法、古代音韵学研究的现状、研究生如何带更加有效等话题的交流让人看到了学界的良心、学者的担当。

我们都知道"世界上没有随随便便的成功"的道理。在与杜教授不多的交往中，我们感受到他的学术天赋，更感受到他的勤勉。说句实在话，他的起点真的不算高，但是他一路狂奔，由普通高校的学士，到"211 高校"的硕士，最后成为"985 高校"的博士，留校后一直努力，文章一篇比一篇厚重，著作一本接一本地出版，还获得"北京大学最受学生爱戴的老师暨'十佳教师'慈竹奖""北京大学杰出青年人文学者奖"等众多有含金量的奖项，还入选了教育部"新世纪优秀人才支持计划"。说他已成大器，似乎并不为过。

他的成器，激励着我等生命不息，奋斗不止。

2015 年 1 月

"文化昆仑"钱钟书

在钱钟书先生身上，用上"名满天下"的说法，大概不会引发太大的争议。

他的一生无疑是相当辉煌的！

有外国记者曾说："来到中国，有两个愿望：一是看看万里长城，二是见见钱钟书。"这是把钱钟书看作了中国文化的象征。

他，1910年11月21日生于江苏无锡。1998年12月19日上午7时38分，在北京不幸辞世，当晚，时任总书记的江泽民亲自给杨绛女士打电话，对钱先生的逝世表示深切哀悼。在翌日新华社的新闻通稿中，还出现"永垂不朽"字样。

关于他的名字，几经反复，颇多讲说。在他出生那天，曾有人送来一部《常州先哲丛书》，伯父为他取名"仰先"（取"仰慕先哲"之义），字"哲良"。满周岁抓周时抓了一本书，父亲为他正式取名"锺书"（"钱锺书"的"锺"字简化后本作"钟"，故本应称"钱钟书"，但"锺"是"集聚"的意思，由此引申出"感情专注"之义，取名"锺书"，意思是"锺爱读书"。"锺"字简化后与古代打击乐器的"钟"意义混淆。根据钱老先生生前意愿，当称"钱锺书"。本文从俗，仍作

"钱钟书")。1920年入无锡东林小学时，父亲为钱钟书改字"默存"（有要他少说话的意思）。后来自号槐聚，曾用笔名中书君。

他是中国现代著名作家、文学研究家。《围城》（书评家夏志清先生认为《围城》是"中国近代文学中最有趣、最用心经营的小说，可能是最伟大的一部"）《写在人生边上》《人·兽·鬼》《管锥编》《谈艺录》《旧文四篇》《七缀集》等著述可为注脚。

关于他，有着太多的故事流传。这些故事为我们勾勒出钱钟书先生立体的形象。

1929年报考清华大学时，数学仅得15分，但因国文、英文成绩突出（英文是满分），被清华大学外文系录取。

1933年钱钟书从清华毕业，校长要他留校，陈福田、吴宓等教授都去做他的工作挽留他，希望他进研究院继续研究英国文学，为新成立的西洋文学研究所增加光彩，可他断然拒绝道：整个清华没有一个教授有资格充当钱某人的导师。其率真狂傲可见一斑。

1935年，25岁的他以第一名成绩考取英国庚子赔款公费留学生，赴英国牛津大学埃克塞特学院英文系留学。

有一次黄永玉要写一个有关"凤凰涅槃"的文字根据，但一点材料也没有。《辞源》《辞海》《中华大辞典》《佛学大辞典》《人民日报》资料室，北京城的民族学院、佛教协会都请教过了，还是没有！忽然想起钱先生，连忙挂了个电话，钱先生就在电话里说了以下的这些话："这算什么根据？是郭沫若1921年自己编出来的一首诗的题目。三教九流之外的发明，你哪里找去？凤凰跳进火里再生的故事那是有的，古罗马钱币上有过浮雕纹样，也不是罗马的发明，可能是从希腊传过去的故事，说不定和埃及、中国都有点关系……这样吧！你去翻一翻大英百科……啊！不！你去翻翻中文本的简明不列颠百科全书，在第三本里可以找得到。"结果马上找到，问题解决了。

钱钟书在文学、国故、比较文学、文化批评等领域的成就，推崇者甚至冠以"钱学"。1989年《钱钟书研究》编委会成立，他对这事却极力反对，曾向发起人之一、学者舒展抗议："昆仑山快把我压死了。大抵学问是荒江野老屋中二三素心人商量培养之事，朝市之显学必成俗学。"

他不愿拜访别人，更不拜访名人，他曾引杜于皇的话说："即使司马迁、韩愈住隔壁，也怨不奉访！"无怪乎当年他父亲写信命他拜访章士钊，他也懒得理会，无动于衷。

那么，天才的钱钟书是如何炼成的？

是超常的勤奋成就的。

当年他到清华就读后的志愿是：横扫清华图书馆。他的中文造诣很深，又精于哲学及心理学，终日博览中西新旧书籍不辍，兼之超逸众生的记忆力：如此，成功自会水到渠成。

我们回顾钱钟书的学术创新机制，更感到他的学术战略眼光高人一筹。他总是想方设法，尽量广泛地汲取有实质价值的世界人文学术的前沿知识，用以激发和培植自己独立创新的能力。虽然钱钟书安坐斗室，晚年几乎是足不出户，但是世界思想界的动态对他来说并不陌生。伦敦的《泰晤士报》的每周文学增刊，他是每期必看的，而且看得很细，一些新观点、新学说都逃不出他的视线。

他对学术事业的态度，严谨几乎到了苛刻严酷的程度。他的书几乎没有一部在重印或再版时不作大大小小的修改。他的《谈艺录》初版于1948年，到1984年再版，所做的补订，篇幅几与原作相等。《管锥编》虽然1979年才出版，但很快就有了新的补订，第五卷就是"补订"的结集。

他的成就再一次雄辩地说明：勤奋，唯有勤奋，是实现和完成天才的真正必要条件。

钱先生在文学研究和文学创作方面的卓越成就，对于我们建设中国新文化，特别是在科学地扬弃中国传统文化和有选择地借鉴外来文化方面，具有重要的启示意义。钱先生给予中国文化的主要影响可以从以下几个方面把握：

一是以一种文化批判精神观照中国与世界。在精熟中国文化和通览世界文化的基础上，钱先生在观察中西文化事物时，总是表现出一种清醒的头脑和一种深刻的洞察力。他不拒绝任何一种理论学说，也不盲从任何一个权威。他毕生致力于确定中国文学艺术在世界文学艺术宫殿中的适当位置，从而促使中国文学艺术走向世界，加入到世界文学艺术的总的格局中去。

二是以一种新的学术规范发展和深化中国学研究。作为世界之显学的"中国学"领域，一方面是勤谨笃实，硕果累累，另一方面却是陈陈相因，难以出新。思想方法上的僵化固守和学术方法上的画地为牢，极大地阻滞了前进的速度。在这种亟待变革的形势下，钱先生的治学方法应运而生。他数十年间所实践的"打通""参互""比较"的方法，努力使中国学自觉地成为一个科学的、开放的体系，从而获得一个更深、更广、更新的发展。

三是以一种现代意识统领文学创作。钱先生的创作贯注着一种强烈的现代意识，这在中国现代文学中是并不多见的，有别于同时代的一般作品而与世界文学潮流颇为合拍。特别值得重视的是，他的文学创作都不是那种生吞活剥的东西，而是具有真正中国风格、中国气派、为中国人也为外国人所喜爱的作品。

四是以一种高尚的形象为中国知识分子树立人格上的榜样。在20

世纪三四十年代，钱钟书先生不向恶势力俯首，用文学作品辛辣地嘲弄了那个黑暗社会。1949年以后，钱钟书先生虽然"经过九蒸九焙的改造"，"文革"中更是受尽凌辱和折磨，但是，智者是不可征服的。钱钟书先生在任何时候都没有忘记他作为一个学者，要为祖国和世界文化做出贡献的历史使命。他不走冷门，不投热机，不易操守，反对树宗立派，只是一心一意地搞研究、出成果。在当今之世，这种品格更其难能可贵。

钱钟书性格中有很重要的一面，那就是谦虚、谨慎，并不以自己的博学才华而故步自封，沾沾自喜，他对自己要求更高、更严格，尤其在学问上。他的《谈艺录》《管锥编》《围城》，皇皇巨著，可谓尽善尽美了，但他并不满意，并不引以自豪自傲。他说他对《谈艺录》"壮悔滋深"，对《围城》"不很满意"，对《宋诗选注》"实在很不满意，想付之一炬"，因此他对这些既成著作不厌其烦地修正、补订，逐渐地自我完善。他对自己著作中每个字句，每一条中、外引文都要逐处地查找核对，从不轻易放过，人们很难在他的书中挑出错误来，戏称之为"文正公"，他却自谦为"文改公"，尤其是愈到晚年，立论愈谨严、愈认真；成果愈大，他愈谦虚，这才是一位真正的大学者最令人肃然起敬的可贵的精神和品格。

2015年1月

钱文忠："寓于乐"的明星学者

在传媒非常发达的今天，说起钱文忠的名字，恐怕知道的人会非常之多。中央电视台的《百家讲坛》节目让他声名远播，成为一个"明星"。

2007年初夏，中央电视台第十套节目《百家讲坛》，钱文忠开讲的是《玄奘西游》，他讲述的不是吴承恩的《西游记》里面的玄奘，而是历史上真实的玄奘。在真实的历史中，玄奘法师聪慧过人、坚毅博大，在相当恶劣的条件下，他创下了徒步几万千米西行求法的壮举。玄奘的西行之路，被现代人认为是一条由信念、坚持和智慧浇铸而成的求知之路。第一期十二讲播出不久，钱文忠的风采和口才就引起观众的广泛注意。据中央台收视率的调查，钱文忠讲《玄奘西游》居然达到了占全部人口收视率3.2的比例，也就是说收看这节目的人数达到了四千多万，甚至超过了于丹和易中天所创下的收视率，是《百家讲坛》有史以来收视率最高的。此时的钱文忠年仅41岁，且相貌周正可亲、风度儒雅、机智幽默；而且口才好、记忆力好、学术根底深厚。他所讲述的玄奘生平，有很多材料来自于梵文。据悉，他是目前中国懂梵文的最年轻学者。在他之上懂梵文的学者，最年轻的也有七十多岁了。

也就是说中国目前七十岁以下懂梵文的学者只有钱文忠一人。看到这么年轻的一个小伙子站在讲台上，不看讲稿，引经据典，娓娓道来，事件发生时候的时间、地点、人名、物名讲得清清楚楚，滴水不漏，还不时引用梵文的读音，顿时就把电视机前的男男女女、老老少少迷住了。第一期十二讲仅播出了几集，钱文忠就成了名满天下的学者了。由于中央台来不及后期制作，第一期播出之后需要暂时停顿，观众纷纷打电话到中央电视台询问下一期什么时候开讲。

2009 年春节期间，钱文忠主讲《解读三字经》，平平常常的几行文字，到了他的口中就成为津津有味的历史故事，实实在在的生活常识，开人眼界的百科知识，发人深省的人生哲理，因而又一次创下平均 2.12% 的高收视率，赢得一片美誉。

当然，支撑着他成为"明星"的首先应该是他"学者"的身份。

作为复旦大学历史学系的教授，他同时兼任中国文化书院导师，华东师范大学东方文化研究中心研究员，北京电影学院客座教授，季羡林研究所副所长，北京大学《儒藏》（精华编）编纂委员会委员。著述颇丰，有《瓦釜集》《末那皈依》《季门立雪》《天竺与佛陀》《国故新知》《人文桃花源》《玄奘西游记》《巴利文讲稿》等，另有译作《唐代密宗》《道、学、政》《绘画与表演》（合译），还有资料编集与古籍整理十余种，还发表了各类论文一百余篇。

从经院学者而明星学者，钱文忠走的是一条炫目的人生道路。当我们"虽不能至，心向往之"的时候，总是会探寻别人成功是不是有什么捷径。其实，我们知道，虽然这个世界上成功人士多多，但是没有随随便便的成功的。在成功的背后一定有着必然的原因。

家学渊源肯定是钱文忠成功的原因之一。

无锡钱氏，江南望族，才人辈出，天下闻名。他们大都属于吴越钱氏范畴，始祖为五代十国时期的吴越国王钱镠（浙江临安人，谥武肃）。后起之秀的钱文忠 1966 年 6 月 6 日出生于上海。

钱文忠的高中阶段不是非常优秀，以至于老师担心他考不上大学，建议他填写志愿的时候报低一点，没有想到结果他以外语类文科第二名考取了北大。

在华师大一附中读书的时候，他遇见了历史老师郝陵生。郝老师喜欢在每节课前介绍点学术界的情况。有一次，他说梵文研究很重要，但是似乎学的人很少。业内翘楚季羡林先生年岁已高，再没有年轻人去学，恐怕这门学问在中国要绝了。

钱文忠听说以后，就自己找书看，然后和季先生通信。1984 年，73 岁高龄的季羡林先生决定招收梵文巴利文专业的本科生，这在中国高等教育历史上，是继 1960 年之后的第二次。也许，钱文忠和他的通信使老人家确信，在这个年头，还是有孩子愿意学梵文的。于是，在高考前，北大负责招生的老师就奉季先生之命，到华师大一附中找他面谈过。最终，从他所在的那个班级一共招走了 8 个人。

1984 年，钱文忠考入北京大学东方语言文学系梵文巴利文专业，师从季羡林先生和金克木先生。大学一年级起，开始撰写并发表学术论文，获"季羡林东方学奖学金"一等奖。

季羡林主持的梵文巴利文班开始一共有 8 个人，之后先有一两个人转系，再后来几乎全部搬到德国，最后剩下钱文忠一人还以此为专业，他坚持下来了，主修印度学，副修伊朗学、藏学。"冷"到不能再"冷"的专业，钱文忠乐在其中。

20 世纪 80 年代中期，留学德国汉堡大学印度与西藏历史文化学系，师从著名印度学家 A. Wezler 教授、著名佛教学家 L. Schmithausen 教授、著名伊朗学家 R.E. Emmerick 教授，主修印度学，副修藏学和伊朗学。

据称，钱文忠除了师从著名学者研习之外，20世纪90年代，居家自修文史之学达五年之久。钱文忠的"书房"不是一个房间，而是一套复式公寓。顶上的三个房间全部是书房，完全是图书馆的模样，底下也有一间书房。他的私人藏书有6万册之多。

据称，钱文忠每天的睡眠时间很少，基本上不在凌晨3点以前就寝，不在早晨7点之后起床，仅仅花费4个小时在睡眠上。大量的时间都浸润在书卷里面。

行文至此，大家也许会认为钱文忠过的是苦行僧一般的日子，与西游取经的玄奘似乎有得一拼。其实不然，钱文忠有着丰富的爱好。他所感兴趣的不仅仅是读书做学问，对各种名牌以及时尚也很精通。他的"书房"内充斥着名牌雪茄，LV包、高尔夫球杆等世俗眼中极具品位的东西，至于文物考古更是他的看家本领。曾经的短暂的下海经历让钱文忠在经商赚钱方面也得以一展长才，所赚的钱足以供养他"玩"学术以度余生。金石碑版、玺印、字画，是他玩的一大品类。他不但有房有车还有专职司机，这在教授中很罕见。他在中央电视台亮相的一身行头——名表、钻石戒指、颈链、名牌服饰等等——价位绝对不下于人民币一百万元。

不论是学术、古玩还是藏书等等，他都能"玩"得转。

钱文忠说："我确实喜欢'寓于乐'，我认为这是一种不错的态度，也很符合'游于艺'和'好之者不如乐之者'的古训，不是吗？我想，人活在世上是非常短暂的，不能什么都要。没有'舍得'的心态，会很累的。"

由此，我们懂得了，成功是需要付出的，付出的过程并不都是艰苦的，当你乐在其中的时候，快乐会如影随形。

由此，我们懂得了，立志对成功而言至关重要。

由此，我们懂得了，坚持对立志而言至关重要。

我们不可能复制其他人的成功，但是，其他人的成功无疑会予我们以深深的启迪。从钱文忠的成功历程中，我们会悟到许多的东西。

2015 年 3 月

钱学森：中华民族知识分子的典范

2009 年 10 月 31 日，一个让钱学森再次引人注目的日子，这一天，他走了，永远地！

其实，钱学森一直是媒体关注甚至追逐的热点人物。对于他，我们有很多耳熟能详的故事，有很多口耳相传的佳话，更有"仰之弥高"的敬仰，而今多了一份绵绵无尽的怀念。

他 1911 年 12 月 11 日出生于上海，祖籍浙江杭州。他是享誉海内外的杰出科学家和我国航天事业的奠基人，曾担任中国人民政治协商会议第六、七、八届全国委员会副主席、中国科学技术协会名誉主席、全国政协副主席等重要职务。他是人类航天科技的重要开创者和主要奠基人之一，是航空领域的世界级权威、空气动力学学科的第三代擎旗人，是工程控制论的创始人，他在 20 世纪 40 年代就已经成为和其恩师冯·卡门并驾齐驱的航空航天领域内最为杰出的代表人物；有"中国航天之父""中国导弹之父""火箭之王""中国自动化控制之父"等美誉。国务院、中央军委授予他"国家杰出贡献科学家"荣誉称号，中共中央、国务院、中央军委颁发给他"两弹一星"功勋奖章。

在钱学森的一生中，有两个人给他影响最深和帮助最大，一个是周恩来总理，一个他的岳父蒋百里。

蒋百里被誉为"代兵学之父"，曾任国民政府保定陆军学校校长，1937年初，他在自己的军事论著《国防论》中，首次提出了抗日持久战的军事理论。他与曾经担任过浙江省教育厅厅长的钱均夫（钱学森的父亲）是莫逆之交。蒋百里与其日本夫人生有5个女儿，钱均夫只有独子钱学森，蒋家答应将三女蒋英过继给钱家。日后，蒋英成了钱学森的妻子。1935年8月，钱学森赴美深造，原本读的是航空工程专业，但在继续深造的问题上，他与父亲发生了争论。钱学森打算下一步攻读航天理论，但父亲认为还是研究飞机制造技术为好。父子赌气争执不下。1936年，蒋百里知道钱家父子的分歧，一句"欧美各国的航空研究趋向工程、理论一元化，工程是跟着理论走的"话解决了钱家父子分歧。钱学森如释重负，从此对蒋百里感激不尽。

至于周恩来总理不惜释放美国战俘助钱学森回国的故事恐怕就知之者甚众了。

1949年，听闻中华人民共和国成立的消息，钱学森准备回国，并辞去了美国国防部空军科咨询团和美国海军炮火研究所顾问的职务。次年8月，钱学森和家人准备离开时，遭到了美国联邦调查局的调查，继而被扣留，至于为什么被扣留，原因众说纷纭，一个广为流传的说法是来自美军海军次长金波尔的一句话："无论在哪里，他都能抵得上五个师，宁可杀了他，也不能放他走。"这一羁留就是5年！1955年，一个偶然的机会，钱学森在报纸上看到时任全国人大常委会副委员长的陈叔通站在天安门城楼上，他决定给这位父亲的好朋友写信求救。陈叔通收到信之后，立即转交给周恩来，1955年8月1日，中美大使级会谈在日内瓦举行。周总理亲自指示王炳南大使与美方交涉。在中方提出释放美国战俘的情况下，美国总统艾森豪威尔允许钱学森回国。

1955 年 9 月 17 日，钱学森带着全家踏上回国路。

回国之后，钱学森所起的作用印证了金波尔识人的眼光，从某种意义上讲，钱学森的能力远不是"五个师"的概念。

钱学森在理论方面的贡献是多方面的，主要表现在应用力学、喷气推进与航天技术、工程控制论、物理力学、系统工程、系统科学、思维科学、科学技术体系与马克思主义哲学等八个方面。

钱学森关注教育这个"百年大业"，提出了很多独特的教育观念。

诸如"学龄提前，学制缩短，人人皆可早成才"的"大成智慧教育"的构想：4 岁入学，12 岁初中毕业；12 至 17 岁上高中及大学，完成"大成智慧"知识学习，再加一年"实习"，学成一个行业的专家，写出毕业论文，成为大成智慧教育硕士。到 21 世纪中叶，全中国的青年都可以 18 岁读完达到硕士水平的大学，成为社会有用的通才。这种学制的设计，以早出人才为旨归，适应了信息时代世界竞争形势的需要。而今，由中国管理科学研究院思维科学研究所脑功能研究中心主任、北京创新学会钱学森大成智慧教育专业委员会名誉理事长赵泽宗教授领衔的国家"十一五"科研规划重点课题"钱学森大成智慧教育思想研究与实践"开展得如火如荼，影响日盛。

诸如"掌握现代科学技术体系，培养理工文艺结合的'全才'"的思想：他提出的"现代科学技术体系"包括所有通过人类实践认知的学问。按照目前知识体系的认识，可以暂分为自然科学、社会科学、数学科学、系统科学、思维科学、人体科学、军事科学、行为科学、地理科学、建筑科学以及文艺理论等 11 大部门。相应地，教育要培养的人才应当是这样的"全才"：熟悉科学技术的体系，熟悉马克思主义哲学；理、工、文、艺结合，有智慧；熟悉信息网络，善于用电子计算机处理知识。

诸如"科学技术与哲学的统一结合，品德情感与智慧能力并重，培养高尚品德和科学精神"的思想；钱老一贯坚持把基础理论、技术科学、应用技术统一起来的考虑专业教学的内容。他提出要充分利用计算机、信息网络，人—机结合优势互补的长处。而大成智慧人才培养的关键，还在于学生的品德与精神。因此要靠伟大的科学精神和崇高品德的教育与熏陶，要靠自觉地追求真理的兴趣与激情，要靠人在与计算机优势互补中对知识的有效集成与积累，要靠在社会实践中长期的锻炼，才可能培养出真正高端的智慧人才。钱老高度重视了哲学的意义："一个科学家，他首先必须有一个科学的人生观、宇宙观，必须掌握一个研究科学的科学方法！这样，他才能在任何时候都不致迷失道路；这样，他在科学研究上的一切辛勤劳动，才不会白费，才能真正对人类、对自己的祖国做出有益的贡献。"

随着他的辞世，"钱学森之问"成为中国教育界有识之士关注的焦点。钱老提出的一个问题震撼了所有人——"为什么我们的学校总是培养不出杰出人才？"

为回应"钱学森之问"，教育部实施了"基础学科拔尖学生培养试验计划"，遴选了北京大学、清华大学等11所著名学府，从数学、物理、化学、生物、计算机学科开始进行"试验"，目的就是培养拔尖创新人才。这就是所谓的"珠峰计划"。

"在他心里，国为重，家为轻，科学最重，名利最轻。5年归国路，10年两弹成。他是知识的宝藏，是科学的旗帜，是中华民族知识分子的典范。"感动中国组委会的这段颁奖词是对钱学森一生的高度凝练的评价。

回顾钱老的辉煌一生，爱国是他不变的旋律，他说："我的事业在中国，我的成就在中国，我的归宿在中国。"

他淡泊名利。他说："我姓钱，但我不爱钱。""我个人仅仅是沧海一粟，真正伟大的是党、人民和我们的伟大国家。"

他重视灵感："难道搞科学的人只需要数据和公式吗？搞科学的人同样需要有灵感，而我的灵感，许多就是从艺术中悟出来的。"

他注重创新："我们不能人云亦云，这不是科学精神，科学精神最重要的就是创新。"

2015 年 3 月

创"新"而成"元"

——卢新元主席印象

卢新元是有一定造诣的书法家，这，相信不会有争议，因为既有他的作品支撑，也有他在书法界的地位佐证。

卢新元是我们一中的学生，这，自然也不会有异议，因为他的初中在我们一中就读，高中也在我们一中就读，甚至还在我们一中的高复班锻造过。

卢新元是我的学生，这，让我有点踌躇，虽然他总是这样说。因为我确实不是他的业师！如果说有点缘分的话，他在高中担任班级团支部书记，那时的学校团委书记是我；而且因为他的工作热情与能力，很是得到了我的"重用"，彼此的交集比一般的团干部要多，甚至多得多。

还有，就是他教过中学语文，而我的专业也是语文。

不管怎么说，他是对母校有着深厚感情的人，是对母校老师心存感激的人。

五年前，在四星高中创建迎验前夕，我们在上海见面，他欣然为母校题字，那内容取自弘一法师的"君子之交，其淡如水，执象而求，咫尺千里。问余何适？廓尔忘言，华枝春满，天心月圆"的条幅一直悬挂在文科品牌名师工作室内，为工作室增添了文化色彩。同行的数人也各有收获，他给我题写的"魏晋风度"横幅至今装点着我的"夜语轩"。

其间，我们在微信平台上多有互动，彼此的行迹也都昭然。

当年，他北漂，是他曾经的班主任高老师解囊相助的。

后来，他海漂，也是得到了友人的力助。

尽管如此，个中的曲折、辛酸，岂是外人能够体会的！

他临帖，冬练三九，夏练三伏；他待人以真，接物以诚；他牺牲自己的时间，成就他人的高度。

2007年到上海打拼，2009年组建徐汇区书法家协会，被推举为主席，而且是全票当选。2014年蝉联主席，依然是全票当选。2015年百尺竿头，更进一步，又成为第五届上海市青年书法家协会主席。

他还跻身于全国青联委员之列，在青代会上建言献策，大展风流。

我知道，他能有今天的这番成就，背后是惊人的付出，不懈的努力。

前不久，我借市委组织部组织优秀人才到上海体检之机，再度和他聚首。在他上海的新居用过午餐后，盘桓了整整半天，畅谈，观摩他的创作全程——从选纸，到挥毫，再到钤印。

他主动给在母校就读时期的陈校长和现任戴校长分别题赠了"康健恒远""唯才唯德"，还主动给他的几位老师题赠了各具特色的条幅。连随我一起拜访他的一位初次相识的如皋老乡也获赠了作品。

送我的"文章乐事"的横幅，说明了我们的心心相通。

需要特别提起的是他为我精心撰制的小竖幅"一点浩然气，千里快哉风"。这是苏东坡的词句，我特别喜欢。1997年乔迁时，曾经请如皋擅长隶书的知名书法家沈忠吉先生赐过墨宝；2010年学校申报四星级高中，为营造办公场所的文化氛围，又请时任如皋市书法家协会主席沈正先生题写，那幅行草作品至今还挂在办公室的墙上；此次的小幅，是小卢反复构思、多次试写其中的"点""气""里"等字后一气呵成的，我请行家装裱后，让它在我的工作站安了家。这，为我的工作站增色多多。

他表示很想为家乡做点事。

他希望我和天下名刹定慧寺的住持先期做点沟通（因为我的叔祖父性观法师曾经是如皋市佛教协会的名誉会长，与定慧寺结缘达80年之久），是不是可以组织义卖他的书法作品以筹集善款，济困助学。

他还有一个愿景：希望择一处临街的地方，盖一座艺术馆，把他收藏的、创作的作品展示出来，把这个艺术馆打造成为观赏、交流的圣殿。

三十开外的他，就有这份情怀，很是让人佩服！

作为上海市青年书法家协会主席，可以说是青年人中的翘楚。何以成"元"？不断创"新"：创作上求新，工作举措上求新，服务社会上求新。

这就是卢新元。

《如皋日报》2015年12月22日

"学"高，自成"泰"斗

——王学泰先生印象

王学泰先生是名满天下的京城大学者，中国社会科学院文学所研究员，中国社会科学院研究生院教授，著有《中国人的饮食世界》《中国流民》《华夏饮食文化》《幽默中的人世百态》《中国人的幽默》《游民文化与中国社会》《燕谭集》《多梦楼随笔》《偷闲杂说》《水浒与江湖》《重读江湖》《中国古典诗歌要籍丛谈》《游民文化与中国社会》《中国饮食文化史》等，做的是大学问。

我是僻处蕞尔小城的中学教师，干的是小事业。

按常理说，我们之间应该不会有交集；但是，这个世界就是充满了变数，你永远不会知道下一秒会发生什么事情。于是，在我所处的如皋这座中国历史文化名城，我与王学泰先生相遇了，而且有了学术上的交流，准确地说，是我有缘当面就教于王先生。

去年的 11 月 23 日下午，在如皋市博物馆二楼报告厅，王学泰先生应水绘园风景区邀请为如皋市民做《中国古代文化杂谈》的讲座，我因为友人的热情得以出现在现场，因而有幸聆听王先生的高论。

王先生从"江南"在历史上的地域范围说起；解读了"士"在中国历史上的特殊地位：既是"诸侯""大夫"之后，又居"农""工""商"之先；重点介绍了中国古代人才选拔中的科举制度，肯定了其使得平民可以借此出仕的积极作用，特别提到宋代寒门由此入仕的占到一半以上。

年逾古稀的王先生精神矍铄，中气十足，近两个小时的侃侃而道，为听众厘清甚至匡正了很多认知，也普及了不少文化常识。诸如杜甫诗歌开启了宋诗的风格，宋代名人不重家乡观念，大多不叶落归根，像苏东坡在常州善终、王安石于金陵城终老，其原因在宋代宗法被毁；科举士子通过礼部主持的会试后只是取得了做官的资格，具体能够做什么官还需要通过吏部的考试；因为种种缘由，中国古代历史上的统治者经常会大赦天下，有1200多次；等等。

在随后的互动时段，我抓住时机，率先向王先生请教了两个问题：

一是关于马致远的《天净沙·秋思》中的"瘦马"的，这是我推广国学的一个学生跟我探讨过的问题，对"瘦马"的理解是一般意义上的"瘦弱的马匹"还是指向扬州"养瘦马"陋俗，关乎"断肠人"到底是什么人的界定。虽然我知道王先生对"国学"的提法不以为然，但是我还是说起了这个话题。王先生以其学者的胸襟包容了"国学"的说法，以深厚的学养对我的提问做了明确的答复。

一是关于古代"三省六部制"体系下的官员品级问题。王先生的中书省拟旨、门下省传旨、尚书省行旨，吏户礼兵刑工六部按部就班各行其"事"的说法让我等豁然开朗。

最让人敬佩的是王先生"知之为知之，不知为不知"严谨态度，说得清楚的说得清清楚楚，记不准确就说临时失记，为我辈如何治学做出了示范。

王先生是著述等身的大学者，以其"学"高，自成"泰"斗。在北京燕山大讲堂、北京师范大学风云论坛等主讲过，在包括凤凰卫视、《南方周末》多家媒体亮过相。此次屈尊小城，为普及古代文化知识而不辞辛劳，其情怀令人肃然起敬。

祝愿王先生永葆学术青春！

2016 年 1 月

雉水风流

在广袤无垠的神州大地上，有这样一片神奇的土地：以最早成陆的地方计，寒来暑往，春秋更替，至今已走过了5800多年的历史。

放眼望去，一水的一马平川的平原，不见险峻的高山，也无丘陵的影子。长江、淮河两大水系护佑着她，亚热带湿润气候使得她雨水充沛，日照充足，年均气温14.4℃，日照2078.4小时，风速3.2米/秒，总降水量1057.1毫米。

说起她的芳名，那可是有典可征的，可以远溯到西周时期呢。

据称，武王姬发除纣灭商后，用分封诸侯的方法统治广阔的疆土，即宗法世袭制度。天子位由长子继承，其他儿子得封诸侯；诸侯位由长子继承，诸侯的其他儿子得封卿大夫。西周第三世周康王时，贾国也按照这一制度进行分封。成王姬诵攻克唐地后，分封其弟唐叔虞为唐侯（山西西南部），后叔虞长子燮父继诸侯位，改国号为晋。时康王姬钊继天子位，便分封叔虞的少子公明于贾地（今陕西蒲城）为卿大夫。贾大夫即为贾公明。《辞源》有云："康王封唐叔虞少子公明于贾为附庸，谓之贾伯，后以为姓。"春秋时，晋国灭贾国，贾国上大夫贾南屏，千里迢迢逃至当时黄海边。于是，《左传》留下了这样的文字：

"昔贾大夫恶，娶妻而美，三年不言不笑，御以如皋，射雉获之，其妻始笑而言。"从中，我们知道了这样的一段历史：贾大夫相貌丑陋，娶的妻子却有倾国之色，她对贾大夫没有好感，婚后多年"不言不笑"——这做媳妇的倒是蛮有个性啊。有一年周王来到贾国打猎。这时芦苇丛中飞起了一群雉鸟（俗称野鸡），周王让贾大夫射雉助兴。贾大夫拔弓放箭，弦音响处，雉鸟坠下，周王及随从都拍手叫绝，跟随贾大夫乘车观猎的妻子脸上终于露出了笑容，还开口表达了对夫君的欣赏。据传，贾大夫的媳妇笑的时候，正巧车旁有块石头，她的笑纹映在石上，石上便留下了笑纹，后人称其石为"纹石"，此石现存贾大夫墓（位于城东北的一个镇区，"文革"中虽遭平毁，现已恢复原貌）北。

当年，贾大夫在妻子面前华丽转身的这片土地是"皋"，也就是泽边高地，后人即取"如皋"二字命名这片土地，"如"者，往也。于是有了如皋港、如皋村。东晋义熙七年（411 年）有了如皋县。《太平寰宇记》载："县西百五十步有如皋港，港侧村名如皋村，县因以为名。"随后，几度变迁，直到公元 1991 年，如皋市横空出世，这片土地的历史翻开了新的一页。

而今的如皋，说得上声名赫赫。因为她是江苏历史文化名城，中国花木盆景之都，世界长寿养生福地。古色如皋，绿色如皋，银色如皋以及红色如皋（主要说的是红十四军）几张名片广为人知。走进这片土地，让人感受到扑面而来的青春气息。

"青春不是年华，而是心境。"

厄尔曼说得多好啊！

这，让我想起了这片土地上的一位老人。

她出生于 1908 年 9 月 9 日，2013 年 11 月 17 日辞世，享年 106 岁。

她是太平天国翼王石达开的副将韩锦坤的孙女；与我国著名的法学专家、国际私法学泰斗，享年 99 岁韩德培教授和中国工程院院士，煤田地质学家、煤岩学家、地质教育家，享年 92 岁韩德馨教授是同胞姐弟。

2008 年 10 月 6 日，中国首届"十大寿星排行榜"揭榜仪式在长寿之乡江苏省如皋市举行，时年正好百岁的她被评为"中国最佳风采女寿星"。当中国老年学学会常务副会长兼秘书长赵宝华宣布完毕，她健步——我没有写错，确实是健步——走上主席台，满面笑容地接受颁奖。接着，与现场采访的新闻记者侃侃而谈。她耳不聋，眼不花，腿脚灵便，思维敏捷，与人交谈，丝毫不要别人帮助。接受记者采访，她更是熟门熟路，在此之前，她已经接受过中央电视台记者的两次专访，荧屏效果极佳。

2006 年，当她得知第 28 届奥运会将于 2008 年在北京举办时，高兴极了，因为 2008 年正是她的期颐之年。她寻思要给奥运献上一份礼，根据如皋既是长寿之乡，又是花木之乡的特色，于是向市领导建议，以如皋百位百岁老人的名义，向奥运会赠送 100 盆培育 10 年以上的如派五针松盆景，祝奥运常青、祖国常青。市领导很快采纳了她的建议，与北京奥组委联系，也很快得到同意。2008 年 6 月 22 日，北京奥组委委派新奥集团总经济师魏莉专程来如皋接受捐赠，老寿星亲临现场，参加起运仪式，亲手向魏莉递交了盆景质保书。

她心情开朗，情绪乐观，喜欢与街坊邻居拉家常，街道组织活动，有请必到。她是典型的"老来俏"，爱整洁，爱打扮，衣着入时，无论在家见客或出门，都穿戴整齐。她说，要得人不老，首先是精神不老。自己的事自己做，自己能做的不让别人代劳。

她生活很有规律，起居有时，饮食有节。吃饭荤素搭配，以素为主，讲究新鲜、清淡，不暴饮暴食。

她秉持的养生秘诀是：脑子要用，身子要动，肚子要空。

有一则故事，发生在她寿登期颐之后。与她一起生活的小儿子发现老母亲把她的一双运动鞋放在了洗漱台子上，便和她说这个事，老太太不假思索地回应儿子：我的这双鞋子是在家里穿的，又不脏；我只是暂时放在这儿，又不是一直放在这里；我就是放在这里又怎么了，你和我一个一百多岁的人计较什么？让年逾古稀的儿子无话可说，只好笑笑。从中，既可以看到老太太的争强好胜的性格，更让人惊叹于她严谨的逻辑思维、敏捷的反应能力。

她因病辞世后，如皋市长寿研究会、老龄委与如城街道宏坝社区联合于 11 月 23 日借座"3 号会所"为她举行了隆重的追思会。如皋市长寿研究会会长刘桂江等出席。我因为是其次子饶立民的学生、其小孙女饶海纳的老师而应邀参加，见证了老寿星的影响力。

她的家族与教育有着很深的渊源。大弟韩德培供职于武汉大学，小弟韩德馨任教于中国矿业大学；次子饶立民曾经是高中数学老师；大孙女饶海蕴供职于如皋市技工学校，小孙女饶海纳执教于南京交通技师学院。

这位青春不老的老寿星就是韩秀芳老太太。

时光流转。

2015 年底，有一位华裔生物物理学家再度成为新闻人物：这位美国国家科学院院士，哈佛大学的化学与化学生物、物理学双聘教授，世界著名的霍华德·休斯医学研究所的研究员，中国科学技术大学"大师讲席"教授当选中国科学院外籍院士，时年 44 岁。她就是庄小威，在美国创办有庄小威实验室。

庄小威，1972 年生于江苏如皋。据她的姑姑，也是我的同事、我校物理组老组长庄老师说，庄院士还是小庄的时候就表现出超越同侪的智慧，特别好学，特别爱动脑筋。15 岁苏州中学的科大少年班预备班毕业，19 岁获得中国科学技术大学物理学学士学位，25 岁获得美国伯克利加州大学物理学博士学位。34 岁成为哈佛大学少有的化学和物理双学科正教授，2012 年 5 月 1 日，40 岁的她当选为美国国家科学院院士。其间，先后成为美国卫生研究院（NIH）国家研究个人奖、美国国家自然基金成就奖、Beckman 青年科学家奖、Searle 学者奖和美国麦克阿瑟基金"天才奖"（第一位获此荣誉的华人女科学家）等重要奖项的得主。

2005 年 3 月，美国霍华德·休斯医学研究会（HHMI，一家为全美科学家提供资助的富有卓越声望的非营利型研究机构）从全美 300多位提名人中选出 43 位生命科学家（当选者称为 HHMI 研究员，基本代表了美国生命科学及其相关交叉学科领域最活跃、最富创新能力、最高水平的研究力量），连续 7 年向每位提供 700 万美元的资助。庄小威榜上有名。

庄小威在哈佛大学工作以来，一周七天，每天都从早上 10 时工作到半夜 12 时。她说："除了吃饭和睡觉，剩下的时间都在工作。"她的研究是要探明生物体系中单个分子或单个粒子的运动表现。她创造性地将荧光光谱和显微分析技术应用于单个分子，这种崭新的物理手段，使得实时揭示复杂生物过程中的分子个体及其运动步骤成为可能。她在单分子动力学、核酸与蛋白的相互作用、基因表达机制、细胞核病毒的相互作用等领域做出了杰出的贡献。她带领研究团队发展超分辨率显微镜技术，识别个体病毒粒子进入细胞的机理，并用单分子技术从本质上研究核酸与蛋白的相互作用。她曾拍摄到单一枚感冒病毒如何影响一枚细胞，这是首次有科学家记录到这一过程。她的最新研究成果已经达到诺贝尔奖级别，遗憾的是扣大奖门而暂未得入。

毋庸置疑，他们是雉水大地上的风流人物，因为与我有着千丝万缕的联系，于是，我真切地感受到他们的光芒。

明朝的李贽在《藏书·儒臣传八·苏轼》中如斯说："古今风流，宋有子瞻，唐有太白，晋有东山，本无几也。"

我要说：卓吾先生，你说错了！

就在雉水这片古老的土地上，还生活过许多青春不老的风流人物：东吴大司马、享年97岁的大将军吕岱，王安石笔下的"天下豪杰魁"、帝师胡瑗（安定先生），"人物冠"、明代四大理学家之一的孙应鳌，清代的四部尚书戴联奎，赢得毛泽东主席盛赞的"明末四公子"之一、文学家冒辟疆，文化巨人、《闲情偶寄》的著者李渔，寿登耄耋的长寿御史沈岐，教育家沙元炳、吴俊升、刘季平，两院院士胡济民、杨裕生、马瑾、闵乃本，"华人神探"李昌钰，中央委员、中国人民解放军现役上将、北方战区政委褚益明，全国劳模、盆景艺术大师花汉民……

他们或"立德"，或"立言"，或"立功"，奏响了人生的华章，演绎了生命的精彩。其功业"不朽"，桑梓有幸，苍生有福。

2016 年 7 月

大咖来到水绘园

听本土作协领导说，近期会有三位文坛大咖驾临古城如皋，于是内心充满了期待。

期待的日子里，借助网络，我先对三位大咖做了点儿功课：

阎连科，知名作家，有"荒诞现实主义大师"美誉，作家本人则说自己是"神实主义"。获得过包括捷克的卡夫卡文学奖，日本的 twitter 文学奖，中国的鲁迅文学奖、老舍文学奖在内的 20 多个奖项，还获得英国的布克国际文学奖、2015 年诺贝尔文学奖提名。特别是卡夫卡文学奖，虽说这个奖只有十几年历史，但是不止一个诺贝尔文学奖得主在获奖前都获得过此奖，像 2004 年的诺奖得主奥地利女作家耶里内克、2005 年诺奖得主英国戏剧家哈罗德·品特。可以说，阎连科是中国作家中离诺贝尔文学奖最近的作家。他擅长虚构各种超现实的荒诞故事，情节荒唐夸张，带有滑稽剧色彩，强烈的黑色幽默往往令读者哭笑不得。作者对此的说辞是"并非我的作品荒诞，而是生活本身荒诞"。

王尧，著名学者、作家、文学评论家，现任江苏省作家协会副主席，苏州大学文学院院长。承担的科研项目有"百年中国知识分子研究""中国当代文学的发展与政治文化的影响"等，著述有《中国当代散文史》《关于"文革文学"的释义与研究》《"文革"对五四及现代文艺的叙述与阐释》《错落的时空》《纸上的知识分子》《乡关何处》《迟到的批判》等。

程永新，著名作家、编辑，大型文学期刊《收获》主编，有"作家中的作家""编辑中的编辑"之誉，著有长篇小说《穿旗袍的姨妈》、中短篇小说集《到处都在下雪》、散文集《八三年出发》等。

功课做完了，谒见大咖的愿望越发强烈了。

幸福的是，这愿望在 8 月 17 日就成为现实。

从可靠渠道知道了三位大咖将在下午现身有"东方第一情侣园"盛誉的水绘园，我们一众粉丝相约在近旁的"醉春秋"茶庄等待。看到大家手里都有几本阎连科的著作，彼此心照不宣：都是希望得到大作家的签名的。

几位大咖游园的兴致很浓，虽然室外气温有 30 多摄氏度，他们还是漫步了近两个小时。

在水绘园的会议室内，由两级市作协主席陪同，几位大咖终于闪亮登场了。清一色的深色 T 恤衫，阎老师着浅绿色的西式短裤，灰白相间的运动鞋，黑色棉袜，装束中透着随意。言谈举止也很随意，没有端着的高不可攀的感觉。

包括本地新华书店工作人员、作协会员在内的一众粉丝纷纷上前请阎老师题签。阎老师耐心地签了数十本，先用水彩笔，后用黑水笔：有的就是签个名字，有的会在名字而外加上日期，有的还会写上求签者的名字。在我准备的《炸裂志》和《情感狱》两本书上，阎老师用黑水笔留下了"时鹏寿先生存正 阎连科 2017.8.17"的文字。

其间，王尧教授在已经完成的一幅书法作品（内容是杜甫诗句

"四更山吐月，残夜水明楼"）上钤印，在场的粉丝请求把钤印的情景拍摄下来，王教授笑意吟吟地说：已经盖完了，要不摆个姿势？我插言：对的，用元代杂剧的术语叫"做钤印科"。王教授说：好吧，我就做钤印状吧。

程主编静静地坐在一边，墨镜推到前额部位，罩着略显稀疏的头发，眼中满是睿智，认真地抽着烟，一副道风仙骨的样子。

最后，应粉丝们的请求，阎老师欣然合影留念。

随后，他们移步如皋丝毯艺术博物馆继续活动，我们也完成了朝圣之行。

原来，大咖也是蛮亲民的！

《江海晚报》2017 年 8 月 25 日

重逢曹文轩老师

如果用"名满天下"来形容曹文轩老师，大概还是名副其实的吧？撇开他著名儿童文学作家，北京大学教授、博士生导师的显赫身份不论，仅中国第一位国际安徒生奖得主的荣耀就可以了。

十一月底，曹老师驾临古城如皋，在几所中小学举行文学报告会，他的诸如"阅读是把弓，写作是支箭"之类的高论广为流传，他在如皋这所江苏历史文化名城再次掀起"曹旋风"，让粉丝群暴涨，令粉丝们癫狂。很多小读者捧着久藏的、新购的曹老师的书一读再读；甚至有本土女作家在微信群内公开表白："这个男人，我暗恋多年了！"

因为一些机缘，我有幸在曹老师在如期间得以面觐，而且共进午餐。

甫一见面，我就从俗地和这位江苏老乡拉近乎：曹老师好！我是你的学生。曹老师好奇地望着我，眼神有点茫然。我赶紧道：我2006年以南通市学科带头人身份在北大进修过，好几十个人的班，你给我们上过课；后来我还写过对您的印象的文章，发表在《学子读写》上。曹老师说：记起来了，有这么回事。看来，南通教育在外的名声还是很响的。

于我，与曹老师面对面的情景历历在目。

那是 2006 年 8 月 1 日，星期二，一个阳光明媚的日子。北京大学网络教育学院 314 教室内。三个小时的侃侃而道，让我们见识了曹老师的真知灼见，还领略了他的古道热肠。

他说："面对苦难，我们应抱有感恩之心。"现在，全社会都弥漫着享乐的气息：无论是政府官员还是芸芸众生，大家都不读书；饭局前哪怕只有 10 分钟也要打两把牌！全社会都在渲染和夸大孩子的苦难。其实，每一代人有每一代人的苦难！苦难是社会生活中永恒的主题！他最不喜欢的季节是春天，因为这是青黄不接的时候。童年吃过青草，饿得甚至想啃石头的经历让他刻骨铭心。因此，他认为，对今天的学生进行必要的"苦难教育"，其意义远远高于语文基础知识教育、作文教育。

曹老师说，许多人对当今的教育有意见，殊不知，支撑着当今中国的精英就是我们这个教育制度培养起来的。

曹老师认为，老子与儿子、老师与学生的关系是天生的！许多人误解了民主、自由，于是让儿子、学生无节制地自我膨胀。这是很危险的！

他说："没有情调的人生是一种质量低下的人生。"他认为，我们共和国的教育最缺少的是审美教育。而美的力量绝对不亚于思想的力量。情调与知识、思想同样重要。回溯历史，当年，蔡元培出任教育总长时，就大力提倡德、智、体、世界观、审美五个方面的教育。

他直斥文坛"谁谈崇高谁虚伪，谁谈美谁矫情，谁谈悲悯谁滥情，谁谈风雅谁附庸风雅"的怪现象。而一个人、一个民族的风雅常常是从附庸开始的。

他认为不少文人常常把"丑"与"脏"混为一谈，所以作品中常常出现"厕所意象";把"假"与"虚伪"混为一谈。他说,加西亚·马尔克斯也写厕所,但是非常具有表现力,写得漂亮!不像我们,好像就是为了展示肮脏、丑陋。

他认为,之所以有那么多的人看韩剧,很大程度上是因为韩剧干净!

他说:"能够感动,这是一个人的美德。"现在,不少中国人拒绝感动。他特别欣赏日本作家栗良平(本名伊藤贡)的《一碗阳春面》那样的作品。

他特别阐述了"阅读生态问题"。而今,国民不怎么读书!学生也很少读课外书,即使读,也多是没有多少意义的书!这些书对人生成长,甚至对写作文,作用都不大!问题的症结是不少书是没有"文脉"的!

他觉得,儿童文学是给孩子带来"快感"的文学!

这些,令听众顿生醍醐灌顶之感,而且至今难忘。

在古城如皋,再次和曹老师说起这些,他总是睿智地笑笑。

而此次同桌进餐,曹老师给在场的众人留下了深刻的印象。

因为所在酒店以烧鱼闻名,于是各式各样的鱼纷纷被端上餐桌,我们就一如既往地糊里糊涂地吃,只管好吃不好吃,不管这鱼那鱼的名称、特性之类的。但是曹老师不是这样,他总要穷根究底,问同桌的就餐者,问服务员,甚至让服务员去问厨师。跟着曹老师,我们也弄明白了船丁鱼、江鲈鱼、昂刺鱼等等。

最有趣的是一盘牛肉上来后,曹老师于无疑处生疑:这是黄牛肉还是水牛肉?这样的问题,我们从来都没有想过。服务员表示不清楚,曹老师让她去打听后再说。当服务员再次进来后,曹老师再次询问,服务员语出惊人:店主人准备把牛牵过来,正在来的路上。虽然惹得举座大笑，但是并没有让曹老师释怀。临行在收银台店主人处，我们懂得了是黄牛肉，而且懂得了黄牛肉肉质远远优于水牛肉的知识。

曹老师还表现出对"赛雪梨"的如皋萝卜、猪肉皮之类的土产的浓厚兴趣，让我们对这位盐城老乡倍感亲切。

席间，我问起十多年前同给我们上课的哲学系的王博老师，因为王老师在授课时曾经提问过我。提问于教学是常态的，不寻常的是他在和听课者都不熟的情况下让"高明"答问，我清楚地知道全班没有"高明"其人，王老师是指向我的。我坦然地站起来回答了问题。面对满座的惊愕，王老师释疑：感谢"高处明亮先生"的参与。看来，我和王老师还是有默契的。从此我多了个"高明"的雅号。而今，国内知名的庄子研究专家王老师已经是北大党委常委、副校长了。

我们还聊起了我的朋友、如皋老乡杜晓勤教授。作为国内知名的古典文学研究专家，执掌复旦大学中文系的陈引弛、南大文学院的徐兴无的同门，他也以北大中文系副主任的身份分管系里的教学工作。就做学问而言，我清楚，杜教授算得上是我们如皋的骄傲。

考虑到机会难得，我拿出特意带去的他的著述《经典作家十五讲》，跟曹老师汇报我阅读后还写了一篇评介文字发表在南京的《精品》杂志上，该文还收进了我即将出版的著述《让书香浸润生命——时鹏寿伴你品读经典》中。曹老师鼓励了我，还欣然为我题签。又分别和在场的仰慕者合影。

曹老师"名满天下"，而且身处京城；我等在基层学校，而且僻处小城，却能够一再相逢，亲承馨欬，这，是我等的福分，也是我们之间的一种缘分。

2017 年 12 月 6 日

我与"伤痕文学"先行者的缘

说起"伤痕文学",对中国当代文学稍微有点了解的人,一定会知道,而且印象深刻。但是,对"伤痕文学"的先行者——卢新华——可能就知之不多了。名动天下时的卢新华仅是一个 24 岁的大学生;而且他很快就出了国,并且长期待在国外。

2018 年 8 月 11 日,在《文汇报》整版发表短篇小说《伤痕》40 周年的纪念日,《伤痕》文学的作者、中国文坛领军人物、如皋籍作家卢新华在如皋市新华书店二楼举行读者见面会。

这是我跟卢新华老师最近的一次缘。

见面会于下午 3 点开始,卢老师侃侃而道了近两个小时,还和六位听众进行了互动,一杯冷咖相伴,年逾花甲的他一直说着,而且是站着。

卢老师介绍了《伤痕》创作的前前后后。

他说,他小时候其实是个比较贪玩的人,对读书并没有什么特别的兴趣。初中时期所读的有印象的书大概也只有《欧阳海之歌》了。真正喜欢上读书呢,应该还是从插队落户的时候开始的吧。那时劳动很辛苦,从江苏的《新华日报》上读到一些诗,觉得自己也能写的,就开始尝试投稿，希望能借此改变自己的命运。后来他又从朋友处读到《青春之歌》等"毒草"，林道静写给卢嘉川的爱情诗句"你是划过长空迅疾的闪电，我是你催生下的一滴细雨"更给他留下了深刻的印象。他说，他很可能是从那时候开始喜欢写诗了。他还很喜欢哲学，本来是想当个诗人或者哲学家的。但是上了大学以后，他开始觉得诗歌尤其是抒情诗毕竟容量较小，不适合表达对一些重大的历史事件的思想和看法。而反观中外文学史上内涵比较丰富、思想性比较深刻的作品，大多还是小说。曹雪芹的《红楼梦》、巴尔扎克的《人间喜剧》、托尔斯泰的《战争与和平》等都是最好的例证。此外，小说反映社会现实最迅速，这为作家干预现实、批判现实，并成为时代的代言人创造了良好的契机。于是，他加入了复旦学生社团的小说组。《伤痕》就是他在小组里的一个习作。就是这个习作，将他推上了中国文坛，并且给他带来了许多的荣誉和光环：还是大二学生的他加入了中国作家协会，成为第四次文代会作家代表团中最年轻的代表，受到党和国家最高领导人的接见，并在茶话会上与同桌的胡耀邦有过深入的交谈；此后，又被推举为上海市青年联合会常委。但他一直在思考一个问题：他的文学道路和人生道路是否也就从此与《伤痕》共进退，像一些作家在靠一本书成名以后，就风光不再了，从此吃一辈子老本呢？这引起了他多方面的和长时间的思考。最终，他从自己的生活道路和创作实践中归纳和总结出了"三本书"的哲思。

其实，2017 年高考期间，因为浙江高考作文题的材料"人要读三本大书"来自他的《论"三本书主义"》《读三本书，走归零路》等文章，他又一次受到众多媒体的关注，走进广大读者的视野。"三本书主义"成为他继"伤痕文学"后创造出的又一个影响大众的新词汇。卢老师在见面会现场还阐述了他的"三本书主义"："人生要读三本书——

有字之书、无字之书、心灵之书。"

　　卢老师说：阅读一定要读经典。他真正爱上读书是 1972 年参军入伍以后。他们部队的驻地是山东曲阜，有一位副连长知道他喜欢读书，就不断地从曲阜师范学院的图书馆借回来一些他过去闻所未闻的"黑书"和"毒草"，说是供参考和批判之用。从此，他才真正接触到中外文学史上很重要的一批作家的作品，其中包括巴金的"激流三部曲"《家》《春》《秋》，茅盾的《子夜》以及雨果、莫泊桑、契诃夫、托尔斯泰等的著作。这些作品相较于曾经读过的"文革"中风靡一时的《欧阳海之歌》《艳阳天》《金光大道》等作品，让他明白了什么是经典，什么是艺术的震撼力。因为读什么书你就会受到什么书的影响，如果不读那些经过历史的反复检验是经典的好书的话，阅读不仅会是浪费生命，人生甚至还可能会被诱导到错误的道路上去。

　　至于"无字之书"，卢老师深有体悟。他有过较长时间的出国经历。辞去公职下海经商后的他去美国留学，先后蹬过三轮车，卖过废电缆，做过图书公司英文部经理，还在赌场发过牌，可以说阅尽人间万象。每天阅牌、阅筹码、阅人无数，不仅逐步加深了对人性的了解，同时也一点点领悟和体会到了财富的"水性"：一枚枚的筹码便是一滴滴的水，一堆堆的筹码便是一汪汪的水，一张张铺着绿丝绒的牌桌则是一个个的水塘，而放眼整个赌场，就是一个财富的湖泊了。在牌桌前每天都可以看到张三的面前堆满了筹码，可不一会儿却都转移到了李四的面前，而李四如果不能见好就收，那高高撂起来的筹码很快又会没入他处……从这里，他懂得了财富之水不仅会流动、蒸发、冻结，同时还能以柔克刚，藏污纳垢。所以，阅读赌桌这本无字之书，最终催生了他的《紫禁女》和《财富如水》两本有字之书。

　　他说，在读"书本知识""自然和社会"这两本有字和无字的书之外，还要经常地、反复地、不间断地阅读"自己的心灵"。当然，这三本大书也不是割裂开来读的，我们读"书本知识"的时候，必定会联系到"自然和社会"，我们读"自然和社会"时，常常也需要通过读"书本知识"来对自己的人生经验加以总结和概括。他还独具慧眼地评说了那些位高权重的贪官，说他们是能官，但是忘记去读"心灵之书"，不懂得反省自身，放下对"财色名食睡"的执着，对各种物欲、权力、财富的欲望和追求，已经成为现代人的新的"伤痕"。

在卢老师演讲的过程中，多次提起我，甚至还调侃：如果时教授以我的经历讲解成语，像一鸣惊人、洛阳纸贵、一步登天、"卢"郎才尽、东山再起，等等。

其间，我还接受了如皋多家媒体的采访。从《伤痕》初稿的不被认可，到板报的争相围观，到最终发表出来并获得优秀短篇小说奖，最终形成一种文学现象，我表达了文学是寂寞的事业，成功必须耐得住寂寞的观点。我还表达了对沉寂多年后复出文坛而且新著频出的敬意。

其实，此前，我和卢老师就有过多次的缘。

当天中午，我应如皋市新华书店彭经理之邀，在"知雅楼"陪同卢老师共进了午餐。

10日晚，我应如皋市作家协会副主席朱广英之邀，在"福星"陪同卢老师共进了晚餐。随后，还转场位于东大街的"醉春秋"茶社掼蛋——近年风靡的一种牌戏。我和卢老师联手，对阵的是我市政协张主席和文联纪主席，也许是卢老师鸿运高照吧，我们连下了对手两局。

这样的牌运，延续了春节期间我和卢老师联手的好运。

那是2月21日，那天是正月初六，友人、如皋儒商宋继高在苏州太湖边的私家庄园款待卢新华先生，邀请我市作家协会主席季健先生和我前往会面。因为正是春节假期的最后一天，路上挤满了为翌日上班而赶回去的车，平时两个多小时的车程竟然花了近七个小时。

晚上九点抵达庄园时，卢先生和苏大的如皋籍教授季进——季健的胞弟——已经用过晚餐。我们匆匆吃过晚饭后，拜见了卢先生和季教授。卢先生赠我以年初出版的新著《三本书主义》，季教授赠我以《季进文学评论选》，我向他们两位大咖回赠了 2017 年底在江苏凤凰教育出版社出版的新著《让书香浸润生命》。

我还给卢先生带去了一份特殊的礼物：那是一份 13 年前的《江海晚报》，2005 年 1 月 12 日的，其中"夜明珠"专版上面有我的一篇文章《"放下"后的再崛起——与当代著名作家卢新华面对面》，是我当年参加卢先生在如皋丽都假日酒店举行的"从《伤痕》到《紫禁女》"学术报告会后所作。《紫禁女》讲述的是一个生理残疾的女子和三个男人的情感故事。作者坦言："尽管自己早已远离文坛，在美国办公司、做金融，甚至蹬三轮都和文学没有丝毫关系，但内心从未对文学忘怀。"

然后是各种合影，卢老师、季教授、宋先生几位在各自的领域里都很成功的大咖都很配合，一点也没有像有些所谓成功人士那样端着，让我等内心非常熨帖。

我们还在庄园的 KTV 内休闲，你一曲他一曲，新歌老调，其乐融融，卢老师铿锵有力的演绎风格，给在场众人留下深刻的印象。

随后，在近午夜十一点的时候，牌兴浓牌艺也高的卢老师倡议掼蛋，我偶然地成为他的搭档，并且合作默契、愉快，顺利地战胜了对手。卢老师还高度赞许了我的牌艺。

人和人的相遇可能是偶然；但是，佛说：前世的五百次回眸，换来今生的擦肩而过。隐隐的，其间都是一种缘。平凡如我，能和卢新

华老师这样的文坛大咖一再结缘，幸何如哉！能一而再地面对面亲承
謦欬，幸何如哉！

2018 年 8 月

入骨三分的思念

——家严辞世九周年祭 *

虽然身边的不少人都不主张我写这样的文字，以为这会让人伤神，而且于事无补；但是，执键的冲动时时袭上我的心头，在时近九年的此刻，已经到了如鲠在喉的程度。于是，不管不顾地抒写下如下的文字，算是为人子女的一份入骨之思吧。

恍惚间，家严离开我们已经九年了！

他走得实在太突然了：2009 年 12 月 6 日黄昏，一场突如其来的车祸，把他鲜活的生命画上了休止符。他甚至都没有能够留下一句话，就走了，永远地走了！

彼时，我和几个同行在城里聊天。当乡邻委婉地电话告知我的时候，我一下子懵了，脑子里一片空白。

彼时，舍弟还在安徽出差。得到噩耗后一个劲地往家赶，凌晨 1

* 此文于 2020 年 5 月获得如皋市全民阅读办、如皋市文学艺术界联合会、如皋市作家协会主办的"书香如皋"之"我是朗读者"100 期庆典的"最具影响力发布奖"。

点多赶到家。一下子扑倒在父亲的遗体前，失声痛哭，长号不止。

彼时，家兄在现场控制事态，处理相关事宜，包括把痛不欲生的母亲——最可怜的现场第一个目击者，痛失老伴的老人——安顿住。

留在我印象里的父亲形象鲜明：个性开朗，人情练达，安贫乐道，舐犊情深。

在头七之期，吾妻为父亲写下过这样的文字：这个人活着的时候性格豪爽，笑声朗朗；这个人厚道善良，乐善好施；这个人从来都是健步如飞，能挑能扛；这个人常常在大清早给我们送来刚掰下来刚煮熟散发着香气的玉米棒子；这个人总是在儿女们回家的时候忙碌在灶间，满头的汗，满脸的笑；这个人看到我们打孩子就生气，看到老师批评孩子就立马翻脸；这个人把喝光的酒瓶舍不得扔掉，就因为酒是儿子送的。这个人的离去给一家人带来铭心的哀伤。

九年了，还是没有适应父亲不在的日子！

闲坐的时候，睡梦之中，父亲的形象时不时地穿行于我们的脑海，或清晰，或模糊。闲聊的时候，经意不经意之间，父亲还是常常挂在我们的口头。

无须费心检索，多少记忆纷至沓来：

37 年前，参加高考铩羽而归之时，是目光长远的父亲坚持让我坐进补习的教室。一次又一次地蹬着 28 型的"永久"牌自行车在磨头中学和我新民老家之间来来去去，那躬身用力的身姿永远地刻在了我的脑海里。今天，我能够执键为他写上一点文字，全要拜他之赐。在补习的教室里坐了 10 个月，我多考了 90 分，以当年磨中第二高分的佳绩圆了"十年寒窗"求学梦。

31 年前，因为盘根错节的人际关系，我被从仅待了一年的县中调出，回教育局重新分配工作，不平之气充斥我的胸膛。是父亲让我懂得：不要祈求人生的公平！只有你的实力足够强大的时候，你才不至于任人宰割！只要你是金子，你总会有大放光芒的时刻！现在想来，"识字"并不算多的父亲，"识事"可谓多多。那几句让我受用终生的宽慰之语，警策得如同哲人之思。

父亲是个村官，人生的大好年华都砸在了这个平凡得不能再平凡的岗位上了。给我们带来约最直接的东西就是我们兄妹拥有了"农村高干子弟"的身份，因为不像一般人家那样愁吃愁穿，在成为同伴羡慕的对象的同时，经常遭到来自"老愤青"的语文老师的唾沫横飞的刻薄：你们这些"土皇帝崽儿"的子女……但是因为国家政策的原因，晚年的生活并没有可靠的保障。虽然我也在一些场合包括组织部门召集的座谈会上为他们反映过，呼吁过，还是没有根本性的改变。父亲无怨无悔，表现出一个老党员可贵的思想境界！

父亲敬长爱幼。生活上相对拮据的他姑姑是他的牵挂。逢年过节的，父亲总要备上礼品去看望他的姑姑，让她感受到亲情的温馨。他一年到头在田间、灶台忙活，哪怕是严冬酷暑。兄弟姐妹会在节假日回家团圆，父亲总是忙得乐呵呵的。

晚年的父亲耳朵不是很好，所以说话总是粗声大气的，让人感觉上他有着无尽的活力。

只是，这一切都在那一刻戛然而止！

然而，这一切在记忆深处变成永恒。

2018 年 12 月

老科学家又出新闻

近日，有两位老科学家又出新闻了。

年轻的一位出生于 1930 年 12 月 30 日，女性，芳名屠呦呦。

年长的一位出生于 1930 年 9 月 7 日，男性，大名袁隆平。

两位都年届 90，而且都盛名远播。

屠呦呦最广为人知的成就是因为发现了可以有效降低疟疾患者的死亡率的青蒿素而于 2015 年获得了诺贝尔生理学（医学）奖，成为首获科学类诺贝尔奖的中国人。

随后的 2017 年 1 月 9 日，她获得 2016 年度国家最高科学技术奖。2018 年 12 月 18 日，党中央、国务院授予她改革先锋称号，颁授改革先锋奖章。2019 年 5 月，她还入选福布斯中国科技 50 女性榜单。

眼下，她又获得联合国教科文组织授予的国际生命科学研究奖，BBC 称她为"史上最伟大科学家之一"。

总部位于法国巴黎的联合国教科文组织 10 月 22 日公布了 2019 年度联合国教科文组织—赤道几内亚国际生命科学研究奖获奖名单，共 3 人获奖，其中包括来自中国的屠呦呦，因在寄生虫疾病方面的研究获奖。该奖项旨在奖励提高人类生活质量的杰出生命科学研究，今年是该奖项的第五届。

袁隆平是中国研究与发展杂交水稻的开创者，被誉为"世界杂交水稻之父"。1995年被选为中国工程院院士，1999年中国科学院北京天文台施密特CCD小行星项目组发现的一颗小行星被命名为"袁隆平星"，2000年度获得国家最高科学技术奖，2006年4月当选美国国家科学院外籍院士。

也是在10月22日，湖南省农学会组织中国农业科学院、福建省农业科学院、中国水稻研究所等单位专家，对袁隆平团队在湖南省衡南县云集镇、湘潭市雨湖区及长沙市芙蓉区示范的第三代杂交晚稻系列组合试验进行了现场观察与测产。实测实收的结果是平均亩产1046.3公斤。专家们认为，这些第三代杂交晚稻组合优势强，有望带来产量上的重大突破，成为全球水稻种植的新"福利"。袁隆平也表示："这个结果我满意。我们在湘北、湘中、湘南都有实验田。力争明年通过湖南省审定，再向全国推广，做更大面积示范和种植。"

袁隆平团队超级杂交稻技术截至目前经历了三代。第一代为以细胞质雄性不育为遗传工具的"三系法"。第二代为以光温敏雄性不育为遗传工具的"两系法"，这也是现下超级杂交稻的主流育种法。不过，两者各有缺陷：三系不育系配组受局限，两系不育系繁殖和制种存在风险。第三代技术，则有效地解决了前两代育种法的缺陷，并"遗传"了其优点。所谓第三代杂交水稻，即利用普通隐性核雄性不育系为母本，以常规品种、品系为父本配制而成的新型杂交水稻。袁隆平认为，这是未来水稻杂种优势利用的一条理想途径。

据悉，湖南杂交水稻研究中心现已建立了成熟的第三代杂交水稻育种技术体系，选育了一批第三代杂交水稻不育系，并通过籼、粳亚种间优势利用，培育出了系列苗头强优组合。今年，团队在长沙、湘潭、桃源等地进行了第三代杂交晚稻试验示范。

毫耋之年的他们，成就赫赫，名满天下，但是还阔步走在研究的路上。这种精神令人敬仰。更值得世人见贤思齐。

有这样的科学家，是国人之福，是人类之福。

2019 年 10 月 24 日

站在闵氏昆仲的故居前

金秋时节，秋高气爽。天蓝蓝，阳光正好；风习习，温度宜人。我们相约走进石庄古镇。

在石庄，闵氏昆仲可谓家喻户晓。

闵乃大为昆，是著名的德籍华人科学家，中国计算机科学先驱。他1936年自清华大学电机工程专业毕业，随后赴德国柏林卡劳腾堡工业大学留学。1948年回国任清华大学电机系电讯网络研究室主任、教授。1952年秋，在华罗庚的组织下，中国科学院数学研究所建立了中国第一个电子计算机科研小组，闵乃大任组长，后又出任中国科学院计算技术研究所筹委会委员兼整机研究室主任。1958年去德国定居，在线性网络理论研究方面有突出成就。他的重要科研成果大都被收录和引用在中国导弹与航天技术的主要开拓者蔡金涛院士的专著之中。中国巨型计算机之父、第三届国家最高科技奖获得者金怡濂曾经这样说过："在清华读书时，印象最深的是基础课，那时，闵乃大、钱伟长、孟昭英等声望很大的教授亲自教我们，学校重视基础课的程度可见一斑……闵乃大教授讲的课理论很深，公式一写两黑板，推导完后，一定反复问大家抓住了概念没有。"足见闵乃大教授的教学之功。

闵乃本为仲，生于 1935 年 8 月 9 日，2018 年 9 月 16 日辞世，是晶体物理学家，中国科学院院士，第三世界科学院院士。是九三学社第十、十一届中央委员会副主席。2013 年 12 月 20 日，国际编号为（199953）号的小行星被命名为"闵乃本星"，这"是对其几十年来在科学研究上的卓越成就和重大贡献的褒奖和殊荣"（陈骏语）。他先后获得何梁何利科学技术进步奖，美国科学信息研究所（ISI）经典引文奖，国家自然科学一等奖，还荣膺江苏省"改革开放 40 年先进个人"称号。他的专著《晶体生长的物理基础》是国际上第一本全面论述晶体生长的理论著作。全国人大常委会副委员长、九三学社中央主席韩启德对他"在四十多年的教学科研工作中做出的重要贡献和对科学真理执着追求的坚定信念，淡泊名利、甘于寂寞、埋头苦干的精神，诚实合作与虚怀若谷的态度"高度赞誉。

兄弟二人在各自的领域都很有成就，弟弟较哥哥为甚。

到了石庄，这样的科坛巨匠的故居怎能错过。我内心里揣测，闵氏昆仲该是怎样的景象呢？

走街，穿巷，曲里拐弯的，终于到了闵氏昆仲的故居。

然而，我呆住了：周围尽是拆迁后的断瓦残垣，闵氏昆仲的故居兀立着，没有任何标志性的指示牌。房屋矮小、破旧，青瓦盖顶的屋面有不少杂草，长势还很疯狂！门关着，里面的状况根本看不到……

怎么会这样？从了解情况的当地年龄稍长的人口中，我们惊悉：早年的闵家算得上大户人家，引得心胸狭隘的邻里嫉妒，竟至于趁着黑夜纵火……闵家伤心至极，远走唐闸重新安家。所以，此处老宅是荒宅一座。

真是人心险恶，恶不可测！

所幸的是，地方的主官们已经在做一些补救工作，不，是救赎工作!

　　我们看到了紧锣密鼓建设中的"石庄历史文化展示馆"，闵氏昆仲与跟袁隆平齐名的水稻专家、2013 年国家科学技术进步特等奖获得者石明松（1938—1989）、李渔是乡土名家展示板块的第一方阵的四人。

　　无论从镇的宣传推介看，还是从对乡贤的青史留名看，"石庄历史文化展示馆"的修建都是很有价值的事情，因为文化是一张高雅而且厚重的名片。

　　这是时代的进步！

　　这是主官们的远见卓识！

　　这也是对闵氏昆仲的一种安慰吧。

《如皋日报》2019 年 11 月 24 日

我的妈妈叫要强

虽然只是相距十几分钟的车程，但是，因为新冠肺炎疫情的特殊状况，我已经好多天没有与我的妈妈见面了。

虽然不见面，但是，她一直在我心里面。

她已经是个寿登耄耋的老人了！在她 80 年的风雨人生里，她给我们最深的印象是要强，似乎在她的身体里根本就没有认输的基因。

这，似乎还得从我奶奶说起。

我的奶奶其实不是我的真正的奶奶，而我真正的奶奶我又从来没有见过——虽然我嫡亲的爷爷是活到 93 岁辞世的，而且是健康长寿的那种，但是我嫡亲的奶奶却在她的壮年就丢下她的一大堆孩子去了另外一个世界。

我的父亲就是曹门一大堆孩子中的长子，因为他舅舅家没有子嗣，又因为他有兄弟五个（最小的老五也给何家抱养了）之多，还有一个姐姐，所以，他就到时门"立祠"。他的舅母就成为我奶奶了。

我的这个奶奶没有生育，但是她似乎非常喜欢子女，抱养了我的父亲之后又接二连三地抱养了我的本姓郭的"姑姑"（我们老家称呼"孃孃"）和我的本姓陆的"叔叔"（我们老家称呼"姨"，我一直不理解怎么用女性的称谓来称呼男性），于是，除了在曹门的一个孃孃四个姨外，在时门我还有一个孃孃一个姨——这个姨的家里兄妹竟然有八个之多，还是如皋城里人家。

在这个奶奶抱养的三个子女中，姨最小，而且是吃公家饭的，他的妻子也就是我的婶婶（我们老家称呼"娘娘"）是当时的国营单位——江苏省如皋肉联厂，如皋少有的省字号单位。所以，他最为得宠。连已经出嫁的孃孃都向着他，经常偷偷地带着好吃的东西，绕过我们的家，到姨和娘娘家给他们唯一的女儿享用——为这些琐事，这些年来孃孃没有少听到妈妈的挖苦，每每理不直气不壮地辩解，常常弄得自己满脸通红。这些，让妈妈难以回避很多中国家庭都会遇到的婆媳关系、姑嫂关系。也许是为了求得心理上的平衡，她自然处处要强。

其实，妈妈也是她父母的宠儿，她是家里的落榜儿（孩子中最小的），三个哥哥一个姐姐都让着她的。当然，我的母系的这四个长辈都先后追随他们的父母而去了。而今，妈妈是杨门硕果仅存的长者。

在农村，要强就是处处和别人比，而且不愿输给别人。

农村最大的赛场自然是农活儿。插秧、挑粪、除杂草、割麦、掰玉米、拔萝卜……她从不肯输人，也从不会输人。所以，她拿的工分总是最高的。当然，为此也落下了眩晕、腰肌劳损、坐骨神经痛等种种疾患。

还有一个更重要的赛场，那就是家人的出息。

我的父亲是我见过的难能可贵的男子汉。他从生产小队的会计起步，从大队（后来改制为村）书记任上退下来安享晚年。职位虽然微不足道，但是也算"农村高干"，要不，我们在求学阶段也不会动辄被性情暴躁的班主任责骂："你们不要以为你们的老子是土皇帝佬儿，就不晓得天多高地多厚，将来路还是要靠你们各人自己走！"当然，一直到现在，有些朋友还会经常以"官二代"调侃我们。

殊为难得的是，父亲和很多的村干部都不一样：他不玩牌——压根儿就不会，也没有思量着去学，所以和赌不沾边儿；他也没有花花肠子，"从政"数十年，没有一点绯闻。妈妈经常拿这个打趣他，他总是朗声大笑，然后满足地咪一口老酒。我们知道，这是妈妈颇为自得的地方，是一个女人最大的面子。

妈妈没有什么文化，就是靠着国家的扫盲政策，像进了贾府后学乖巧的林黛玉所言"些许认得几个字"罢了。但是，她懂得文化知识的重要性。于是她悉心培养我们兄妹四个。宁可自己多吃苦，也要让我们多读书。虽然哥哥、妹妹和弟弟都没有像她所期望的那样读出点名堂，但是我在 20 世纪 80 年代初成为村里恢复高考 6 年后的第一个本科生还是让她扬眉吐气的。对于我从师范院校毕业后一直在家乡执教，她也非常高兴——她喜欢子女在身边绕脚跟转的感觉。对于我在教育界薄有声名，她也特别开心，津津乐道的。甚至，对我们的子女纷纷进入江苏大学、苏州大学、复旦大学求学，她也像过节一样开心。只是，对三个孙子女如今都在上海打拼心有不甘，因为她觉得大城市再好，也不如如皋好。

几年前，妈妈突然被查出了肺部的问题。在我们的坚持下，到南通做了一个不小的手术。其间，我们有一个早就确定的与韩国高校的交流安排。在我们犹豫不决的时候，妈妈坚决地表示她没事儿，让我们按原计划进行。由于嫂子、弟媳和妹妹几家人的照顾周到，妈妈也不愿给子女添太多的麻烦，所以术后恢复良好。我们回国不久，她就顺利出院，回家休养了。只是要强了一辈子的她常常感慨：村里 11 个同龄人，谁谁谁都好好的，怎么偏偏她会摊上这么大的一个手术？手术后元气肯定受伤了，不然怎么爬个二层楼都喘气呢？

为了表示她不是百无一用之人，她在自我感觉身体恢复后，还到邻居家揽了私活儿：套圈（为加工后的猪肠衣套上一个小塑料圈儿，每"把"套一个）。上工回家后常常得意地炫耀，她比一群比她年轻的工友做得快！我们都懂得孝顺的真正内涵——所谓"孝"，就是"顺"，顺着长者的心意处事。所以，我们都随她去，只是提醒她不要当个交易，累了自己。

虽然妈妈已经80岁了，但是她还在为子孙操心。担心做生意的大儿子，就怕"胆大"的大儿子"妄为"；担心小本经营的小儿子，因为小儿子只知道埋头做做做，较少变动；担心嫁出去的女儿在婆家过得好不好，会不会得到女婿的善待，会不会遭到她婆婆的刁难；担心孙子孙女的婚事，不理解现在的孩子怎么没有走入婚姻的积极性的；担心外孙的工作……我们都说"儿孙自有儿孙福"，劝她歇歇神，不要劳心！但是，我们说我们的，她继续操她的心：公开表示自己的忧虑，有时也在背后嘀咕。

我们都理解：谁让她的名字叫要强的呢！

当然，要强的妈妈也有示弱的时候。

她在说自己的姑娘好（我这个妹妹确实好！趁着赶工的机会，几乎天天能见到妈妈；还时不时地把妈妈接到自己家里，好吃好喝地伺候着——妹婿偏偏忙得一手好菜）的同时，特别善于表扬几个儿媳妇。也许是年轻的时候受婆婆的不公正对待的经历（其实，她从20世纪60年代初嫁到时门，也就和她婆婆共处了十来年——她的婆婆也就是我的所谓的奶奶是在多年的卧病在床后，于1976年9月10日紧跟着一位世纪伟人而逝的）让她发誓要做个好婆婆，在外人面前，她总是不吝啬说儿媳妇的好话，背后也发自内心地认可几个儿媳妇。每每儿子和媳妇有了矛盾，她总是坚定地站在媳妇一边的，哪怕内心里也觉得媳妇不是。而且，说大媳妇好二媳妇好三媳妇好各有各的好，几个儿媳妇开心地争先恐后地为她买衣服买鞋子买零食……自从父亲不幸罹难之后，按照老家的风俗，妈妈就轮流着在哥哥和弟弟家过日子——我们也邀请她到我们家住住，也许是因为我们上班族照顾不够熨帖，也许是我们家附近没有她熟悉的人脉，她住得最长的时候都没有超过半个月，这是让我们夫妇内心一直感到歉疚的——哥哥和嫂嫂、弟弟和弟媳对她的照料精细，无微不至。其实，如此示弱也是她要强的一种表现——看！我这个婆婆做得多成功。

为了表达对妈妈的敬意，我特地为自己取了个笔名：杨子仲。每当别人不解而问起的时候，我总是自豪地说：我妈妈姓杨，我排行第二。

如此说来，我有三个姓：本来应该姓"曹"，随着父亲到舅舅家立祠就姓了"时"，因为妈妈的缘故又姓了"杨"。因此，在外面和人交往时，我就有了很多的"本家"。

感谢我的双亲，特别是我的妈妈！因为父亲已经不在了，妈妈就是我们这个大家庭的核心。都说："父母在，人生尚有来处；父母去，人生只剩归途。"有妈妈在，我们就有主心骨，就有精神寄托，就有常回家看看的动力。

妈妈，无论你示弱，还是你要强，你都得好好的！

2020 年 3 月 15 日

生活百味

没有电视的日子

　　终日与电视为伴，竟至于不知电视外有何物了。闲暇时自然是她铁定的伴儿，工作紧张时也要挤出尽可能多的时间陪她。最没出息的时候，魂牵梦萦，牺牲了睡眠也要跟她多多亲热，有时甚至抗拒不了她的诱惑而影响工作。一个男子汉大丈夫为她堕落如斯，每每说出来他人都有不信，连道"夸张"，我一笑置之，不加申辩。有人说这是"电视病"，我心中还认为他不正常。

　　忽然有一天，电视机内传出焦糊的经久不散的味道，接着电视便从我的生活中一下子消失得无影无踪。我像被人抽了脊梁骨般软瘫了，一切变得空空荡荡，无所依傍，无所适从，真不知除了做电视伴侣外，我还能做些什么。

　　无须妻叮女嘱，猴急地将行家请上门。无奈这次毛病非同小可，"手到"也不能"擒来"，送出去修理又有诸多不便，只好听凭她撒娇卖嗲而无计可施。

　　无奈之际，偶然读到一篇美国"无电视周运动"的报道，茅塞顿开：我为何要在一棵树上吊死？既然落花有意流水无情，我也做他一回"负心汉"吧。于是，没有电视的日子，我的生活前所未有地多彩。

被闲置多日的音响得到了青睐，虽无电视之可视可感，但有自由选择的潇洒，可以把爱听的曲子翻来覆去地折腾个够，兴致所及还能"OK"一回。

被电视挤走的伏案时间变得丰裕了，生性并不懒惰的我也没有了托词，兼之爱妻不断地鞭策，于是酝酿既久苦于没有时间成文的教育随笔、教学论文、杂感小品之类汩汩而出。

因电视而疏远的父女亲情复归了。以前只觉得不谙世事的小女只会在耳旁聒噪，而今却听出了个中的娇柔、智慧和女儿的成长。投之以桃李，报之以琼瑶，家中充满了温馨的气息。

被淡化的友情也随着电视的远去而日趋浓烈。我可以无牵无挂地抽身访友，也能真心诚意地款待来访的亲朋，与他们牌戏，和他们畅谈，使他们有宾至如归的感觉。

没有电视的日子，也不赖！

《南通广播电视》1995 年第 46 期

大白菜情结

　　每每到了大白菜大量上市的时节，常常可以看到人担车载、滚滚而来的壮观。这种俗称"黄芽菜"的菜蔬，价格低廉、味道清淡，尤其是便于储藏，居民们往往大量购置以充作越冬菜源。说来也许你难理解，在科学技术已经淡化了菜蔬季节性的今天，这普普通通的大白菜仍让我情有独钟。不论以前做学生还是今日做先生，也不论客在他乡还是居于故里，对它，都怀有亲近的感觉，似乎已经形成一个破解不开的情结了。因为，于大白菜，我确有深刻而又温馨的记忆。

　　虽只而立之年的我，也经过那"瓜菜代"的岁月。那年月，对我们这个兄弟姊妹众多的家庭而言，偶尔能吃上一顿纯粹的大米饭几乎是一种奢侈。况且父母都是本分地在生产队里挣那不值钱的工分的农民，没有稳定的经济来源。尽管农活很不值钱，但似乎总是干不完，常常要在晚上集合起社员们挑灯夜战。往往收夜工时已是更深人静了，生产队里就集体煮些夜伙犒劳犒劳劳作的人们，那就饭的菜肴就是今日不入人眼的黄芽菜汤。劳累了一天的父母根本舍不得吃上一口，总是原封不动地带回家，将已经醋入梦乡的我们唤醒，拥着被单，你一口我一口地往没有多少油水的肚子里填。眨眼间，只剩下空空如也的饭盒和菜碗，虽意犹未尽，但黄芽菜汤那温暖的感觉和父母爱怜的眼神都已深深刻在记忆深处。念及此事，我总有一种泪水涌动的感觉，既懊悔那时的贪婪自私，又感慨它连着我少年的辛酸和幸福。

另一个相关的记忆是新婚燕尔时。由于忙于工作，而家里又催促着"办事"，对生活一向就没怎么操心的两个"甩手派"一下子成了独当一面共同撑起一个家的两口子后，才忽然发现：我们连最起码的生活设施都没有备齐。有多大的胚子就做多大的馒头吧，就着煤气灶，用住集体宿舍吃食堂时代积攒下的"家私"——小小的已是凸凹不平的钢精锅煨上满满的白菜烂面，兑上调料，不需分碗（也无碗可分），你一筷我一勺地，佐着年轻的心，佐着酽酽的爱，倒也情趣盎然。就这样，一个又一个严寒的冬夜远离了我们。任凭他人七荤八素，觥筹交错，我们是安之若素，乐在其中。

有了这两段经历，我的大白菜情结应该是牢不可破了。司马光不是说过"人皆嗤吾固陋，吾不以为病"的妙语吗？对此，我也今生无悔。

《江海青年》1997 年第 9 期

善待挫折

我不是个圣哲，这是不争的事实，即使再努力上二十年，也成不了这个气候，对这点，我也是心知肚明的。但这并不妨碍我明白做事往往不会一帆风顺的道理，清楚"不如意事常八九"的世情。因而，捡拾起"善待挫折"这个话题绝非向壁虚构，而是空穴来风。

其实，人生在世，挫折乃至失败是不可避免的。哈代就有过"要知道成功之前的任何一次努力，其结果必然是失败"的睿语，关键是你如何对待，明人洪应明如是说："横逆困穷是锻炼豪杰的一副炉锤，能受其锻炼，则身心交益，不受其锻炼，则身心交损。"这确是有见地之说。

曾经带学生参加各种各样的竞赛，或得胜回朝，或铩羽而归，胜固然是可喜的，败则不那么欣然，而是伤感得难以自持甚至不顾风度地掉头而去，每每身临其境，我的心就会阵阵发紧：学子啊，像这样的心态，怎么能在未来竞争激烈的社会大舞台游刃有余！

我忧虑，我思索，于是常被奉为楷模的古今中外的名人们向我坦阵行状，打开心灵：

哲学家王阳明说：经一蹶者，长一智，今日之失，未必不为后日之得。

文学家屠格涅夫说：不能忍受摔跤，你永远也学不会走路。

美国的造船专家富尔敦受瓦特的影响试制蒸汽机轮，连制50多只，都与成功无缘。后来好不容易造成了一艘可以航行的汽轮机船，却在试航前一夜为飓风所吞没。然而富尔敦愈挫愈坚，1807年，世界上第一艘蒸汽轮船"克莱蒙特"终于在哈得逊河上试航成功，而富尔敦已为此付出了20年的艰辛。

难怪，诺贝尔文学奖得主吉卜林在为12岁的儿子写的《如果》一诗中这样说：

> 如果在成功之中能不忘形于色，
> 而在灾难之后也勇于咀嚼苦果；
> 如果听到自己说出的奥妙，被无赖
> 歪曲成面目全非的魔术而不生怨艾；
> 如果看到自己追求的美好，受天灾
> 破灭为一摊零碎的瓦砾，也不说放弃；
> ……
> 那么，你的修养就会如天地般博大，
> 而你，就是一个真正的男子汉了，
> 我的儿子！

既然挫折在所难免，那么我们就要善待挫折，有必要的心理准备，有必胜的信念，努力努力再努力，屡败屡战，愈挫愈勇，成功就会对你青眼有加了。

也许，下面的一份简历会让你倍受鼓舞，倍受启发：

22 岁 生意失败

23 岁 竞选州议员失败

24 岁 生意再度失败

25 岁 当选州议员

26 岁 情人去世

27 岁 精神崩溃

29 岁 竞选州长失败

31 岁 竞选选举人团失败

34 岁 竞选国会议员失败

37 岁 当选国会议员

39 岁 国会议员连任失败

46 岁 竞选参议员失败

47 岁 竞选副总统失败

49 岁 竞选参议员再次失败

51 岁 当选美国总统

这份履历的主人是亚伯拉罕·林肯。一个光芒四射的名字，美国历史上最伟大的总统之一。假如（虽然历史不能假设，但我还是要假设）林肯在任何一次失败后就一蹶不振，他当然就不会出现在州议员、国会议员的行列中，遑论总统之尊了。

朋友，当你踏上人生之旅时，当你渴望拥抱成功时，千万记住：鲜花有伴，荆棘同在。诱人的玫瑰花下也有刺。

请善待挫折！

《江海青年》1998 年第 2 期

善待荣誉

我们的教育机制从来就是激励人不断进取的，人一入托儿所、幼儿园，有嘉言善行，则以五角星、小红花示鼓励之意，幼学如漆，于是，追逐荣誉的心理根深蒂固，它所形成的惯性甚至能影响人的一生。

诚然，堂堂正正地追求荣誉，实至而名归，倒也无可非议，只是事情远不是人们所想的那么简单。又届年终，各种评比在即，不妨看看荣誉面前的众生相。

其实，讨论这个问题，应该首先把它切分成两个层面：一是未获得荣誉时，一是已获得荣誉后。

荣誉加身前我们应该怎么办？我想，不外乎有以下几种心态和做法。一是孜孜以求，唯名是图。把获取荣誉作为人生的全部意义，于是不择手段，不顾一切，但哲人有语："荣誉不会给予一个专门追寻它的人。到头来恐怕也只能是竹篮子打水——一场空。一是沽名钓誉，弄虚作假。无疑，这只能落得一个可悲的下场。战国时期齐国东阿地区的某军政长官就是个典型的例证。他任职之始，称赞他功绩的话就与日俱增地传到京城，齐威王左右也有不少人极力为他吹嘘，于是威王把他处以极刑，连那些接受贿赂，替他张目求誉的人也遭到同样"礼遇"。这大概足为而今在统计表上做文章的官员的明鉴。一是淡化荣誉，多干实事，在不断地奉献中实现人生的价值，让荣誉成为水到渠成的酬报。毕竟，"无瑕的名誉是世间最纯粹的珍珠。"（莎士比亚语）因为"名誉和美德是灵魂的装饰，要没有它，那肉体虽然真美，也不应该认为美"（塞万提斯语）。孰取孰舍，相信你不难做出抉择。

当荣誉加身之后，恐怕最关键的是要清醒，所谓"奖状对于一个真正的英雄，永远不是一毕业证书，而是攀登途中的一座座里程碑"。李远哲、法拉第、王人美等人的行事也许会给我们以有益的启示。

1986年10月15日清晨，全美国所有的电台和电视台报道了美籍华裔科学家李远哲获得诺贝尔化学奖的喜讯。当晚，李远哲和平时一样回到他的实验室工作，次日，他照常到实验室报到，他怕这荣誉会招来各种杂务，妨碍他的科学研究工作，他风趣地说，宁愿等15年以后，到他快退休时得奖，到那时，就不怕有人打扰了。这些发人深思的话语里，蕴含着一位真正科学家对荣誉的正确想法。

英国物理学家法拉第因建树卓绝而蜚声科坛，荣誉奖章接踵而至。一生获94个荣誉头衔，奖章、勋章不计其数，可是他却把奖章藏起来，从来不愿意佩戴。得到荣誉时，他从不喜形于色。他说："我不能说这些荣誉不珍贵，不过我从来不是为了追求这些荣誉而工作。"

而老一辈电影演员王人美，因成功演出《渔光曲》而一举成名，于是掌声包围了她。她因而踌躇满志，不肯深入地琢磨演技、认真苦练基本功了，也就再没演出过很成功的角色。无疑，在荣誉面前的自我陶醉是自掘坟墓！

善待荣誉吧，无论是获取前，还是获取后。记住：荣誉的花环属于真正的强者，荣誉的基石是实干，不是为追求荣誉而工作，知识比名誉更重要，不要把荣誉作为装饰来炫耀。不能正确对待荣誉、不珍惜荣誉，将祸患无穷。

《江海青年》1998 年第 8 期

恭维人的艺术

俗语说："良言一句三冬暖，恶语伤人六月寒。"确实，语言是一柄双刃利剑，善用者能横扫千军、杀敌致果，拙运者则磕磕绊绊，因辞害意。而在这个世界上，你几乎不能找到一个不希望别人给自己美好祝愿的人，且不说我们常常会忘记给别人一个真挚的祝愿，就是有这种想法，表达出来的话语也往往词不达意，甚至会愿望与效果南辕北辙，由此可知，不仅批评人要讲艺术性，恭维人也要讲艺术。

那么如何才能把好话说得更好呢？

好话要说好，不能不视情景。著名语言学家孟君曾经讲过这样一件事：有个四十多岁的副教授在除夕之夜对他说："将来我来写缅怀你的文章，我就……"在孟君先生明确表示不快后，他还是经常说："我说这话你又会不高兴了——以后我写作回忆你的文章……"他每次这样说，孟君先生心里真的不高兴。平心而论，有人愿意为你写文章，这是对你的尊重，是一种恭维，为什么这种恭维不能被被恭维者接受呢，主要就是恭维者不明白恭维的"适境"艺术。大年夜的，口口声声提死的话题实在很不合适。因为这是一个充满希冀的时刻，这是一个适宜祝福的时刻，而缅怀、回忆之类的事都得在一个人死了之后才能提到日程上来。相比较而言，大观园里的王熙凤就要比我们这个语言学副教授成熟多了。林黛玉初进贾府，贾母因"我这些儿女，所疼者独有你母，今日一旦先舍我而去，连面也不能一见，今见了你，我怎不伤心"而不知把黛玉如何宠才好，王熙凤冰雪聪明，深明底蕴，跟黛玉初一照面，便"携着黛玉的手上下细细打量了一回，仍送至贾母身边坐下，因笑道：'天下真有这样标致的人物，我今儿才算见了！况且这通身的气派，竟不像老祖宗的外孙女儿，竟是个嫡亲的孙女，怨不得老祖宗天天口头心头一时不忘！'"一番滴水不漏的好话，林黛玉固然受用，在座的邢夫人、王夫人、迎春、探春、惜春三姊妹自然愉悦，贾母心头更是熨帖得很。能取得这样一石数鸟的效果，跟王熙凤的八面玲珑，什么样的情景说什么话紧密相关。

好话要说好，不能不顾对象。胡适博士年轻时在一次宴会上，面对一位已经九十多岁的长者恭维道："您能活一百岁！"那老者大为不快，反诘道："你是说我只能再活几年了吗？"以胡博士之聪慧出如此洋相实在是煞风景，没有看清对象是其症结之所在。要想把好话说好，千万不能不看对象，史可法在恩师左光斗下了厂狱，逆阉防伺甚严的情况下，冒着生命危险"为除不洁者"去探监，却被左忠毅公斥曰："庸奴！""不速去，无俟奸人构陷，吾今即扑杀汝！"这是史可法用常人之情来度肺肝"皆铁石所铸造"的恩师的结果。而流传颇广的江泽民总书记的随行人员在江总书记跟国家乒乓球队冠军队员象征性挥拍对阵之后说："输给世界冠军，你是世界亚军"是何等的机巧啊！

好话要说好，不能不讲技巧。这一点上，颍滨遗老苏辙给我留下很深的印象，他的《上枢密韩太尉书》让我百读不厌。基于文章是作者气质的外观，只有通过"养气"，积行内满，然后发为文辞、才可以达到文章的最高境界的认识，苏辙特别重视"养气"的两个方面：内在修养与外在阅历，而尤重外界阅历，因而要效法司马迁游览天下名山大川，广交天下文人学士。他说："太尉凭借雄才大略冠绝天下，天下依仗着您而太平无事，周边的少数民族因为怵惮您而不敢轻举妄动，治理内政方面您如周公、召公一样贤明，出外领兵方面您像方叔、召虎一样能干，很可惜我至今还无缘谒见。况且人们做学问的话，志不存高远，即使学得再多又有什么用呢？我这次到京城来，在名山当中瞻仰了高峻的终南山、嵩山和华山，在大川当中观赏了阔大而深不测底的黄河，在名人当中已拜见了欧阳修先生，但是还觉得没有见到太尉是一件憾事。所以特别希望能有机会一睹您的风采，聆听您的教诲来激励自己，这样一来就可以凭借这一点说已经尽享天下的自然与人文景观而此生无憾了。"这段话以骏发蹈厉之势把自己极欲结织韩琦，以期增长自己的见闻，激发自己的壮气的愿望，充分表达出来了。先是称赞韩琦在内政方面有如周、召二公之贤，在领兵方面就像方叔、召虎那样能干，继而以山、水、人之最作衬，铺排而来，托出重中之重的韩太尉，想来韩太尉一定会笑纳苏辙的吧。苏辙的好话谁个不受用，哪个不笑纳，这效果全在于他深谙恭维的技巧。

　　需要强调的是，恭维人是实事求是说好话，是适度的夸张，是善意的择言而道，而非巧言诶人，非佞人妄语。

　　当然，恭维人的艺术不是"适境""适人""讲技巧"这几条所能涵括的，然而，这三条确实重要。明白了这些，便可以触类旁通，俗语说："运用之妙，存乎一心。"祝愿你掌握好话要说好的要领，以三寸不烂之舌于交际场合左右逢源，游刃有余。

《思维与智慧》1998 年第 5 期

《江海青年》1998 年第 7 期

《交际与口才》1998 年第 9 期

《生活潮》1998 年第 12 期

与"小人"相处的策略

革命导师曾经高屋建瓴地断言：凡有人群的地方，都有左中右之别。孔老夫子一部《论语》中数十次地提到"小人"，并与君子对提派了"小人"许多的不是，尤以"唯女子与小人为难养也"的浩叹震慑古今。毋庸置疑，"小人"是一种客观存在，不管你主观上是否情愿，我们都免不了跟"小人"（本文偏指人格卑鄙之人）打交道。虽然"小人"为数不会很多，但他们惯于煽阴风，点鬼火，打冷枪，放暗箭，因而能量不容小觑。美国著名成人教育专家戴尔·卡耐基很赞成这样一种观点：一个人事业上的成功，只有百分之十五是由于他的专业技术，百分之八十五要靠人际关系、处世技巧。由此看来，学会跟"小人"相处很有必要。

哲学家威廉·詹姆斯如是说："能够接受发生的事实，就是能克服随之而来的任何不幸的第一步。"应该说，我们能以平和的心态认可"小人"生活在我们身边这样的事实是个不错的基础，由此出发，我们再来研究与"小人"相处的成功策略。

策略一：恬退隐忍。

俗话说："退一步海阔天高。"世事繁杂而人生有涯，事事计较显然力不从心，倒不如让他一着，不跟他一般见识，所谓"大人不计小人过"。《史记》中韩安国和田甲的戏剧性的经历足资借鉴：名重一时的韩安国因犯法获罪，服刑期间，狱吏田甲百般侮辱他。他就说："死灰难道不会复燃吗？"田甲很豪气地对道："它燃起来我就用小便浇灭它。"不多久，韩安国由罪囚而为享二千石俸禄的高官，田甲吓得逃走了。韩安国放出话去："田甲不回来我就灭他全族。"田甲不得已负荆请罪。韩安国笑着对他说："你可以撒小便来浇了！你这种人值得我对付吗？"最终没有跟他一般见识，而且还好好地待他。试想，韩安国若在服刑期间与小人田甲较真，那摆明了有很多的亏要吃；若在东山再起后与小人田甲较真，快则快矣，但会遗人以口舌，自毁形象，可谓得不偿失。因而这种恬退隐忍的策略不失为一种成功的策略。倘若韩信与屠中少年相遇，不忍辱"俯出胯下，蒲伏"的话，又怎么会有今天提起仍令人肃然起敬的"将兵，多多益善"的淮阴侯呢？

策略二：自我完善。

当我们遭遇"小人"的攻击时，不妨反射自省：我的言行还有什么不妥之处？进而严格要求自己，不断完善自我。把"小人"的攻击化为人生的激励，促使自己养成高洁的品行，高深的学养，使流言不攻自破。像宋代大文豪苏东坡吧，他的一生应该说是充满了悲剧色彩，他卷在政治旋涡中却又超然龌龊的政治勾当之外，关心国事，抗言直论，终以一颗报国为民之心激怒宵小，致使他们无中生有，落井下石，致使自己一贬再贬，流落天涯。面对"检举揭发专业户"舒亶、妒令智昏的李定、甚至还有人格人品上不可亲近的著名科学家沈括等"文化群小"，苏东坡自我剖析，极其真诚。他无情地剥除自己身上每一点异己的成分，渐渐回归于清纯和空灵，渐渐习惯于淡泊和静定，从而脱胎换骨，人生焕发出成熟的光华。而今，苏堤写着他的崇高，"东坡肉"刻着他的潇洒，《念奴娇·赤壁怀古》《前赤壁赋》《后赤壁赋》满储着他的才情。这就是取"惹不起，躲得起"策略的苏东坡，这就是在游泳中学会游泳、日臻完善之境的苏东坡。千载而后，苏东坡光彩照人，众小人遁于无形。个中启示耐人寻味。

策略三：敲山震虎。

小人之所以为小人往往是以"君子嘴、小人心"的虚伪惑人，还常常自以为得计。如果一味忍让，有时只会助长了他们的嚣张气焰，他们反而会变本加厉地伤害你；如果敬而远之，一厢情愿地追求自我完善至无可挑剔的境界，他们也未必会放过你，闻名遐迩的英国国王爱德华八世少年时代就读英国皇家海军军官学校被多人轮番踢屁股的经历就充分证明了这一点。踢他屁股的人只有一个理由：希望将来成为皇家海家军官的时候，可以骄傲地向下属夸耀，自己曾经踢过国王的屁股。我们生活中有这种踢屁股心态的人何曾有一时绝迹。当你忍不得、远不了而又不想与小人发生正面冲突的时候，你不妨采用敲山震虎的策略，使之知难而退，敛其行径。笔者的一个朋友就曾成功地运用过这种策略：我朋友有一个同事让许多与他共过事的人都领教过他的"厉害"，他与我朋友不教同一学科，不教同一班级，几乎构不成任何利害冲突，但他也许是小人行径的惯性作用，也许是"踢屁股"心态（我朋友一向有很好的群众基础）作祟，于是一而再再而三地在领导面前搬弄是非，无中生有。我朋友虽生性不喜与人计较，但也实在难以抑制心头的愤懑。考虑到对方有一定的"领导基础"的实际，就把其小人行径暴露给与他们双方均有交情的同事，并表明可以不计前嫌，但不得再滋生是非，否则你不仁我也不义，彼此都免不了难堪的态度。果然，对方在权衡利害后不再与笔者的朋友纠缠不清了，甚至常主动地接触我朋友，"小人心"收敛，"君子嘴"频运。

策略四：针锋相对。

有时你面对卑鄙无耻的小人诽谤时，要敢于针锋相对，让世人认清小人真面目，从而控制小人的恶劣影响，维护自身合法权益，保障社会和谐氛围。在这方面，不少人为我们做出了示范。据《后汉书》记载，汉安帝时期的幽州刺史冯焕因查办奸人而与人结怨，有人伪造了皇帝诏书降罪于冯焕。冯焕接受儿子冯绲建议上书自辩，终使恶人受到惩治，冤案得到昭雪。台湾的李敖更是这方面的典范。他自诩"一生倨傲不逊、卓尔不群、六亲不认、豪放不羁、当仁不让、守正不阿、和而不同、抗志不屈、百折不挠、勇者不惧、玩世不恭、说一不二、无人不骂、无书不读、金刚不坏、精神不死"（见《李敖回忆录·自序》），从不放过他所烛见的小人。如辜振甫，当李敖的恩师严侨被捕，严师母带着三个小孩投靠孩子的大姑父辜振甫时，辜给了个闭门羹，二十多年后，李敖抓住身兼"中国信托投资公司"和"中国合成橡胶公司"两家董事长辜的违法行为不放，使辜用八倍价钱买回李所持股票（其中有十万元送给严师母！）出了累积近30年的恶气。又如萧孟能，李敖曾为他主持《文星》杂志数年，他竟落井下石，陷害李敖入狱，后来李敖抓住机会反击，使萧孟能继坐牢两次后又变成通缉犯，还在"最高法院"六件民事判决中全部败诉，输得一干二净。又如柏杨、林正杰、彭明敏三个忘恩负义的人，均被他"写书伺候"以代"大刑伺候"过。李敖据理力争，针锋相对的结果是"骂遍天下名人，却安然无恙"（台湾名出版人何飞鹏语），一般小人轻易不敢招他惹他，连跟踪他的警察、看管他的狱吏也敬他三分。在"小人"横陈的世道还能活到这个份上，也可以说是深谙与"小人"相处的策略了。

古人云："运用之妙，存乎一心。"当你为"小人"困扰之时，不妨试用上述策略，庶几可以摆脱困窘之境，活出左宜右有、滋滋润润的人生来。

《思维与智慧》1999 年第 6 期

考职称外语的日子

几度迟疑，几度坚定，终于按下了16897885（南通市邮电局信息服务台职称外语考试结果查询号码）；一声"合格"，把我送上了幸福的云端。备考的那段日子又在我的记忆中凸现出来。

因为出生在"史无前例"的年代，又从事着"太阳底下最光辉的职业"，所以必须过三关：考外语、考电脑、考普通话。外语考试安排在九月份进行，教材（不，应该说是"天书"！）到手时差点把我吓晕：上下两册，近千页的篇幅！然而，开弓没有回头箭。每天总要把她拿出来翻翻，学生早读时我读她，学生晚读时我也读她，日里牵着她，梦里挂着她，简直是魂不附体。

饶是我痴情若斯，也无甚长进，人道是："隔行如隔山。"教中文的我捧起英语书头就发大，一中一西怎么也合不了璧。十几年前的那点可怜的英语底子实在派不上什么用场，那么多的单词，那么复杂的词法句法，那么庞杂的短文，真让人眼花缭乱、不知所云，日子一天天地向考期逼近，我的水平却几乎仍在原地踏足，忧心如焚，食不甘味。就在我急得团团转的时候，邻校急"考师"之所急，临时组织起辅导班，交了钱，领到"听课证"，心里刚刚稍微踏实了点儿，却又被学校派出参加教科研培训班学习。

学成归来时已经掉了一大截课，我又循环到了高三年级，既要当学生又要做先生，不得已，只能满负荷运转，上午到邻校做学生学英文，下午回本校当先生教中文，时值酷暑，燠热的夜晚被我切割成英文复习和中文备课两块。那是一段怎样的日子！既没有苏童笔下彭远树与李京京那种晋升职称外语考试辅导班的浪漫，也没有寻常做业师的那份从容，与 TV、VCD 更是离得远远的，整个人像拧紧了发条的钟，只是向前、向前。

皇天不负有心人，上千页的两册书居然就啃下来了，环顾校中同仁多是关门自习的，便多了一份"科班出身"的优越感，当大家研究考试策略，诸如先查"词汇表"做"英译中"得分大户题，将一百段"阅读理解选择题"按首词顺序重新编号排列寻找规律，将二十段"江苏概况"归类整理，将三十五段"英译中"的中文全部背下来，甚至有人利用电脑缩微技术把重要材料 copy 以备届时孤注一掷之类，我都超然局外地付之一笑。暗地里更加勤奋了。

终于到了考试的日子。说实在的，当了十几年的教师，考人的感觉非常熟悉，被人考的感觉非常陌生，那是一种遥远的记忆的复苏，有一点儿紧张，有一点儿激动，甚至有一点儿兴奋。按部就班地一路做过来，提前了十五分钟把自己从考场运回家中。当考试终了铃声响起的时候，我已一身轻松地坐在久违的电视机前。

心在有底与难说之间沉浮了数十日，那一声"合格"把我彻底解脱出来。确实，天道酬勤。有英语垫底，我敢于对电脑和普通话考试微笑了。

《南通广播电视报》1999 年第 7 期

闯过电脑关

曾经目睹过一位老先生的风采：夹一支粉笔，负一身潇洒，悠悠然踏上讲台。不用教科书，不带教案，腹有诗书气自华！谈笑间，四十五分钟已被师生轻轻松松地分享了。

忝为教界一员，多少次梦想着自己也能臻于如此高妙的境界。然而，曾几何时，"忽如一夜春风来"，教育现代化的浪潮将这"风流"淹没了，录音机、投影仪、多媒体以其不可抵挡的优势纷纷走进教室。为了适应新形势，教师面临的考试越来越多，普通话、外语、电脑的过关考试纷至沓来，让人眼花缭乱。教育这饭碗越来越不好端，教师这碗饭越来越不易吃，可这全让我们赶上了！而对电脑这百分之百的新生事物，因为不像普通话、外语那样有老本可吃，相当多的人视为畏途，把它当作横在自己教坛生涯中的一道关。然而，既然你从事的是"太阳底下最光辉的职业"，箭在弦上焉能不发？无论如何也要闯过这道关！

于是乎，先生也做起了学生。又是坐到电脑辅导班灌，又是抱住电脑教科书啃，又是钻进电脑操作室泡，渐渐地，DOS、WPS、Fox走进了我们的视野，"王旁青头戋五一，土士二干十寸雨……"成了脑子里盘桓得最多的"诗句"，我们懂得了"P"（分屏显示）与"W"（多列显示）的区别，懂得了 B < KB < MB < GB 的道理，更懂得了"张瑞"与"王画民"这两个"符号"还可以进行大小比较，据此还能够类推出"求伯君" > "克林顿"的结论，更让人匪夷所思的是："一大于十"明明是绝对荒唐的，电脑却认为"一" > "十"的可靠性；"小大不过大"的结论正确无比，但电脑却认为"大" > "小"的结论的荒谬。也许，这就是电脑的"神奇"吧，领略到这些"名堂"后，我们似乎都忘记了"过关"的恐慌。

在演绎了废寝忘食、妻子陪学、小孩困得睡倒在电脑房地板上、为"上机"而忘了上课、机子"死"去复又"活"来几多故事后，我们对电脑由陌生而熟悉，由畏惧而亲近，对考试全套程序更是烂熟于心，正因为有 DOS、WPS、Fox 几大块内容垫底，那在考前两天才"轰炸"下来的数百道基础知识选择练习题也没能起到应有的震慑作用。

终于到了考试的日子！

那一天，早早地便坐到候考室内，心里竟忍不住地忐忑起来，毕竟是久违的正式考试！开考钟一响，我就心急地操作起来，居然还很顺利，虽然一直忙碌到考试终了那一刻。

也许是好事多磨，夜中忽得一梦：操作结果没有存盘。在惊出一身冷汗的同时心中又揣上了一架小鼓……

还好，电话查询的结果宣告那场梦原是一场虚惊。倒也是的，只要你有心，天下就没有闯不过去的关隘。随着电脑关的闯过，我也算跟教育现代化接轨了。

《南通广播电视》1999 年第 26 期

欣赏他人

我有一个朋友，无论在哪个单位，无论到什么场合，无论跟什么人打交道，都能够左右逢源，如鱼在水；一个偶然的契机使他走上从政之途，随后便步步高升。

许多人困惑不解，因为在世俗的评判机制下看，他实在不算出众之人：论学历，仅是大专程度，在如今学士、硕士、博士满天飞的背景下，这学历真算不上什么；论才智，顶多也就是中人之资，绝对说不上出色当行；论谈吐，说不上有多渊博，谈不到有多机智，似乎与幽默也挂不上边；论长相，也仅是没有对不起观众而已，跟倜傥、潇洒、威猛、俊逸之类让人眼前一亮的词绝对挂不上钩。

然而，我知道他有一个绝对是长处的法宝：会欣赏他人！只要你一跟他接触，你就能强烈地感受到他的热情，他的敬意，并且热乎得让你绝对想不到"虚伪""矫情"之类的词汇。

因为会欣赏他人，他在做我的朋友的同时又做了其他许多人的朋友。

因为会欣赏他人，他让许多朋友都引他为自己最值得信赖的朋友。

也正因为会欣赏他人，他让他的上级、他的同僚、他的部属感受到他巨大的亲和力，他和谐的人际关系，他扎实的群众基础。

实在地，欣赏别人是一门学问，一门非常高深的学问；是一种襟怀，一种博大无俦的襟怀；是一项艺术，一项臻于化境的艺术。正因为这样，欣赏他人确实很不容易，让我们见识得更多的倒是自我欣赏的人。

然而，欣赏他人又确实非常重要，还是让我们听听先哲的睿语，看看成功人士的作为吧。

亚伯拉罕·林肯告诉我们："每一个人都喜欢人家的赞美。"

戴尔·卡耐基告诫我们："我们日常生活中最常常忽视的许多美德中的一项，就是对别人表示欣赏和赞扬。"

威廉·詹姆斯如是说："人性中最深切的禀质，是被人赏识的渴望。"

而真诚的称赞是洛克菲勒待人的成功秘诀。

成功的卡耐基甚至在碑文中都要称赞他的属员："这里躺着的是一个知道怎样跟他那些比他更聪明的属下相处的人。"

面对成功的前贤，我们没有理由"见贤"而不"思齐"。

请学会欣赏他人！

《现代家庭报》1999 年 6 月 22 日

爱心如焚

　　曾经做过妻的"在女儿与我之间首先考虑谁"的两难选择题，我果断而潇洒地将女儿排在了"榜眼"的位置；曾经很轻松地拈起"小孩子一跌三长"的话题，从生理学角度将它阐释得头头是道；曾经深感现代社会的"小皇帝""小公主"缺少"耐挫教育"，于是很想让年纪尚小的女儿经受几番跌打；也曾经在对好动的女儿于床上、沙发上锲而不舍地突而挣扎起来又跌坐下去，跌坐下去又挣扎起来感到烦厌的时候，隐隐地期冀着来那么一次重创来挫挫她与年龄不相符的执拗劲儿……然而，这太多太多的"曾经"在女儿不慎从床上摔倒在水泥地面重创了右脸颊的一刹那使我成了现代"叶公"！那一刻，我心痛得如堕万丈深渊，苦得像吞下了积年的黄连。因为，于她，我们寄予了太多太多的希望、融注了太浓太浓的爱心。

　　没有谁去硬性规定，也没有正儿八经地坐下来商议，女儿当然地成了全家的"焦点"。她要讲故事，你得搜肠刮肚到她认可为止；她要学写字，你得在家中贴满常见字，任她在墙上、家具上、书上恣意"涂鸦"；她要睡大觉，你得如临大敌般将电视机关了，将音响旋了，将灯灭了，将一切的活动中止了，营造一个静谧的氛围；她要出门玩，你只好丢下手里的营生奉陪，不巧碰上雨天的话，还得撑一把雨伞争一方天地。这全是因为爱心如焚。

我们虽然没身历战争年代的残酷，但和平时期经济上的困窘于我们确有着刻骨铭心的记忆。多次做过将口袋里的几张角票换成图书还是食物的重大抉择，也曾有过宁可甩腿数小时也不舍得投资两角五分钱去坐汽车的壮举，没少见过求学的同窗饱一餐饥一顿地撑着但爱莫能助，更不用说在中意的衣物、玩具前的无数次流连、垂涎。因此，当三口之家的经济状况已可以支撑起我们的一颗爱心时，我们别无选择。虽然我们深知，爱不是仅仅通过物质来体现的，但物质确实是一种非常直观的、感性的表现形式，尤其是对不谙世事、尚处于牙牙学语阶段的亲生骨肉。她的快乐就是我们的快乐，她的满足从某种程度上看就是我们的价值的一种实现。最甜蜜的时刻是女儿乖巧兮兮，小鸟依人地向你媚笑，绽开一脸的幸福，最忧愁的时候无疑是她的病中。她不知天高地厚、不识利害关系，只是本能地拒绝打针，不肯吃药，大呼大叫，又哭又闹，不由得你不心烦意躁，但你还得耐心伺候，好不容易将她服侍停当，她倒酣然入梦了，你还得分析情况、谋求对策，面对不可理喻的她用她能接受的软招硬招去诱她进入圈套或逼她就范。

一切的作为都有意义，一切的思想都有存在的理由，因为，爱在任何时候，永远不会显得多余，更何况我们爱心如焚？

1999 年 9 月

情系普通话 *

　　虽然也在异地读过四年大学而且是中文专业，虽然已列高中语文教席十几年，但是，普通话似乎一直是我心头的痛，它妨碍我在比较大的范围内开课，当然也就不能尽享"一举成名天下知"的风光了，只因僻外小城倒也无甚大碍，不能出名也罢，"小国寡民"也不坏啊。然而，树欲静而风不止，旨在"使普通话推广工作走上规范化、科学化、制度化"的普通话水平测试铺天盖地而来。本来总以为好歹浸淫中文这么多年，对付个二级（共分三级六等）不说手到擒来，怕也并非难事。谁知道，先是中央各大新闻媒体的大牌播音员、主持人面临测试心中惶惶的消息传来，继而是身边的几个公认的有相当普通话水平的同行从测试员培训班先后铩羽而归，我的弦一下子绷紧了，东求西告地找全了辅导用书和配套磁带，翻书、试读、听录音磁带，甚至一天不落地跟在"新闻联播"后面做二传播音，《新华字典》更是随身不离。还好，因为有这么多年的语文教师的资历垫底，因为大家都在备战而不存在一傅众咻的情形，因为有考普先驱者的面授机宜，平时

　　* 在第二届全国推广普通话宣传周江苏省的"我与普通话"征文中，从6000多篇应征作品中脱颖而出，成为15篇获奖作品之一。

难缠的"n"与"l"，"z、c、s"与"zh、ch、sh"，"n"与"ng"，一四声，轻音之类的麻烦一时间退避三舍。转眼就到了正式测试的日子。

三个考官端坐于前，一名负责全程录音的人员在侧提供辅助，测试室内显得特别的空旷，我的心不知怎的一下子变得空荡荡的。直到进入测试程序才慢慢地找回了自我，心里不断提醒自己慢点、再慢点，以免忙中出错，但口不应心，语速过快的积习又顽强地表现着，规定的内容测完了，规定的时间用尽了，壮起胆子直面测试人员，却读不到一点是否PASS的信息，心中不免忐忑不安，思绪也随之飘舞：

"楚囚对泣"的正主儿钟仪曾如是说："乐操土风，不忘旧也。"（意即喜欢家乡话，是因为不忘旧）正因为此，吴越王作故乡音乐才会使其国中老人很高兴。随园老人袁枚还对南方人喜欢说北方话的现象作诗以讽："王侯效夷言，取笑自弥牟，南人操北语，之推代含羞。……满口杂夷夏，唇齿皆王侯，未登拗颈桥，先为反舌鸠。……何不操土风，高师一楚囚。"《抱朴子·讥惑篇》也对操北音现象发表了"高见"：有人改变原本的说话声去学北方话又学不像，可笑，正如学不会邯郸人走路的样子，只好在地上爬一样。这些都曾作为我等不工普通话的"理论依据"，然而，风流总被雨打风吹去，我们必须跟这些"同道"说再见了，否则又怎么能跟得上时代前进的步伐呢！

忽然又想起身边流传的一则关于普通话的趣闻：在大江南北几所学校联谊的一次早宴上，江南的一位老师指着盘里的五香蛋发问："是草鸡蛋（指草鸡下的蛋，有别于肉鸡蛋）吧？"江北的一位同行不得要领地脱口而出："不！是煮鸡蛋（有别于炒鸡蛋之类）！"于是，满座或掩口葫芦，或侧首喷粥，笑话就出在"草""炒"不分上。

而今已经到了"地球村"时代，外语固然要学，国语更不可弃。影视里的领袖人物尽可以借一口家乡话以张扬个性，学者文人也不妨带上两个翻译再出国访问（一译方言为普通话，再译普通话为外语），我等凡夫俗子就不能抱住"家乡话亲切"的陈旧观念不放了，还是借这股普通话测试的东风，老老实实地学起来、练起来，使普通话也能从我等口中自然地流泻吧。

《江海青年》2000 年第 3 期

亲历车祸

3月18日，一个黑色的日子！

2000年的此日，我校包括笔者在内的8名教工在204国道上遇险，全市上下为之震惊。惊魂甫定之际，那亲历车祸的一幕幕异常清晰地凸现出来。

那天是星期六，一个风和日丽的日子，一个本来应该在家休息的日子；但是，为了高三三名学生的入党问题，身为学校团委书记的我与高三年级组长以及三名学生的党员任课老师放弃了休息时间，一同到三名学生的家乡去做"政审材料"。谁也没有想到，只差那么一点点，我们牺牲的就不仅仅是休息时间！

先到新民乡十里铺村，再到柴湾乡洪庄村，第三站是袁桥镇的鸭港村；又是跟村党支部有关人员接触，又是向村委会和村民小组了解情况，又是和四边村邻交谈，最后汇总情况形成文字材料，经村党支部书记审阅后再加盖公章，一份材料才算完成了。如是者三，一路风尘仆仆，去也匆匆，回也匆匆。当我们踏上归途的时候，浓浓的夜色已经笼罩着四野。

野风在车窗外呼啸着，由于没睡午觉和来往奔波的缘故，车上的人大多在闭目养神。年轻的司机将远灯和近灯频繁地变换着，大概想尽快地把我们送回家中，他也好完成任务赶到家里和新婚的妻子欢聚。就在这种状况下，一场毁灭性的灾难正在向我们袭来：我们的面包车在204国道戴庄段往南开，一辆一拖一挂的10吨位货车在同一时间同一地段朝北行，本来各行其道可相安无事，偏偏一辆小三轮车在这时从西往东横穿公路，路面上一片黑暗，等到我们的车灯"发现"这一情况时，三轮车与面包车的距离已近在咫尺！司机本能地把方向盘向左打，正好撞在从我们左侧通过的大货车的腰身上。剧烈的撞击掀翻了面包车，我们在惊醒的瞬间又被摔得昏了过去……

耳畔是一片叽叽喳喳的喧哗声，根本搞不清在说些什么。头脑像炸裂了一般，不能正常地思维。我竭力地想恢复思维，然而，这又谈何容易！一阵艰难的挣扎之后，我的神智渐渐地清醒，记忆也随之复苏：我们出事了！！！

围观的人们指指戳戳地作观察家言："这个人没得用了！""那个人恐怕差不多啊！"……像是为了证明"我还行"似的，我坚持着坐起来，眼前一阵晕眩，从额上流下的鲜血使视物变得异常的艰难，模模糊糊地发现在我的身旁有两个人一动不动地躺在血泊中。一种强烈的责任感驱使着我必须站起来，于是我居然就站起来了！事故现场一片闹腾：有人先清醒过来正在打手机报警，有人晕倒在车子里面，有人还被压在车子下面，有人被摔出车子昏在路面上，也有人悠悠醒转后不知所措，更多的是围观者的东一言西一语。我们的面包车也已经面目全非：哪儿是车子顶部哪里又是车子底座？夜色中实在看不分明；驾驶座所在的车头部分已脱离车身而去，"车子"（如果此时的这个金属物还能被称作车子的话！）就如同一双畸形的大脚穿过的前面张开了大嘴的破鞋子一般……人也好，车也罢，一概是惨不忍睹！不管怎么说，救人要紧！过往的机动三轮车被拦下来，小汽车也被拦下来，交警大队的车子也迅速地赶到了事故现场，遇难的我们陆陆续续地被热心人送到了市人民医院。

市人民医院值班的外科医生麻利地做了病历，闻讯赶来的校内同事和素昧平生的热心人搀扶的搀扶抬的抬把我们送往住院部的外科手术室。外科的"几把刀"全部出动，按照伤情的轻重缓急，有条不紊地分头进行了手术。

校内的教职员工你来我往地踏破了医院的门槛！

市教育局领导赶到医院进行慰问！

市四套班子领导先后赶到医院了解情况，要求医院全力以赴！

兄弟学校的领导和同仁也纷纷送来关怀与温暖！

家人、亲戚、朋友来了！

学生和学生家长也来了！

突如其来的车祸牵动了全社会，人们以各种各样的方式关心着事态的进展。

万幸的是：连司机在内的 8 个人全部没有性命之忧！脑子没有后遗症！内脏无一损伤！女同志不曾"破相"！因而，充盈我们耳际的便是"不幸中的大幸"和"大难不死，必有后福"之类的感叹与祝福，甚至有众多关心的电话竟然是表示"祝贺"的！

情况正在一天天地好起来，陆续地，已经有几个人康复出院重新走上讲坛，仍在院中的恢复的状况也一天比一天好。

有人说：车子快是追车祸，车子慢是等车祸，不快不慢是巧车祸；也许，命中该有此一劫吧！遭遇车祸是人生的大不幸，然而能够死里逃生又是人生的大幸！它会让人们加倍地珍惜自己的生命，把人生活得有滋有味，因为这生命确实来之不易。更重要的是，透过车祸，我们强烈地感受到人间自有真情在；透过车祸，我们也清楚地感觉到自身的价值。

　　生活是这样的美好，热爱生活的人们，好好地活着吧！

2000 年 3 月 27 日

在"曲说"中绽放智慧之花

　　说话与写文章有时候要"直言",开门见山,直道其详;有时候由于种种原因,却只能"曲说",迂回婉转,曲径通幽。"曲说"常常比"直言"适用的场合多,又往往能取得"直言"所不能达到的效果。听众或读者固然能够从中感受到智慧的灵光,回味久长;也可以在恰当的时候祭起这个利器,所向披靡。

　　先请看一位哲学家是如何运用"曲说"的语言技巧的。

　　有一名记者问一位颇有名气的哲学家:"您认为谁是当今最优秀的哲学家?"哲学家如是作答:"朋友,你使我面临两难处境,一方面,我的品格要求我谦虚,因而我不便说出这个名字;另一方面,我的品格要求我诚实,因而我不得不说出这个名字。我这么解释,也许你已经想到了这个名字,如果你没有想错,那我要谢谢你让我既保持了谦虚又拥有了诚实。"

　　老实说,这一段文字让我不由得不击节而赏,这位哲学家确实是驾驭语言的高手!正是"曲说"技巧的运用化解了他的为难,又凸现了他的不同凡响。

　　而春秋时期齐国的晏婴也是当之无愧的"曲说"高手。有一次,齐国有个人得罪了国君齐景公，齐景公勃然大怒，命令武士将那人绑在殿下腰斩，谁来求情都定斩不饶。在这种情况下，直谏肯定无效，说不定真会陪上自己的性命；不谏就会让国君铸下大错，也是为臣的失职；看来只能"曲说"了，谁让晏婴没有魏征那样的福气去伺候圣明的唐太宗呢。果然，晏婴出场了，他大步上前，左手抓住那人的头，右手握刀，仰面问齐景公："大王知道古代贤明的君主肢解人从哪里开刀吗？"好在齐景公还仅仅是一时糊涂，听出晏婴的话中话，急忙离开座位，挥手道："算了，把他放了，过错在寡人。"是晏婴的"曲说"术把那人从鬼门关拽了回来。

"曲说"术能救人，也能救己。下面这个故事中的理发师就是靠这一招保全自己，免除灾祸的：

古代有位宰相请理发师来给他理发修面。那理发师在中途忽然停下刮刀，两眼直愣愣地看着宰相的肚皮。宰相很是纳闷：这肚皮有什么好看的呢？就问道："你不修面，却光看我的肚皮，这是为什么呢？"理发师道："人们常说，宰相肚里能撑船，我看大人您的肚皮并不大，怎么能够撑船呢？"宰相一听，哈哈大笑："那是说宰相的气量最大，对一些小事能容忍，不计较。"理发师听到这话，"扑通"一声跪倒在地，哭着说："小的真该死！刚才修面时不小心，把大人您的眉毛刮掉了，大人您气量大，请千万恕罪！"宰相闻言，不禁勃然大怒，正想发作，转而一想：自己刚才还讲宰相气量最大，我怎么能为这件事治他的罪呢？虽然心里很不情愿，嘴里也只好说："无妨，去拿把笔来，把眉毛画上去算了！"

你不得不佩服理发师的聪明！试想一下，假如理发师不运用语言技巧，而是直愣愣地一下子说出把眉毛刮了的事，结果必定不堪设想。正因为绕了一个大圈子，先从宰相嘴里"套"出他需要宰相说出的话，再跪倒在地道出原委，才顺利地达到目的，化险为夷。

这种语言技巧在写作时也可以借用。语言大师鲁迅先生的散文《从百草园到三味书屋》中就有一个范例："不必说碧绿的菜畦，光滑的石井栏，高大的皂荚树，紫红的桑葚；也不必说鸣蝉在树叶里长吟，肥胖的黄蜂伏在菜花上，轻捷的叫天子（云雀）忽然从草间直窜向云霄里去了。单是周围的短短的泥墙根一带，就有无限趣味……"虽然"单是"句以下的文字以低唱的油蛉、弹琴的蟋蟀、断砖下的蜈蚣、会喷出烟雾的斑蝥等动态的昆虫和何首乌、木莲、覆盆子等静态的植物形象地描绘出百草园确实是"我的乐园"，但是，前面的"不必说"句所提及的静态的景观以及"也不必说"句所描绘的动态的画面又何尝不是支持百草园之所以为"我的乐园"的有力的理由呢！是它们拓展了文章的内容，是它们增加了文章的容量，是它们加强了作品的表现力。貌似不说（"不必说""也不必说"），实际上是一种更加巧妙的说，不说之"说"（"曲说"），效果更加显豁。

这样的"曲说"句式现在也已经成为议论文中列举例证时的经典性的句式。手头就有一例："真正的逆境，可以扼杀人才。且不说旧中国多少人才死于饥寒交迫之中，也不说'十年动乱'耽误了一代人的青春，更不说社会上还有多少'新文盲'的存在，就说说我们学校的现实吧：有的同学因经济困难，不得不辍学回家；新的'读书无用'论的影响，又使许多学生弃学经商，弃学从工。试想，在新科技革命到来之际，他们在这些'逆境'中能成才吗？"在这段文字中，作者运用"且不说……也不说……更不说……就说说……"的"曲说"式语言形式对所亮出的观点进行论证，既显示了作者视野的开阔、资料的翔实，又可以清晰地看到从古到今、由远而近的纵、横列举的老辣；三个"不说"颇具气势；之后的"就说说"内容虽切近现实也属常见，却足以证明观点，表现出不凡的论证气度；再与后文的"试想"配合，使得举例与说理紧密相连，浑然一体。

日常生活中也用得上"曲说"的技巧。请看这位小学生的示范吧：

一位小学生问他爸爸："对一个人偶然的疏忽，应该原谅吗？"爸爸随口答道："什么人都会有偶然的疏忽，当然应该原谅。"小孩立即哭丧着脸说："昨天，我不小心把你最心爱的大花瓶打碎了！"爸爸想到话已出口，只得强压不快，说："这次就不追究了，以后要小心！"

综而观之，"曲说"作为一种语言运用的技巧，简直是无远弗届，无坚不摧。它既不是"此地无银三百两"的拙劣，也不是"秀才卖驴"式的言不及义，而是借"曲径"以"通幽"，个中，有智慧之花在绽放。

2000 年 4 月 16 日

一枚橄榄与终身幸福

曾经读到一个让人扼腕不已的悲情故事：一个纯情女子想知道男友是否愿意等她，便托"我"捎封信给男友，约定——愿等就以双数橄榄表示，否则就带单数橄榄以复。男友读信后"温温地一笑"，然后交给"我"一个内藏四枚橄榄的漂亮的小盒子。不明究底的"我"鬼迷心窍似的藏起了一枚橄榄，于是悲剧发生了。（见苏钟《无法偿还》文）

确实让人感伤，让人无言，然而我还是要说。

我时常怪异于恋情中的男女智商之低，傻乎乎地把自己终身幸福托付给一个懵懂小童去演绎，而且偏偏要通过那诱人的橄榄来表达，朦胧也罢、诗意也罢，酿成悲剧后只能让人嗟叹而已，因为它悲而不壮，悲而且酸。初涉爱河的青春男女难免有爱你在心口难开的为难，不少人往往缺乏冲进"围城"的勇气。其实，人作为万物之灵长，应该想到有很多的表达方式的，选择表达方式的依据只能是能否准确无误地传递爱的信息。一旦面对意料之中或意料之外的信息时，不应该欲说还羞，因为那是丘比特之箭，开弓岂有回头箭？！人生能有几回搏？此时不搏，更待何时？！应该说，男女双方都有出击的责任，一味地痴等、伤感只能铸就终身遗憾。

我还想，欧阳修"祸患常积于忽微"说真是颠扑不破的真理，林默涵的"不要轻视小错误"的忠告足为警策。人确实要慎微，有时，一个小作为往往会坍了一件事甚至毁了一个人。我们当然不会去责怪故事中的"我"，因为那还是一个不谙世事的无邪小童；但是作为有思想的我们这些成年人总该从中有所感悟，有所惊警吧！如果我们因为一个小作为糟践了自己甚至毁损了他人，社会舆论肯定不会那么宽容，我们的内心世界又何以能平静如止水呢？当三思而后行，因为有位睿智的先哲说过这样富有深意的话：蠢事总是在舌头和拳头比脑子动得更快的情况下做出的。

一枚橄榄不应该决定你的终身幸福，好自为之！

2001 年 6 月

梦圆别墅

不论在什么时候，住房总是人们关注的焦点，有的人为之喜，有的人为之愁，有的人为之魂牵梦萦，有的人为之黯然神伤……也许大家都知道这世上有"房子永远少一间"的说法，确实，人心是最难填满的东西。

改革开放以来，人们的日子"日高日妍"。40 年的时光，在历史的长河里，只是弹指一挥间；对一个人而言，40 年却能够经历太多太多的事情。可以毫不牵强地说，我们家的住房的变迁轨迹鲜活地见证了改革开放的进程。

1980 年的秋天，我们家第一次从土屋搬进了瓦房，整整五间，旁边还有个小院子；房子不算高，甚至在多年以后看上去显得矮小、土气，但是还是很让我们兴奋。现在回味起来，那房子诞生的过程多么令人揪心啊！父母亲都在农村务农，没有稳定的收入来源，还要供养我们兄妹四个读书。为了竖起这个瓦房，他们夙兴夜寐，劳心费神，一旦因为卖了猪子、鸡蛋、菜蔬之类的积攒了几个活钱，上赶着就把它变成建筑材料：今天买回几个垛子的砖头，明天购进几百片青瓦，后天弄来几吨石灰……就担心把不多的现钱放在手里会派了别的用场。

一次次地请车子运材料请邻里帮忙装卸材料，当然少不了要忙饭做菜地答谢他们。当时，我正在读两年制的高中。那一次次忙活的情景至今还历历在目。

后来，随着我们一天天地长大，哥哥要成家，妹妹须单住，家里的房子变得空前地紧张，新砌房子成为必要。我是家里唯一的挣固定工资的人，但是刚从大学毕业出来，本科工资也就68元；因为分配在城里的学校工作，工资还要比到农村学校工作的少两级，每月也只是非常可怜的56元而已，把必要的开支开销了，基本上就没有什么剩余的，所以根本帮不了家里的忙。在母亲的授意下，我给在淮阴工作的表哥拍了一份电报，商量着让他给我们资助点现金；表哥很快就寄过来300元钱。这差不多是我半年的工资了，让人体会了雪中送炭的滋味儿。有钱好办事，一切都紧锣密鼓地进行着，仅仅花了三天时间，三间锁壳式平房就完成了主体建筑，全部工钱就75元，这都够不上现在一天的人工费。这是1986年年底的事。

时光荏苒，几年后，我在城里安了个小家。

最初只有一卧一厨，20平方米的平房，正房和厨房相对而筑，是单位安排的。正房内挂衣橱、低柜、办公桌、沙发、茶几，你挨着我我贴着你。女儿出生后，一家三口挤在一张床上，一块屏风把本来就很狭小的空间切割成为两个世界，于是空间显得更加逼仄。矮小的厨房高度不到2米，夏夜，外面的桌子上常常爬着太多的鼻涕虫，屋顶上、地面上不时有老鼠穿来穿去的，蚊子更是驱之不去的梦魇。因为是芦菲盖顶，红砖砌的单片儿墙，冬天冻得叫人受不了，夏天热得让人吃不消（因为挨着单位的大食堂更加剧了炎热的感觉）。在这样的环境里，我们一住就是4年。

到了1996年，在大家呼声日高的背景下，单位决定集资建房。为了5万元的个人投资，我向银行贷了一部分款子，也跟家人拨了一些钱，再把自己全部的积蓄拿出来，才拥有了80多平方米的空间，楼房，还是五层，顶天立地的；但是，每人有了一张床。开始感觉还行，但是，随着如师附小"岸佛运动场"（以国际著名华人侦探李昌钰的母亲的名字命名的）的兴建，岳母的家被迫拆迁，她无力新购安置房，我们义不容辞地把她接过来同住，住房一下子又变得紧张了，加上老人年逾古稀，五层楼对她而言是个并不算小的实际问题。有心改善一下，只是心有余而力不足。将就着，凑合着，一住又是10年。

再后来，房地产市场风云变幻，房价不断攀升，屡创新高。就我们这么个小县城，商品房的价位也到了每平方米近5000元。大家伙的住房似乎不是和别人攀比就是跟自己较劲，几十平方米的空间似乎已经不在考虑范围了，动辄就是100多平方米；住宅楼似乎也因为错综复杂的邻里关系而生烦了，大家的眼睛瞄上了别墅，虽然这城里的别墅是像美女一样的稀有资源。本来在住的方面安于现状的我也坐不住了，生怕再按兵不动的话，将来房价让人更加不能承受，于是跟风赶潮，四处了解房地产开发的信息，最终在通扬河畔相中了一处别墅：三层建筑，近240个平方米（按照国内有关政策，这就是省部级住房待遇了！），还有40多平方米的院子，外带20多平方米的车库。地段也不错，在市内差不多就是"绝版房"了！只是价钱也很惊人，我们倾其所有，把现住的楼房脱手，老家拆迁的时候放弃购房资格选择拿拆迁补偿款，还利用住房公积金办理了抵押贷款，总算，把它拿下来了。经过近一半年的装潢，2008年初住进去了，从而实现了从"一家一张床"到"一人一张床"再到"一人一间房"的飞跃。说实在的，各人在自己的空间里做事，彼此不相干扰；每天在家里上上下下出出进进的，观观花赏赏草，还有小狗绕脚跟转的，那感觉真好！

与此同时，哥哥嫂子利用做生意挣来的钱建起了别墅，而且是豪华型的。妹妹出嫁后不停地打毛线做手工，加上妹婿曾经在国营单位工作的收入，也早就住上了别墅。小弟和弟媳靠勤劳不辍的双手，把最早的五间瓦房推倒建起了别墅。我们兄妹四个都梦圆别墅了。

年近七旬且做过几十年基层干部的父亲时不时地会对我们祭出传统道德以及马列主义的利器，要我们常将有时思无时，珍惜来之不易的幸福生活。

再后来，为了响应农村土地开发农民集中居住的形势，哥哥妹妹弟弟家的别墅都被拆迁，又住进了高层商品房。只有我依然在我的别墅里安居着，乐业着。

一花一世界，社会在发展，只要我们撸起袖子加油干，我们的日子一定会越过越红火！

《凤凰资讯报》2008 年 10 月 31 日

学会放弃

放弃，有时候是一种明智的抉择，虽然我们的传统观念里灌输的多是不轻言放弃的人生态度。因为人的一生很短暂，有限的精力不可能方方面面都顾及，而世界上又有那么多的炫人耳目的精彩，这时候，放弃就成了一种大智慧。放弃其实是为了得到，只要能得到你想要得到的，放弃一些对你而言并不必需的"精彩"又有什么不可以呢？

比尔·盖茨之所以能成为电脑王国的国王，稳居世界首富的宝座，就是因为他懂得放弃。他在读到大三的时候，毅然决然地放弃了唾手可得的学位而一头扎进他所酷爱的电脑世界，弹奏出人生的精彩乐章。如果他循规蹈矩地把书念下去，创业的大好机遇也许就稍纵即逝了。

华裔科学家，诺贝尔奖获得者杨振宁和崔琦的成功也是因为他们勇于放弃。杨振宁1943年赴美留学，受"物理学的本质是一门实验科学，没有科学实验，就没有科学理论"观念的影响，他立志搞一篇实验物理论文，于是，经由费米教授安排，他跟有"美国氢弹之父"之誉的泰勒博士做理论研究，并成为艾里逊教授的6名研究生之一。在实验室工作的近20个月中，杨振宁成为艾里逊实验室流行的一则笑话的主人公："凡是有爆炸（出事故）的地方就一定有杨振宁！"杨振宁不得不正视自己：动手能力比别人差！在泰勒博士的关怀下，经过激烈的思想交锋，杨振宁放弃了写实验论文的打算，毅然把主攻方向调整到理论物理研究上，从而踏上了物理界一代理论大师之路。假如他一条道走到黑，恐怕"杨振宁"至今还是一个籍籍无名的符号。而1998年的诺贝尔奖得主崔琦在有些人眼里简直是"怪人"：远离政治，从不抛头露面，整日浸泡在书本中和实验室内，甚至在诺贝尔奖桂冠加顶的当天，他还如常地到实验室工作。更令人不敢置信的是，在美国高科技研究的前沿领域，崔琦居然是一个地地道道的"电脑盲"。他研究中的仪器设计、图表制作，全靠他一笔一画完成，而一旦要发电子邮件，也都请秘书代劳。他的理论是：这世界变化太快了，我没有时间赶上！放弃了世人眼里炫目的东西为他赢得了至高无上的荣誉。

为中国的国防科技建设立下了卓越功勋的著名科学家钱伟长更是懂得放弃的智者。中学时代的钱伟长文科强理科弱，清华大学中文系和他做了一次成功的双向选择。然而随之而来的"九·一八"事变震撼了钱伟长强烈的爱国心，他认为：日本人之所以敢欺凌中国人，就是因为他们的枪炮比我们厉害；只有科学才能救国，个人志愿应该服从国家的需要。于是，他放弃自己所长，改填物理系。当时，清华大学物理系之难录取令众多高才生望而却步，遑论功底不强的钱伟长。系主任吴有训教授拒绝了钱伟长，但钱伟长以他的诚心感动了吴有训，立下了"生死状"。为了站稳脚跟，他用学中文的方法学数理化，除了背还是背，背得神经都为之衰弱了。在付出了惊人的努力之后，钱伟长掌握了当时世界上最先进的火箭、雷达等尖端科技，为实现早年的崇高理想做了成功的奠基。从某种意义上说，钱伟长的放弃更为难得，不仅仅因为他的放弃是为了国家民族的利益，更因为他放弃的是他的所长，这更需要惊人的胆识。

人生在世，无不渴望成功。孟子在几千年前就有"鱼与熊掌不能兼得"的感慨与遗憾，我们的一生会不断地面临着各种各样的选择。为了人生辉煌，让我们学会放弃！

《思维与智慧》2000 年第 7 期

今天，你"撞钟"了吗？

"做一天和尚，撞一天钟。"

这是一句人们都熟悉的老话，只是常常被当作消极的人生态度进行解读。其实，当你处在和尚的位置上时，坚持撞好钟也是难能可贵的；而且只要不懈地用心"撞"下去，也能够"撞"出一片新天地。

美国证券业界风云人物苏珊是极好的证明。她是个台湾女孩，出身于音乐世家的她酷爱音乐并且有相当的特长，也希望自己能够驰骋在音乐的广阔天地里。后来，阴错阳差地，她被大学的工商管理专业录取。尽管不喜欢这个专业，但一向认真的她以各科全优的成绩被保送到美国麻省理工学院，攻读当时许多学生可望而不可即的 MBA，后来成绩突出的她又拿到了经济管理专业的博士学位。这位金领丽人说："老实说，至今为止，我仍说不上喜欢自己所从事的工作，如果能够让我重新选择，我会毫不犹豫地选择音乐。但我知道那只是一个美好的'假如'了，我只能把手头的工作做好……因为我在那个位置上，那里有我应尽的职责，我必须认真对待。"

读来让人动容，引人遐思。

责任固然是一个方面。换一个角度来看，它又何尝不证明着人的潜力无限呢？

无独有偶，"新语文教育"的倡导者韩军的经历也充分印证了上面的结论。

1979年，17岁的韩军收到了山东德州师专中文科的录取通知书，他是那所中学当年考上大学的唯一的文科生。但是他不想去，既为专科，更为师范。他想考法学院，当律师；他要考广播学院，当播音员。然而，抗不过父亲的他还是去了。

1981年，19岁的韩军从德州师专毕业。他选择的不是做老师，而是做电台播音员。因为在大学里他一直做学校电台的播音员，水平出众到多次让听他广播的人误以为中央人民广播电台在播音。因为有德州市电台的领导指名要他毕业后去市里做播音员。但是计划经济时代的政策是"从哪儿来的回哪儿去"，于是，他去家乡临邑师范学校当了一名教师。

1992年，30岁的韩军在有了11年教龄后，对教师职业仍没有本心的认同。他参加了筹建中的省经济广播电台的主持人招考并成功地过关斩将。然而，省电台来要人，学校领导就是不放人。他还得做教师！

就是这个不认同教师职业的韩军，在职一天就敬业24小时。

1991年，他参加全省教学能手大赛，成为全省文科组第一名。于是，他有了"山东省教学能手""山东省优秀教师""山东省骨干教师"（第一名）等称号。

1993年，他获得"全国敬业系统劳动模范"称号并获得"人民教师奖章"。

1994年，年仅32岁的他成为特级教师。

1995年，他获得曾宪梓教育基金会教师一等奖。

1997 年，他获得"山东省专业技术拔尖人才"称号，被评为享受国务院特殊津贴的专家，并兼任硕士研究生导师。

殊不知，这样的情况还有许许多多。

美国著名心理学家艾尔森曾经对世界各领域的 100 位杰出人士做了一项问卷调查，结论是：61% 的人坦承他们所从事的职业并非他们内心最喜欢做的。

既然没有办法改变，那么任何的牢骚、懈怠都无济于事，还是全身心地投入其中吧。它会开发出你的潜能，让你活出别样的精彩；它会以认真、忠诚等品格，一步步地把你导向成功的境界。

身为"和尚"，今天你"撞钟"了吗？

《如皋新生活》2009 年 4 月 17 日

"我心有主"

日前，著名小品演员蔡明在北京电视台做节目时讲过这样一则故事：

在某医院的急诊室内，排队打针的人很多，突然，一位儒雅的老先生趋前和负责注射的护士协商，能不能先为他把针打了。护士自然地反问"为什么"，老先生说，时近九点了，他要准时陪住在某某病房的妻子用早餐。护士很惊讶，因为住在某某病房的那位女士是个"植物人"，对外界根本没有反应。但是，老先生的一句话让她动容：她虽然对时间没有感觉，然而我是明白的；几年来，我每天都是9点准时陪她吃早饭的。

说实在的，这个故事深深地打动了我。不为别的，只为老先生"我心有主"的品格。

其实，我们的文化中不乏"我心有主"的传统。儒家倡导的"慎独"是说"我心有主"。民间奉行的"善欲人知，不是真善；恶恐人晓，必是大恶"是提醒人"我心有主"。

更有大家耳熟能详的许衡。

许衡（1209—1281）是中国元代杰出的政治家、教育家、天文学家、思想家、哲学家，在思想、教育、历法、哲学、政治、文学、医学、历史、经济、数学、民俗等方面皆有精深的造诣和卓越的建树，是一位百科全书式的通儒和学术大师。他所产生的物质财富和精神财富的总和——"许衡文化"，愈来愈展示出勃勃的生机。也许，下面的这个故事能够从一个侧面诠释许衡之所以为许衡。

盛夏时的某日，天气炎热，路人口渴难耐，正好路边有一棵梨树，路人纷纷去摘梨解渴，唯独许衡静坐在树下不动。有人不解地问："何不摘梨解渴？"许衡答曰："不是自己的梨，岂能乱摘！"那人笑其迂腐："世道这么乱，梨树哪有主人！"许衡正色道："梨虽无主，难道我们的心也无主了吗？"时在公元 1232 年，许衡 24 岁，故事发生在蒙古兵的铁蹄踏进新郑之后的逃难途中。

曾几何时，"我心有主"成为弥足珍贵的品质了？

有些领导干部面对利益、美色诱惑时忘记了身份，迷失了自我，进而葬送了大好前程。

有些不法商人利令智昏，唯利是图，假冒伪劣无所不为，在犯罪的泥坑里面越陷越深。

有些学生不能自制自律，一旦脱离了监护人的视野，就自我膨胀，让舌头和拳头动得比脑子更快，从而荒废了学业，甚至做出让自己悔之不迭的蠢事，断送了自己的锦绣未来。

……

由此可见，"我心有主"是何等重要！

要做到"我心有主"，必须加强自身修养。孔子敢于亮出"从心所欲不逾矩"的旗帜是因为他的个人修为已经臻于圣境。我们不一定能够企及那样的境界，但是并不妨碍我们把这样的境界作为自己攀升的目标。

要做到"我心有主"，必须永存敬畏之心。真正的勇敢内蕴之一是"敬畏应该敬畏的"！目空一切，行事张狂，也许可以得逞于一时，绝对不会得逞于一世。有句话你一定知道："多行不义必自毙！"还有句话触"耳"惊心：人在做，天在看。

"我心有主"，必须的！

2010 年 12 月

教育行者：永远在路上

——为《教育家》而作

"在路上，行走的姿态，永远！不管永远有多远。"

这是我在我的"教育博客"上写的一段话。之所以如斯说，是因为在近 30 年的教育人生中，无论是处于顺境还是逆境，我都没有停止过追求，一直保持着行走的姿态，"永远在路上"，做一个"教育行者"。这"行者"的姿态，正是一个教师专业发展的自觉追求。

翻开中外教育史册：孔子、韩愈、胡瑗、朱熹、颜元、蔡元培、晏阳初、陈鹤琴、陶行知，苏格拉底、亚里士多德、夸美纽斯、赫尔巴特、杜威、马卡连柯、赞科夫、巴班斯基、苏霍姆林斯基……默念着这一个个响亮的名字，凝望着这一个个高大的身影，遥想他们"行者"的一生，我们肃然起敬，内心奔涌着"虽不能至，心向往之"的豪情。

我们知道，一个教师的专业发展取决于很多因素：既有政府政策导向、领导重视程度，助推发展机制，伙伴激励作用等外界因素，更有内在动机。如果说内在动机是个"小环境"的话，那么外在因素就是个"大环境"。从某种意义上讲，没有合适的"大环境"，"小环境"实际上是成不了气候的。

但是，我们都知道一个哲学观点：外因是变化的条件，内因是变化的根据，外因通过内因发生作用。于此足见内在动机之必要性。如果没有强烈而持久的自我发展的愿望，纵使外界因素如何充盈，他都可以像一个"局外人"一样地无动于衷。面对"行者"们职称序列的递升，各种序列的评比，各类荣誉的角逐，他都可以"心如止水"，古井无波。只有拥有强烈而持久的自我发展的愿望，他才会保持昂扬的进取状态，让自己的教育人生变得风生水起，多姿多彩。

带着钟情上路吧，做一个教育行者。艾青在慨叹："为什么我的眼里常含着泪水？因为我对这土地爱得深沉！""热爱是最好的老师！"像陶行知学生说的那样："人生为一大事来。"把教育升华到"事业"的高度吧！因为是"事业"，你才会全身心地投入，才会无怨无悔地付出，才会收获到沉甸甸的回报。心中有爱，随处都是春天，触目皆是春光。

带着自信上路吧，做一个教育行者。《博弈圣经》有言："自信是对自己一次胜利的预言。""自信人生二百年，会当水击三千里。"即使遭遇挫折，也要用爱迪生的话语自励："没有失败，只有离成功更近一点儿。"一定要学会用自信去培养自信，总是让自己自信满满。

带着目标上路吧，做一个教育行者。纪伯伦在反省："我们已经走得太远，以致忘记了为什么而出发！"我们须要经常叩问自己的心灵：我要去何方？我为什么要去那里？南辕北辙的荒谬固然不可取，曲径通幽的诗意同样不可取；"悬的"在上，我们可以一路狂奔，也可以且歌且行。

带着能耐上路吧，做一个教育行者。

教育行者需要的能耐多多，读书和科研是其中的荦荦大端。人们常常把老师称为"教书的"，那是为了和"看病的"（医生）、"当兵的"（军人）、"做饭的"（厨师）之类的人群区别开来的叫法。如果我们的老师也把自己认定为"教书的"，那就是定位不准确！教师必须养成"读书"的能耐。特级教师高万祥先生说："读书修身，读书致远。教书人应该是一个真正的读书人，优秀教师应该是生活在书籍中的人，应该是渊博如一座图书馆的人。"所读之书固然是可以而且应该遴选的，但是不妨让自己的阅读"口味"驳杂一些。文科的老师也去读读理工科的书，理工科的老师也来读读文史哲。高先生还说："一个优秀教师和一个平庸教师的最大区别，就是有没有科研追求和科研能力。""中国最好的老师，一定是最能写作的教师。"科研会为你加上腾飞的翅膀，让你飞得更高、更远。

一言以蔽之：钟情是愿为，自信是敢为，目标是要为，能耐是能为。这是永远在路上的"行者"成功的锦囊。

只要在路上，你就会在造就学生的同时，成就自己，绘就绚丽的教育人生。

既然在路上，那就认定正前方，全力以赴，纵使风雨交加，也要风雨兼程！

《教育家》2012 年第 3 期（"卷首语"）

生正逢时

家慈有恙，到人民医院做了个微创手术，忙碌惯了的人暂时不能走东串西的，在家里不免寂寞，总巴望着子女陪着说说话，偏偏一个个地都忙于自己的事，难以有闲暇孝顺于眼前，于是难免啧有烦言。

偶得空闲，骑着自行车，在浩荡的春风吹拂下，我回到老家，得以和家慈面对面。闲聊之中，说到了当年把青草扯回来晒干了当烧灶燃料的事，有恍如隔世之感。

联想到《经济学家茶座》第62辑上有篇题为《体验》的文章，从网上流传的一个帖子《敬请1962—1972年出生的人阅读——致幸运的同龄人》谈起，作为"60后"的我读来倍感亲切。

确实，我们有兄弟姐妹多人，童年生活热热闹闹，瞒着父母下河游泳，相互鼓励着上树捉鸟，推铁环，跳格子，玩玻璃球，贴着墙壁"挤油"，用自己剪的硬纸做成扑克牌竞技，用自制的乒乓球拍在土法制造的台子上角逐……而今各自成家，人丁兴旺。没有受到计划生育的限制，不然，这个世界上恐怕也不会有我这个排行第二的人了。想想我们的孩子孤孤单单的一个人，受政策影响，我们生二胎的愿望也不可能实现，即使在而今实行"单独可生二孩"的新规之后。这是不是为我们自身兄弟姐妹多必须付出的代价呢？

确实，我们赶上了"学制要缩短，教育要革命"的时代。跳过了幼儿园阶段直接读了小学，而且小学就设在自己的村子里，没有父母接送之劳。5年的小学过后就是2年的初中2年的高中。要不是上了1年补习班（当时的补习班门庭若市，很多人都要在补习班里苦熬多年才能修成正果）就对不起"十年寒窗"的说法。如此下来，进入大学时仅仅16周岁，本科读下来也就20周岁。按照现行政策，可以为党工作40年！

确实，我们读大学是公费的。20世纪80年代初，我们进入师范大学时，每月由国家提供17.7元的饭菜票，另发4元零花钱及4斤粮票供星期天外出时花费。那时候，就这么个待遇，过得节俭点的同学还会略有盈余。哪像现在我们的子女读大学每月都要消费掉数千元呢！

确实，我们大学毕业是有工作分配的。虽然赶上了所谓"哪儿来哪儿去"的分配政策，但是总归是要落实个单位的。我没攀没靠的一个农家子弟，凭着四年的修炼，进了家乡最牛的高中任教。当然，也是由于没攀没靠的，后来我因为中国特色的人际关系而"被离开"。即使如此，教育局还通过二次分配把我安排到城里的另外一所高中。想想而今每年数百万的大学毕业生挤破了头去争有限的一些工作岗位，真让人唏嘘不已！

确实，我们工作后单位是解决住房问题的。刚进县中时，学校本身没有房子安置我们，就在附近的教工招待所包了一个房间，我们4个同时从高校出来的新教师与教育局借用的两个工作人员共享这个空间。随后，教工招待所有统一接待任务，学校又在学校旁边为我们4个新人租赁了一间房子。调到新单位后，先后住过双人集体宿舍、三人集体宿舍。成家时，学校为我们解决了一住一厨。想想而今住房自理特别是婚房自理，那该是多么的"压力山大"啊！

确实，我们当时不是死读书的。放学比较早，回家后还得出去扯猪草羊草；没有集中的晚自修，但是相邻的孩子会集中到一个人家里做作业，一者可以节约用油（有些人家还是用煤油灯照明的）用电（因为顾虑电费的事，电灯的瓦数不高，灯光常常是昏暗的）；二者基础薄弱的孩子可以得到成绩好的孩子的襄助。动手能力比较强，会帮着农活繁忙的父母亲做饭，会打理包括洗衣服在内的家务活儿。大学放假期间，甚至还有冒雨在泥泞的道路上拉着装满玉米棒子的大车回家的壮举。

……

说了这么多，不是要引发"今不如昔"的感慨，虽然有些事在今天看来仿佛"美丽的神话"，有些情况让人顿生神往之心，因为历史的车轮是滚滚向前的，开历史的倒车绝对是不合时宜的；而是说一个时代有一个时代的精彩，一个时代也有一个时代的无奈，关键的是要以积极的心态去面对，"活在当下"，活出你的精彩！

《如皋日报》2014 年 4 月 10 日

路：曾经的·而今的·未来的*

曾经，我住在花港。那是 1997 年。

那时的花港处于如城东南部，是个城郊接合部，属于宏坝村。房子是学校集资建成的，是房屋市场化之前的末班车。周围尽是农田，菜蔬长势喜人，也许是为了施肥的便捷，也许是为了农人的生理需求，露天茅池比比皆是，就是没有像样的路。每逢下雨的日子，淤泥常常困扰着行人。

后来，房子西边修建了一条路，名为"观风路"。名为"观风"，其实无风可观。因为路西侧是市一中，铁栅栏隔开了两个世界；路东侧是东西走向的住宅楼，一幢又一幢的，相间而立。倒是出行方便得很多。

再后来，龙游河南北贯通工程使得"观风路"名副其实了：阔度十几米的水面不算宽敞，但是水流潺潺，苇草摇曳，山石错落，树木参差……还有两个观景台。

虽然"观风路"因此而瘦身为四车道了，但是，走在这样的路上，

_____

* 本文获江苏省如皋市"我家门口那条路"征文比赛二等奖。

似乎更加赏心悦目。

　　而今，我住在海北。始于 2008 年。

　　海北位于通扬运河北侧，是人们心中的乡下，从义务教育阶段的施教区划分也可以看得出来。我们之所以要从如城街道移居城北街道，与城北街道是国家级经济开发区没有关系，与城北街道所辖的原新民乡宗港村现新王庄村是我的老家有关系但不大，与海北那里的房子是别墅有很大的关系——毕竟，住 240 多平方米的房子比 80 多平方米的房子，感觉要舒服多了。

　　只是，刚搬去的时候上班都要绕行——或者从西边经海阳大桥进城，或者从北边向东再向南经水绘园大桥进城。

　　后来，紧贴着通扬运河的"花市街"打通了，出家门南行，左拐，经过"奉安桥"——为纪念民主革命先驱孙中山总理而建，原址石桥与中山桥东西相望，建成之日，恰逢总理奉安之日，故名——前行过"水绘绿源"，便到了水绘园大桥。

　　这条路可热闹了：早晨是晨练的人，遛狗的人，上班的人……晚上是漫步的人，遛狗的人，下班的人……

　　听着"花市街"这样的路名，你会探寻路边的花，会疑惑：虽然有零零散散的花，但不成"市"，遑论"街"了。其实啊，据说啊，运河北侧、大桥脚下，原来是无家可归的人集聚的地方，他们乞讨为生，人称"叫花子"，这条当时还不成路的地方被称为"花子街"。现在，社会发展了，人们的生活状况也得到极大的改善，"花子街"成了"花市街"。在语文的修辞上，这是"讳饰"的辞格。

　　未来，我可能会住到龙游湖畔。这是我 2019 年的念想。

在如城街道住了 11 年，搬到城北街道后也住了 11 年了，眼下又想住到城南街道去了，更准确地说，是想住到龙游湖外国语学校东邻的"如皋南站"旁边。不是住房上的"11 年之痒"，而是"如皋站"让我饱享了出行之便，"如皋南站"的出行便捷的前景更加诱人。

盐通铁路"如皋南站"站场路基正线基床表层以下已经填筑完成，框架桥涵施工也已经完成，站房施工图设计已通过国家铁路集团审查，预计明年年底，"如皋南站"客运枢纽与站房将同步启用。

据称，在龙游湖畔，还将建成高铁通往上海，只要 37 分钟就能实现如皋到上海的跨越。这实在是让人神往啊！想想我们的子女都在上海打拼——我女儿在上海，哥哥的儿子在上海，弟弟的儿子也在上海，表弟的女儿还是在上海——如皋和上海成为"一小时交通区"，那就是典型的"远在天边"和"近在眼前"了。

看来，我得到龙游湖去买房子，让那边的铁路也成为我家门口的路。

其实，如皋是我家，如皋境内四通八达的公路、铁路都是我家门口的路，宁启铁路是我家门口的路，盐通铁路是我家门口的路，通皋大道是我家门口的路，2 字头的国道是我家门口的路，3 字头的省道是我家门口的路，4 字头的地市道是我家门口的路，5 字头的县市道是我家门口的路，6 字头的乡镇道是我家门口的路……

这些路，带着我们通向远方，通往幸福。

2019 年 12 月

春天正是读书天

——为《如皋教育研究》而作

朋友们知道"苟且红利"这个概念吗？

我们稍有些成就的人不妨扪心自问，我们的那些成就真的是因为你天赋异禀吗？其实不是，只是因为我们在某些时刻，比别人稍微认真了一点点，而且，慢慢地就认真成了习惯。这，就足够了。在这个"攀岩时代"，别人的苟且，往往成就了我们的认真。所以，准确地说，"苟且红利"，应该是"不苟且红利"。

时师以为，读书就是"（不）苟且红利"。

虽然从理论上说只要想读书，天天都是读书天；但是，因为春天是播种的季节，"世界读书日"也在春天，而且都近在眼前。所以我们倡言：春天正是读书天。

如果你可以像软银集团的孙正义那样，在病床上两年可以读3000本书；像新东方的俞敏洪那样，立志北大四年读800本书并且有如《中国合伙人》展示的那般做到了；像得到APP的罗振宇那样，用"刷书"的方式每天至少读两本书并且把一本书做成10分钟的音频和受众分享；

那么，你也可以尽情地想读什么就读什么。

但是，也许很多人都不会像孙正义、俞敏洪、罗振宇那样的高效；而且，即使你也很高效，人类的库房里有 3 亿多种书，世界上还在不断地出品各种各样的书。所以，阅读首先面临着选择问题。

因此，时师跟朋友们倡导三个阅读理念。

一是"源头阅读观"。就是在汗牛充栋的古今中外图书中，应该优先选择"源头"性的图书。诸如先秦诸子著作里的《论语》《孟子》《老子》《庄子》，最原初的文学《诗经》《楚辞》，史学著述里的《左传》《史记》；西方的苏格拉底、柏拉图、亚里士多德的著作，《古希腊神话》，甚至《圣经》——因为这两部书是西方文化的两大源头。

二是"群书阅读观"。这是研究意味比较浓的一种阅读。比如，围绕"孤独"主题，在李白的《独坐敬亭山》（"众鸟高飞尽，孤云独去闲。相看两不厌，只有敬亭山"）、《月下独酌》（"举杯邀明月，对影成三人"）、柳宗元《江雪》（"孤舟蓑笠翁，独钓寒江雪"）、苏轼的"拣尽寒枝不肯栖，寂寞沙洲冷"、林语堂的"稚儿擎瓜柳棚下，细犬逐蝶柳巷中。人间繁华多笑语，唯我空余两鬓风"等诗词营造的"孤独感"而外，不妨集中阅读蒋勋的《孤独六讲》、陈果的《好的孤独》、刘同的《你的孤独，虽败犹荣》、周梦蝶的《孤独国》、加西亚·马尔克斯的《百年孤独》……从而认识到"孤独是自成世界的一种独处，孤独是一种完整的状态""美学的本质或许就是孤独"，进而享受孤独、悦纳孤独。

三是"三区阅读观"。有人把阅读的状态分为舒适区、生长区和恐惧区。所谓舒适区阅读就是面对的读物没有难度，容易读懂，诸如海量的言情类、武侠类作品，网络上那些动辄几百万字的篇幅、主人公动辄有数十亿数百亿资产却不知从何而来的作品，读也许比不读稍微好些；所谓生长区阅读，就是阅读的时候会有点困难，但是这困难会让你长进；所谓恐惧区阅读，就是面对的作品让你读不懂，让你困惑，乃至让你恐惧，诸如一些哲学著作，政治著作，教育理论著作，西方"现代派文学"作品，比如柏拉图的《理想国》，马基雅维利的《君王论》，怀特海的《教育的目的》，20 世纪 80 年代以来教学和教师领域的领军人物舒尔曼的《实践智慧》，"荒诞派"代表作家卡夫卡的《变形记》，"黑色幽默"的代表作家约瑟夫·海勒的《第二十二条军规》……时师希望朋友们能走出阅读舒适区，走进阅读生长区，挑战阅读恐惧区。

正逢大好春光，让我们埋首书海，快意阅读，享受阅读自身，也享受阅读伴生的"红利"。

《如皋教育研究》2020 年第 1—2 期（合刊）（"卷首语"）

江湖行走

走进安徽南屏

"安徽民居"可谓名满天下。

说到"安徽民居",肯定绕不开黟县。据称,陶渊明的《桃花源记》就是以黟县为原型创作的,黟县在历史上就有"桃花源里人家"的美誉。黄山脚下的黟县以其境内保存有众多的古村落、古牌楼、古祠堂、古塔、古桥而被誉为我国地面现存古建筑、古文物最多的县,是著名的文物之乡。而西递、宏村古村落堪为代表,2000年11月30日即被作为"中国皖南古村落"的杰出代表列名世界文化遗产名录,2001年6月25日被国务院批准为国家级重点文物保护单位,2003年8月16日被国家旅游局评定为A4级旅游景区。更有国家邮政局于2004年6月25日发行的《皖南古村落——西递、宏村》一套4枚邮票彰显了"安徽民居"不同凡响的地位。

西递、宏村而外,还有一批同样具有高品位和徽文化遗存价值的古建筑群,南屏村就是其中之一。南屏村以小巷迷宫特色而著称,自从张艺谋在这里拍摄了冲向国际影坛的《菊豆》(《菊豆》90%以上的镜头在该村拍摄)后,诸如《卧虎藏龙》《大转折》《芬妮的微笑》等几十部影视作品在此拍摄。

一个雨后的清晨，我们走进了别称为"翰林村"的南屏。雨后的南屏弥漫着一股"世外桃源"的气息，让人腾生超尘脱俗之感。

村头的一口"三元井"，是颇跑过一些地方的我从来没有见识过的，因而留下了深刻的印象。井口上方镇着一块石头，石头上凿有三个圆孔。至于为什么弄成这个样子，说法不一。有跟科举考试联系的，说三个圆孔代表着乡试第一的"解元"、会试第一的"会元"和殿试第一的"状元"；有着眼于妇女的，说男人们外出经商了，妇女在家自己汲水，她们力气小，这样子就不至于伤了身子；也有从儿童角度考虑的说法，称这样的井保障了在井边嬉戏的小孩的安全。这样的井承载了太多的人文关怀，包含了丰厚的文化底蕴，令人动容，引人深思。

叶氏是南屏的三大姓之一，家祠而外还有支祠和宗祠，而且支祠的规模远胜于宗祠。走进其宗祠与支祠，既有眼熟的呈现出现代风格的《菊豆》《大转折》等名片里的布景、道具和剧照，也有惹眼的散发着古朴氛围的建筑布局及楹联、匾额之类的东西，特别吸引了我目光的是支祠左侧摆放家庭刑具的小房间的墙壁上的一首打油诗："好的我就学，快的我就追。别人拔腿走；我就插翅飞。"典型的 20 世纪 50 年代的产物！置身于祠堂中，看上千年的历史在这里凝聚，心中的感慨是很难用言语来表达的。

南屏的建筑确实富有特色。高墙深巷，纵横交错，巷子九曲回环，房子密密匝匝，一律高大，一律华美，"美轮美奂"用在这里是再贴切不过的了。门楣有或石质或砖质的雕刻图案，形态各异，家具上的镂刻、彩绘更是触目可见；几乎每户人家都有珍藏的文物展示。徜徉在这艺术的海洋，真让人流连忘返。

走笔之际，欣悉南屏村与以"小桥、流水、人家""中国风水村"特色闻名的屏山村和以中国徽商经典豪宅"关麓八大家"联体民居为

特色的关麓村 3 个古村落已联合捆绑，向有关部门申报世界文化遗产
"中国皖南古村落"的扩展项目，并且已经顺利进入预备清单。

　　其实，窃以为南屏村的美是并不需要这种"麻烦"的确认的，因
为她是独立的独特的美。

2004 年 10 月

遥远的平遥

坐车数千里，几乎都坐出了"抓狂"的感觉，然而还是载欣载奔地，从古城如皋，来到了地处山西的平遥。从地域概念讲，平遥不可谓不遥远。

历时数千年，平遥古城依旧完整地保存着，以她迷人的魅力吸引了并吸引着海内外无数的慕名而来的游客。从时间概念说，平遥不可谓不遥远。

遥远！这是平遥予我的第一印象。

平遥古城，始建于公元前827年至公元前782年间的周宣王时期，为西周大将尹吉甫驻军于此而建。自公元前221年，秦朝政府实行"郡县制"以来，平遥城一直是县治所在地。这是一座具有2700多年历史的文化名城，是中国目前保存最为完整的四座古城之一，也是目前我国唯一以整座古城申报世界文化遗产获得成功的古县城。

平遥城墙总周长6163米，墙高约12米，把面积约2.25平方千米的平遥县城一隔为两个风格迥异的世界。城墙以内街道、铺面、市楼保留明清形制；城墙以外称新城。这是一座古代与现代建筑各成一体、交相辉映、令人遐思不已的佳地。

鸟瞰平遥古城，更令人称奇道绝。这个呈平面方形的城墙，形如龟状，城门六座，南北各一，东西各二。城池南门为龟头，门外两眼水井象征龟的双目。北城门为龟尾，是全城的最低处，城内所有积水都要经此流出。城池东西四座瓮城，双双相对，上西门、下西门、上东门的瓮城城门均向南开，形似龟爪前伸，唯下东门瓮城的外城门径直向东开，据说是造城时恐怕乌龟爬走，将其左腿拉直，拴在距城二十里的麓台上。这个看似虚妄的传说，折射出古人对乌龟的崇拜之情，它凝聚着希冀借龟神之力，使平遥古城坚如磐石，金汤永固，安然无恙，永世长存的含义。城墙上还有 72 个观敌楼，墙顶外侧有垛口 3000 个，传说它是孔子 3000 弟子、72 贤人的象征。

拾级而上城楼，烟波雾霭笼罩之下的城楼越发显得巍峨。数门铁炮宛在，它们承载了厚重的历史。放眼望去，树疏路阔，因树疏而愈觉路阔。

我们在有"中国科举博物馆"之誉的文庙流连。大成门的"名城仰名人名城千古名人千古，孔子成孔学孔子孔学万年"、大成殿的"道与天地叁，功满天地，名满天地；书留春秋在，知我春秋，罪我春秋"等楹联让人哑摸不已。我们还兴致勃勃地跃了"龙门"。我们在"鳌头"石前留影，以祈求吉祥。我们还目睹了一份科举考试中一甲第一名的"状元卷"，字体端正，透着儒雅；六位高官的朱批及朝廷御印，历历可见。无怪乎孙中山先生慨叹："中国的考试制度就是世界中最古最好的制度。"文庙内有不少联语是劝世的，诸如"精神到处文章老，学问深时意气平""古今来许多好事无非积德，天地间第一品人还是读书"等。

我们还驻足于平遥县署。这里丰富的楹联文化更足见其历史之悠久、积淀之丰厚。衙门联"莫寻仇莫负气莫听教唆到此地费心费力费

钱就胜人终累己，要酌理要揆情要度时世做这官不勤不清不慎易造孽
难欺天"、仪门联"百载烟云归咫尺，一署风雨话沧桑"、大堂联"吃
百姓之饭穿百姓之衣莫道百姓可欺自己也是百姓，得一官不荣失一官
不辱勿说一官无用地方全靠一官"、二堂联"与百姓有缘才来到此，期
寸心无愧不负斯民"（下联的"愧"字少一点"民"字多一点，意即对
民多一点爱少一点愧）、主簿房中堂联"狱贵得情宁结早，判防多误每
刑轻"多有警示、教化之功用；今日读来，仍然有醍醐灌顶之感。

我们还在"亲民堂"前观赏了一出模拟升堂审案的表演，古朴的
风习让人模糊了时间的概念，仿佛穿越时空隧道回到了过去。

外地人对平遥的印象是与"晋商"和"票号"联系在一起的。这
里是"晋商"的发源地之一，同时也是中国第一家现代银行的雏形
"日升昌"票号的诞生地。明清时期，随着商业经济的发展，晋商一些
大商号逐步形成了在山西设总号，在外地设分号，跨地区经营的商业
系统。在此种情形下，大宗的批发、运销带来巨额现银的解运业务，
于是一种新的解款方式——"票号汇兑"便应运而生。道光四年（1824
年），就在平遥西大街"西裕成"颜料铺的基础上创办了中国第一家专
营汇兑、兼营存放银业务的"日升昌"票号。三年之后，在山东、江
苏等省先后设立分支机构。19 世纪 40 年代，它的业务更进一步扩展
到日本、新加坡、俄罗斯等国家。当时，在"日升昌"票号的带动下，
平遥的票号业发展迅猛，鼎盛时期这里的票号竟多达二十二家，一度
成为中国金融业的中心。以近邻祁县乔家为原型的电视剧《乔家大院》
的热播更使"晋商"和"票号"成为今天的人们耳熟能详的名词。

平遥古城素有"中国古建筑的荟萃和宝库"之称，文物古迹保存
之多、品位之高实为国内所罕见。有"平遥三宝"古城墙、镇国寺、
双林寺；有中国宋金时期文庙的罕见实物——文庙大成殿；有中国金

融史上的开山鼻祖，被誉为"天下第一号""汇通天下"的"日升昌"票号；有始建于唐显庆二年，国内古建筑中罕见的"悬梁吊柱"奇特结构清虚观……古城内现存 4000 处古、近代民居建筑中，有 400 余处典型地体现着中国古、近代北方民居建筑的风格和特点。

1997 年，联合国教科文组织特派专家田中淡考察平遥古城时欣然题词"平遥古城甲天下"。联合国教科文组织对平遥古城的评价是："平遥古城是中国汉民族城市在明清时期的杰出范例，平遥古城保存了其所有特征，而且在中国历史的发展中为人们展示了一幅非同寻常的文化、社会、经济及宗教发展的完整画卷。"

此次平遥之行，使我们对"走进平遥，就如同走进一座大型的历史博物馆"的说法有了切实的体验。

是的，走进平遥，就是走进了历史。

遥远的平遥哦！

《如皋动态》2006 年 11 月 10 日

永远的红旗渠

在广袤无垠的中原大地上，有这么一个地方：它位于河南、河北、山西三省交界处；依傍着著名的太行山脉。本来，这是一个籍籍无名的所在，却因为 20 世纪 60 年代的一项人工工程而为国内外广泛知晓。这个地方叫林县（现名林州市），这项工程就是红旗渠。

国庆长假期间，随市委组织部组织的优秀人才学习考察团出行，得以亲眼看到了被周恩来总理自豪地告诉国际友人"新中国有两大奇迹"之一的"林县红旗渠"（另一个是南京长江大桥），亲身感受了红旗渠精神。

天造山，人造渠。人工天河——红旗渠展示着林州人民征服自然、改造自然的丰功伟绩，闪烁着艰苦创业、自强不息的精神风采。红旗渠风景区以其宏伟壮观的水利工程，博大精深的文化内涵，雄伟独特的自然风光，让四方游客流连忘返。使自己的情操受到陶冶，斗志受到鼓舞，心灵受到震撼，精神得到升华，充分领略到毛泽东"人民，只有人民，才是创造世界历史的动力"的真谛。面对着这个人间奇迹，我的心底默默地反复着一个声音：永远的红旗渠！

红旗渠纪念馆由全国政协副主席赵朴初题写馆名，该馆占地 4000

多平方米，由序厅、干涸历史、太行壮歌（上、下篇），今日红旗渠，亲切关怀和影视厅等展厅组成。陈列了修渠时的文物，布设了 210 幅珍贵的历史照片，总展线长 316 米。借助于红旗渠纪念馆的展览资料，听着导游小姐的讲解，我们仿佛回到了那个岁月：

这条被誉为"太行天河"的红旗渠的开凿留下了太多太多的故事。像峭壁下面的"神工铺"就是其中之一。"神工铺"的得名当取鬼斧神工之意，是修渠时民工们住的地方。他们豪迈地说："崖当房，石当床，虎口崖下度时光，我为后人创大业，不建成大渠不还乡。"为纪念他们的丰功伟绩，后人称此地为"神工铺"。

1960 年 2 月，穿过地势险恶、石质坚硬的太行山腰的"青年洞"工程动工。工程推进中，遭逢自然灾害，国家经济困难，总干渠被迫停工。建渠干群提出"宁愿苦战，不愿苦熬"的口号，并挑选了 300 名青年组成突击队。每人每天只有六两粮食，为了填饱肚子，常常上山剜野菜、下河捞河草充饥；得了浮肿病，仍坚持在工地上。总干渠的咽喉工程之一——长 616 米高 5 米宽 6.8 米的"青年洞"——就是这样开凿出来的。17 个月的奋战，在消耗了 6705 吨水泥，14.5 万吨石灰，2740 吨炸药后，1250 个山头被削平，152 个渡槽被架设，211 个隧洞被凿通，12408 个建筑物被建起来了，1516 万立方米的土石方被挖砌。1961 年 7 月，总投工 13 万余的"青年洞"凿通了，总长 1500 千米的红旗渠矗立在高高的太行山间。

1965 年 4 月 5 日，红旗渠总干渠通水。1966 年 4 月 20 日，红旗渠一、二、三干渠通水。

王学仲曰："开山造渠，功侔禹夏。"

离开红旗渠纪念馆，我们来到了络丝潭。

络丝潭景区是红旗渠风景区的重要组成部分。它位于浊漳河天桥断处，这里有独特的峡谷风光，更有着神奇而美妙的传说。

络丝潭，形容潭有一络蚕丝那么深，又名"泪思潭"。传说很早的时候，这里是隔离凡尘与仙界的天堑。七仙女与董永分手后，日夜思夫，却无法越过此潭与亲人团聚，只好整日以泪洗面，天长日久，泪落成潭。夏季多雨时节，河水暴涨，跌落峡谷，声若雷鸣，其势状如壶口瀑布，蔚为壮观。在络丝潭南壁险崖上有一深 63 米、高 12 米、宽 8 米的洞，就是"神龟洞"。沿螺旋梯拾级而下，直达神龟洞，传说神龟隐居深潭中解救落水难民。数次有人过桥落水，身浮水面，不会沉底，都是神龟保佑。浊漳河流至冀豫两省交界处突然断跌，坠入深涧。在峭壁对峙的峡谷深潭中间，有四组铁丝绳凌空腾架，长 25 米，上铺宽 2 米的柏木板，这就是著名的"冀豫索桥"，桥南是河南省林县，桥北是河北省涉县。人行桥上，宛如九霄步云。侧观飞流狂涛，俯瞰深涧幽潭，彩虹飞挂，情趣无限。这座桥从清顺治四年（1647 年）修建，至今已经 360 年。当然，当年的绳索桥而今变成了铁索桥了。

景观如斯，难怪有人会说："看了络丝潭，何须到江南。"

红旗渠建渠以来，先后有世界五大洲 119 个国家和地区的近两万名友人前来参观访问。党和国家领导人胡锦涛、江泽民等先后莅临红旗渠视察，并给予了极高的赞誉。胡锦涛同志参观红旗渠时，对这一巨大工程连声赞扬，他说，在当时那么困难的情况下，能够修建这么巨大的工程，林州人民真是了不起。红旗渠的艰苦创业精神，任何时候都不能丢，而且在改革开放年代需要进一步弘扬光大。据说，林县人特别耐劳，3 个 70% 的说法很能说明问题。林州 70% 的外出务工者从事的是艰苦的建筑业，外出务工者扛起了其 GDP 的 70%，银行存款的 70% 来自外出务工。难怪江泽民同志到红旗渠视察后指出："红旗渠是自力更生、艰苦创业的典范，不仅给后人留下了可以浇灌几十万亩田园的水利工程，更重要的是留下了宝贵的红旗渠精神。这不仅是林州的、河南的，也是我们国家的、民族的精神财富。"并亲笔题词"发扬自力更生、艰苦创业的红旗渠精神"。

确实，红旗渠构筑在风景如画的太行山悬崖峭壁之上，达到了"雄者愈雄，险者愈险"的审美高度，给人以巨大的震撼，其工程量之大，工程之艰巨，工程美学价值之高，堪称人间奇迹。"探险路"上堪称"太行一绝"的一线天，幽静深邃，引人入胜。有"天下第一滑"之誉的下山滑道，轻松刺激，耐人回味；青年洞中，游艇穿行，游人可尽情体验"天河荡舟"的感觉。它成为国家 AAAA 级旅游区（点），荣膺中国旅游知名品牌，名列第五批国家重点风景名胜区自然不足为怪了。

而今，"红旗渠"已经成为一个精神品牌，她是属于所有的中国人的。

一个声音在震响：永远的红旗渠！

《江海晚报》2006 年 12 月 5 日

天下奇秀数匡庐

人道"匡庐奇秀甲天下";今日有幸亲临观赏体验,觉得言之大有道理。

抵达九江的当晚还是风雨大作,正为翌日的上山愁得难以入眠。谁料,天公体谅我等远道而谒的虔诚,醒来的时候已经是天朗气清了;人顿时振奋起来。兴致勃勃地驱车而上,左转又右转,右转复左转,真恨不能插翅直接登顶。

庐山北靠长江,南傍鄱阳湖。主峰汉阳峰海拔为 1474 米。江西省的旅游推介词是"观匡庐奇秀,忆井冈翠竹,赏景德名瓷,游婺源乡村"。匡庐能够名列榜首自有其道理。

庐山奇在她的由来。传说殷周时期有匡氏兄弟七人结庐隐居于此,后成仙而去,其所居之庐幻化为山,故而得名;所以她又名匡山或匡庐。

庐山奇在她长年云雾缭绕,多飞泉瀑布和奇洞怪石,名胜古迹遍布。自司马迁将庐山载入《史记》后,历代诗人墨客慕名而来,陶渊明、谢灵运、李白、白居易、苏轼、王安石、陆游、徐志摩、郭沫若等 1500 余位诗人登山,留下了许多名篇佳作。苏轼所写的"横看成岭侧成峰，远近高低各不同。不识庐山真面目，只缘身在此山中"形象描绘了庐山的景色，成为千百年来脍炙人口的名篇。

庐山奇在她是中国的名山中仅有的"世界村"。因为她是中外闻名的避暑胜地，从 1898 年到 1928 年间的 30 年间，20 多个国家在此建造了各种风格的别墅 712 栋（一说 887 栋），这至今保存完好的国际别墅群落让人们流连忘返。

庐山奇在她与政治的关系密切。大凡到过庐山甚至只是听说过庐山的人，脑子里面总会盘旋着美庐、作为军官训练团总部被称为庐山的"黄埔军校"的庐山大厦、毛泽东故居、前身是美国特使马歇尔为调停内战而八上庐山的居住地的"周恩来纪念室"、共产党历史上著名的庐山会议旧址、彭德怀写下了著名的"万言书"的外貌平常的平民住宅（河西路 176 号）。

如果从旅游者的角度观照庐山的话，她当由含鄱口、仙人洞、五老峰、三叠泉几大景区组成。由于来去匆匆，我们只是远观了五老峰，从照片上了解了被誉为"庐山第一奇观"的三叠泉（瀑布分三叠，各异其趣，古人绘其"上级如飘云拖练，中级如碎石摧冰，下级如玉龙走潭"，故名）；我们也知道有"不到三叠泉，不算庐山客"之说，但是也只能留待他日了。真正得以投身其间的仅含鄱口、仙人洞两大景区。饶是如此，庐山已经让我们为之倾倒了。

先看含鄱口吧。它位于庐山东谷，左为五老峰，右为太乙峰。山势高峻，怪石嶙峋，形凹如口，对着鄱阳湖，似乎要把鄱阳湖一口吞下似的，故名。这名字就显出了非凡的气魄！西侧为著名的冰川角锋"犁头尖"，活像一块犀利的犁头，耕耘着茫茫云海。对面为庐山最高峰"汉阳峰"，山麓是中国第一大淡水湖"鄱阳湖"，湖光山色，相互比美。岭上有著名的"望鄱亭"，游客可在此依栏远望鄱阳湖上的旭日从烟波浩渺的湖面喷薄而出的壮观场面。

沿锦绣谷小道西行约 500 米即可到达"无限风光在险峰"的仙人洞。洞系自然风化的石洞,洞顶为形似佛手的岩石覆盖,故名"佛手岩"。有清泉自洞顶石缝流出,名"一滴泉"。泉下有池,围以石栏。因泉水甘冽,千年不涸,被人称为"洞天玉液"。"山高水滴千年不断,石上清泉万石长流"一联说得极是。佛手岩改称"仙人洞"是清代的事。洞中央有座石雕纯阳殿,内置吕洞宾塑像;洞右边的"太上老君殿"则是道教始祖李耳的殿堂。

据记载,吕洞宾史有其人,原名李琼,"曾拜浔阳令"。战乱中,四子皆亡,仅存夫妇,故改称"吕"。夫妇在洞中修炼时相敬如宾,人称"吕洞宾"。那"称师亦称祖,是道仍是儒"的吕仙塑像和神龛是现代新修的。于此,你可能对庐山"一山藏六教,走遍天下找不到"的独特会有粗浅的体会,佛、道两教从互争雄长而携手共勉,基督教、天主教、东正教、伊斯兰教也纷纷在此生根发芽,卓然成势。是它们共襄了庐山包孕丰厚的宗教文化。

由仙人洞左侧拾级前行,有一圆门,门外三尺处即是悬崖。岩壁间一石凌空突起,形如蟾蜍,名"蟾蜍石"。石隙缝中,一劲松插石而生,是为"石松"。锦绣谷中云雾腾起时,石松飘忽隐现,如临仙境。石上"纵览云飞"等镌刻有画龙点睛之妙。仙人洞北一小路,与锦绣谷小道相接,路旁悬崖上多摩崖石刻,著名者有"竹林寺""云海""天在山中""同舟共济"等。路边贴近壑谷一段有"访仙亭""游仙石"诸胜,传为明太祖朱元璋派使臣访恩人周颠仙之地。其中,游仙石为一突兀巨石,丹崖悬空,在此可纵览锦绣谷全景,气势极其壮阔。

置身庐山,"花径"大概是绕不过去的,它是"秀"的所在。她位于牯岭西谷，古称"白司马花径"，以白居易曾循径赏花而得名。略显狭窄的花径门的横额刻有"花径"二字，两侧分刻"花开山寺，永留诗人"一联，记录了一则文苑佳话。相传唐元和十二年（817年），白居易与好友于暮春四月初八上庐山，游至大林寺一带，恰逢桃花绽开，于是怀着惊喜的心情写下了《大林寺桃花》："人间四月芳菲尽，山寺桃花始盛开；长恨春归无觅处，不知转入此中来。"虽然大林寺于1961年被毁，花径却曾多次修建，并被辟为公园。内有花径亭、花卉陈列厅及花径湖诸景。花卉陈列厅掩映在林荫下，内有四百多种奇花异草，争奇竞艳，万紫千红，四季飘香。花径湖以其形似提琴又名如琴湖，是一人工湖，湖面辽阔，湖水清澈，峰岭围抱，森林蓊蔚，环境幽雅，湖心立岛，曲桥连接，上缀水榭，形成绿水青山，相映成趣。1988年在园西临池、修竹掩映处，建有"白居易草堂陈列室"，是罕见的草顶建筑；后有著名雕塑家于池畔制作了白居易石像，使花径更增文化气息。

　　提到庐山，东林寺也是不得不说的。公元391年，佛教领袖慧远建立东林寺，是中国最早的寺庙园林。慧远在庐山活动了36年，创建净土法门，使庐山成为中国南方的佛教中心。

　　庐山还是中国古代著名的教育基地。居"中国四大书院"之首的白鹿洞书院（另三家是睢阳、石鼓、岳麓）就在这里，它创建于公元940年，宋代理学大师朱熹在此亲任洞主并亲自讲学，使她拥有了"海内书院第一"的声名，陆象山、王阳明的先后介入更使其声名昭彰。

　　这些，都让庐山多了几分"秀"气，慧于中而愈见秀于外。

　　有景如斯，我一定会再来！

《凤凰资讯报》2007 年 12 月 28 日

同样的文化传承，别样的风土人情

——台湾教育考察记

2013 年暑期，我以全国中学教育科研联合体成员校代表身份，平生第一次踏上了祖国宝岛——台湾——的土地，前后 5 天盘桓，考察了数所大中小学，观赏了一些风景名胜，感受了颇具特质的文化，领略了异样的风采。

7 月 18 日上午 9 点，我们从福建平潭登上"海峡号"客轮，抵达台中。

在"东海渔村"用过我们在台湾的第一餐后，我们乘车前往台北的野柳地质公园。这里的岩石经过岁月的雕琢，加上文人的穿凿，就有了女王头、仙女鞋、海龟之类的浪漫。

随后，我们在世界第三高楼——101 大楼（楼高 509.2 米，总楼层共地上 101 层、地下 5 层，由建筑师李祖原及其团队设计、KTRT 团队建造，于 1999 年动工、2004 年 12 月 31 日完工启用。其最初名称为台北国际金融中心，2003 年改为现名。曾于 2004 年 12 月 31 日至 2010 年 1 月 4 日间拥有"世界第一高楼"的纪录。以美国权威建筑机构世界高楼协会所订定的高度标准计算，台北 101 目前是全球最高绿建筑、环地震带最高建筑）留下了足迹。在第 89 层上的观景台可以让你对台北市的风貌一览无遗。说是一览无遗，其实是极度夸张的，因为所登既高，所见极小，也就是个轮廓罢了，更何况我们俯瞰时已经是灯火辉煌的夜晚呢。

当晚，在"丸林卤肉饭"进餐。这里得赘述一笔：饭是好米加工的，上面有肉糜做浇头，味道好极了，客人可以放开了吃，不会加收任何费用。如果破了此前客人创下的 13 碗的纪录，店老板还会犒赏你。于是，大家吃得不亦乐乎的。随后，下榻于台北市昆明街 141 号的"新仕界饭店"。

翌日，第一站是士林官邸。这里有蒋介石最钟爱的玫瑰园，有私家教堂凯歌堂。遥想当年，蒋宋夫妇与西安兵谏的张学良经常在一起祈祷的场景，不禁让人感慨时光的无比强大，可以洗清仇隙化敌为友。

第二站是台北故宫博物院。故宫博物院原名中山博物院，又被称为"国立"故宫博物院，位于台湾省台北市士林区外双溪。始建于 1962 年，占地总面积约 16 公顷，是仿照北京故宫样式设计建筑的宫殿式建筑。建筑设计吸收了中国传统的宫殿建筑形式，淡蓝色的琉璃瓦屋顶覆盖着米黄色墙壁，洁白的白石栏杆环绕在青石基台之上，风格清丽典雅。

此中藏品包括清代北京故宫、沈阳故宫和原热河行宫等处旧藏之精华，以及海内外各界人士捐赠的文物精品，共约 70 万件，分为书法、古画、碑帖、铜器、玉器、陶瓷、文房用具、雕漆、珐琅器、雕刻、杂项、刺绣及缂丝、图书、文献等 14 类。博物院经常维持有 5000 件左右的书画、文物展出，并定期或不定期地举办各种特展，馆内的展品每 3 个月更换 1 次。在台北故宫博物院收藏的珍品中，有甲骨档案 2

万多片，该院收藏的甲骨档案数量列世界甲骨收藏机构的第二位；瓷器2万多件，包括原始陶器到明清瓷器，该院的中国古代瓷器是全世界各博物馆中最精、最多的；铜器1万多件，包括历代钱币，其中有商周到春秋战国时期的青铜器4300多件，如商代蟠龙纹盘、兽面纹壶、西周毛公鼎、战国牺尊等；玉器5万多件，其中有著名的新石器时代的玉璧、玉圭、玉璜以及闻名海内外的清代玉雕"翠玉白菜""避邪雕刻""三镶玉如意"等；书画真迹近1万件，其中有从唐至清历代名家的代表作，如三稀之一的王羲之《快雪时晴帖》，黄公望的《富春山居图》后部长卷，怀素的《自叙帖》，颜真卿的《刘中使帖》，苏东坡的《寒食帖》等；善本古籍有近2万册，包括中国仅有四部的《四库全书》较完整的一部；明清档案文献近40万件，其中有清朝历代皇帝批奏折、军机处档案、清史馆档、实录、起居注等，以及世界罕见的满文老档40巨册。

第三站是国父纪念馆。这里可以瞻仰孙中山先生，穿越时空，随着他的生平事迹展览走过先生走过的峥嵘岁月。让人留下深刻印象的是护卫国父的岗哨交接班的仪式，那铿锵作响的迈步，那华丽的摆弄枪支的动作，都带着浓烈的表演色彩。

中午，在台北的"水蛙·鲁"用餐。晚上，在台北的"御品宴"吃饭。最后在台中市中区双十路一段5号的"博奇大酒店"安寝。

第三天，日程安排得比较紧凑。先到因祭祀孔子和关公而得名的文武庙。庙宇位于日月潭北山腰上，虽然有着修建中难免的凌乱，但是不掩其非凡的气派。然后是台湾标志性景观之一的日月潭，日月潭地标性建筑玄光寺。在日月潭中的豪华游艇上，还远观了迷你小岛——拉鲁岛，远眺了据称专为宋美龄种植烟叶的山区。最后一站是结合了中西建筑元素的台湾最现代化的庙宇中台禅寺。

午餐在台中"松鹤园"解决，晚餐在嘉义"真北平餐厅"落实。当晚住宿于嘉义市新荣路 46 号的"万泰大饭店"。

基于读书人多年的习惯，我独自从宿地出来，寻找书店。在"义丰书局"（嘉义市民族路 582 号）——开面很小进深较大的一家小店，于众多的教辅资料（与大陆上很多书店相似，因为这是很大的一块市场）而外，我挑选了林幸惠的《问题是人生的礼物》、米奇·艾尔邦的《最后 14 堂星期二的课》（白裕承译）两本书，以 470 台币的代价据为己有。两本书都是竖行排列的，行距疏朗，每页的文字都不多（这样的出版风格，在此前阅读的台湾著名学者蒋勋的著述中已然领略），装帧都很精美。

第四天，我们基本上耗在了台湾又一个标志性景观的阿里山森林中。这里有"阿里山五奇"的日出、晚霞、云海、森林、火车；这里有三代木、姊妹潭等胜景，让人流连。黄昏时分，我们的身影留在了鹿港天后宫。

午晚两餐分别在嘉义"华馨园餐厅"、台中"中南海餐厅"解决。当晚在台中市北区文昌一街 10 号的"怡东商务旅馆"住下。

凑巧得很，21 日这天是我的农历（阴历）生日。几个相熟的团友——有河北的，有贵州的——在采买了明天准备带回家的礼物之后，买回了啤酒、小吃，我们就在露天的桌凳下，仰望着十四的月亮，彼此推让着，把啤酒、小吃悉数收入囊中。

最后一天上午，我们饱睡之后，于神清气爽的状态下，走进了东海大学。

东海大学 1953 年在时任美国副总统尼克森主持下奠基动工，1955 年 7 月单独招收第一届 200 名新生。首任校长曾约农在创校典礼日（11 月 2 日，校庆日）倡言："开创将是我们的格言。"在这样高度的开创精神下，学校成为中部高等教育学术领域涵盖面最广的学府，岛内首创且唯一的从幼稚园、小学、中学、大学到研究所博士班兼备的完整教育学苑，辖内学生 17000 多名。现与 24 个国家的 170 多所大学结为国际姊妹学校。2013 年获得未来事件交易所评鉴的岛内私立大学第一美誉。

其劳作教育蔚为大观，分为义务必修的基本劳作与有补偿的工读劳作，旨在转变知识分子不事劳作的观念，学习与自我、他人及环境互动，养成同理心、负责、自律、合作与关怀等处事态度。其与课程学习相辅相成，让学生在做人与治学上双翼并重。

我们在文理大道漫步。大道设计兼具美国开放空间概念、日本寺院的平台坡道以及中华文化的延续包容特性，中间是一格格的草皮，两侧是石板铺就的通道，通道两旁的榕树枝繁叶茂，绿荫清凉，如果你有运气，还会见到松鼠在林间跳跃欢腾。

我们在文学院流连。与"开创"精神下在 1996 年成立的"创意设计暨艺术学院"及"电机工程学系"、1997 年成立的"博雅书院"、1998 年成立的"法律学院"不同，文学院是创校之初与理学院一道先行设立的，设中国文学系、外国语文学系、历史学系，后来又增设了哲学系、日本语言文化学系，附设宗教研究所，其中中国文学系、哲学系均有博士班。更何况我等也有着中文系出身的背景，置身文学院倍感亲近。

我们对着东海湖怀想。这是个人工池塘，20 世纪 80 年代初由陈开南规划设计，湖东侧有纪念哲人方东美的"东美亭"。据称，湖边生存的多种生物中，尤以宛如蓝宝石般的翠鸟与国家级保育类的贡德氏赤蛙最具特色。

我们对着路思义教堂沉思。这是东海大学的精神堡垒，台中市著名地标，1962 年兴建，是《时代杂志》创办人亨利·路思义先生为宣扬福音并纪念其父所捐建，由贝聿铭等建筑大师设计。其各自分离的四片双曲面中间以玻璃边窗连接的设计一直为人称道。立身教堂之外，教堂外观有如一双虔诚祈祷的手，优美而神圣；置身教堂之内，格子楼会把你的目光牵引向上延伸至天窗，引发你对上帝的仰望。

其间，我们一行还在"泰北高级中学"（位于台北市，是一所包含高中及高职的学校，也是台湾第一所私立高中职学校，普高分忠班——实验班、孝班——普通班、仁班——体育班、爱班——美术班，职高以学生层次高低分为甲班、乙班、丙班、丁班）、"普台国民中小学"（南投县的一所私立学校，系中台禅寺惟觉大和尚创办的推广"觉的教育"的 12 年一贯制学校，秉承"对上以敬，对下以慈，对人以和、对事以真"的校训，坚持"品德第一、因材施教、适性发展"的教育理念）、"阿里山香林国民小学"（因为在阿里山的山腰上，被人们戏称为台湾"最高学府"）多所学校留下身影。

最后，还是在"东海渔村"，我们用过此行在台湾的最后的午餐后返程。

在台期间，有一些印象非常深刻，在此拾零。

媒体高度独立。围绕着当时的热点事件——陆军义务役下士洪仲丘命案，多家电视台展开激辩，其尖锐激烈程度让我等大陆人士耳目一新。为此，惩处 47 人之多，还有 12 人移"法"侦办，层级之高与范围之广，都是历年来所罕见。

老村长哞再卿，人称"台湾一景"。在世界上，用人作为景点的，大多已经逝去或是传说中的人物，在国内，比如西湖边上的岳王坟，长城脚下的孟姜女庙；在国外，闻名世界的布鲁塞尔小尿童于连。用大活人也可以作为景点？在南投县鱼池乡新城村，老村长让你开眼了。

这老村长可是个传奇人物。他有五个老婆，十九个儿女。老婆之间十分和睦，子女们也非常团结，这和他多年当村长有关，五十多年来，上千人的村子都管理得井井有条，操持几十口人的家，就游刃有余了。他今年已经七十多岁，终年光着上身（因为年轻时当兵受过伤，好了以后就不能穿上衣了，一穿就难受）。当村长五十多年，虽然是台湾高山族邵族的原住民，却强烈反对"台独"，拥护国共合作。他曾出资六百多万元，组织村民分乘十辆大巴车，身着红衫，赶赴台北，参与施明德组织的倒扁（陈水扁）运动。他家经营的"哖记老村长灵芝店"常常是游人如织，人头攒动的。

导游丁伯骏（1966年1月生，肖蛇）敬业之极。在车上和景点讲个不停，以致嗓音嘶哑。宁可晚上去挂水。还不断地询问"我这样讲可以吗"，还说"你们有什么要求可以讲出来，我尽量满足大家"，"你们有什么不懂的可以问，我不清楚的回去查"。为他的热诚所感动，在最后一天的上午出发前，我主动为他给台湾观光局局长写了一封"表扬信"，为他将来竞争"金牌导游"助力。

司机服务意识强。前两天是庄仲贤师傅，后三天是黄振翔师傅，一老一少，都很到位。特别是上行李、下行李，都是有始有终的亲力亲为。

对人的尊重。虽然说分工不同，人格平等，但是司机、保安在人们心目中与其他不少行业还是有区别的。台湾把司机的姓名与电话固定在汽车上，把保安的姓名用桌签固定在台子上，体现了对劳动者的尊重。很多店面都是以经营者的名字命名的，如"郑美蕊妇产科诊所""林昭男家庭医科诊所"。

由于两岸意识形态迥异，隔阂依然存在。从电视媒体上的说辞、出版物上俯拾皆是的说台湾时的"全国"、产品招牌上的"共匪饼"之类的可见一斑。

　　快收笔了，还得附记一笔：我的"大陆居民往来台湾通行证"的编号是 T08153564。是这个花不小的代价办来的证件让我有了登临宝岛的机会，但是，在 5 年的有效期内，会不会再度发挥它的作用呢？眼下，难说！

《如皋日报》2014 年 5 月 15 日

息烽情思

丙申年（2016年）初冬时节，一个淫雨霏霏的日子，我走进了贵州息烽。

我觉得，到这样的地方，在这样的日子是再合适不过的了。

可能有不少人（特别是年轻人）会问：息烽是个什么地方？

你大概听说过息烽集中营吧？

它是国民党在抗战期间设立的四大集中营之一，是关押共产党人和爱国进步人士的最大的秘密监狱，由设于阳郎坝的本部和附近山中的玄天洞囚禁处组成；与重庆白公馆、渣滓洞集中营、江西上饶集中营齐名。它对外挂牌是"国民政府军事委员会息烽行辕"，对内称"大学"（又称"新监"），关押的是从全国各地押来的"要犯"；而重庆白公馆、渣滓洞集中营和望龙门看守所则分别称为"中学"和"小学"。这可是现代史上赫赫有名的所在。

这里位于贵州省息烽县城南6千米，四面是崇山峻岭，其间古树参天，山里有湖有洞，地形隐蔽险要。集中营本部面积约2000平方米，设监狱八栋四十三间。监房按"忠孝仁爱，信义和平"八字命名，称为"忠斋""孝斋""义斋"等，其中"义斋"为女子监狱。

　　息烽集中营从 1938 年 11 月建立到 1946 年 7 月被撤销，先后关押了被捕的共产党员、抗日将领和社会各阶层的爱国知名人士 1200 多人，被秘密处决和折磨致死的就有 600 多人，人们熟知的工农红军第一路总指挥部代表、川康特委书记罗世文，川康特委军事委员车耀先，许晓轩（《红岩》中许云峰的原型），打入军统总部的地下党特支书记张露萍，西安事变的主要人物之一杨虎城，宋振中（《红岩》中"小萝卜头"的原型），东北军高级将领中最先接受党的领导的黄显声将军，社会贤达马寅初等都曾囚禁于此。还有一些外籍人员，如白俄中的流浪贵族、军人、神父，捷克进步人士，西班牙商人和世界各地回国参加抗日和探亲的华侨等。其中有个人和我们南通大有渊源，她就是"小萝卜头"的狱友、传奇革命老人黄彤光。老人新中国成立后长期在南通工作，离休后也长住在南通，2017 年 2 月 6 日在我们南通市辞世，享年 100 岁。在狱中，她与黄显声将军相恋，对"小萝卜头"给予了无微不至的照顾。息烽县领导、息烽革命纪念馆馆长都从贵州专程赶来送别这位革命老人。

　　该说说玄天洞了。它是息烽集中营的重要组成部分，明朝末年的四川道人半月（号月天）云游之时发现了这个古洞，认为是一个修仙炼道的好地方，就决定在此修炼，供奉道家祖师之一的玄武大帝（亦称真武大帝），称为玄帝庙。自此，玄天洞香火一天天地繁盛起来。当年，杨虎城将军与夫人谢葆真、幼子杨拯中、幼女杨拯贵一家曾在这个人迹罕至的地方被关押了八年。

　　而今，站在这片土地上，我对这个地名浮想联翩：

　　息烽者，望峰息心也。

　　在这里，有太多的革命党人遭受了非人的拘禁、折磨，甚至献出了宝贵的生命，而且很多生命都很年轻。正是因为他们的前仆后继，才有了我们今天的和平安宁的幸福生活。但是，在纷纷扰扰的尘世间，很多人的内心迷失了，为难填的欲壑：或是荣誉，或是地位，或是金钱，或是物质享受——锦衣玉食之类的……

南北朝时期的吴均在《与朱元思书》里有过"鸢飞戾天者，望峰息心"的人生智慧的表达。我想，这些人如果到息烽来看一看，可能会望"烽"息心的。因为，与那些革命党人相比，我们的所谓欲求实在是太卑微，太微不足道了。息烽这面镜子，一定会烛照出我们内心的"小"来。

息烽者，烽火不熄也。

历史应该得到尊重，尊重的方式是多样的。革命导师列宁说过："忘记过去，就等于背叛。"足见，记住历史是一种尊重。而对有些历史而言，赓续也是一种尊重。息烽是中国现代史上的一页，也是极其重要的一页，我们不能忘记，也不应该忘记。流连在这片土地上，先贤们的精神会让我们的精神得到净化，让我们人格得到升华，所谓"让一棵树摇动另一棵树，一朵云追逐另一朵云，一个灵魂唤醒另一个灵魂"（雅思贝尔斯《什么是教育》）。我们应该传承他们的精神：信仰坚定，大义凛然，不畏强暴，坚贞不屈，视死如归，生命不息战斗不止……让精神不朽，烽火不熄。

2016 年 12 月

遥想黄鹤楼

庚子鼠年新春之际，正是"爱你爱你"的温馨时间，神州大地偏偏被新冠肺炎病毒搅得风云变色；毋庸讳言的是，武汉是重灾区。在"今日头条"的"抗击肺炎"专栏，我把武汉设定为"关注城市"；每天，我都要打开它，看看累计确诊数、现有确诊数、治愈人数、死亡人数等关键数据。看着各种数据的增减，我的心情会起起伏伏：武汉人生存状态到底怎么样呢？他们恢复常态的生活日子不会远了吧？作为武汉地标的黄鹤楼眼下又是什么样子呢？

上次到武汉还是 2007 年的春天，我们为华中师范大学的人才市场而去，同去的还有市教育局和几所高中的领导。

4 月 29 日，天公不作美，有雨飘飞。但是人才市场照样是人头攒动：本科生和研究生，华中的和外地的，男的和女的，求职者和他们的家人⋯⋯

收了一堆求职材料之后，一行人都想在离开武汉前找个地方转转，也算"到此一游"，留个痕迹。于是黄鹤楼成为一致的选择。无它，因为黄鹤楼与晴川阁、古琴台是武汉的三大名胜，与岳阳楼、滕王阁是江南三大名楼。

其实，它的原址在湖北武昌蛇山的黄鹤矶头，始建于三国时代吴黄武二年（223年）。此地原来是辛氏开设的酒店，一位道士为了感谢辛氏的大半年无偿供给他酒的恩情，在墙壁上画了一只引颈凝望的黄鹤，唱了"酒客至拍手，鹤即下飞舞"偈子后，飘然而去。将信将疑的辛老板和酒客们试着拍了一回手，轻轻地哼着曲子，果然就发现壁上的黄鹤伸了伸它那优雅的长腿，扇动着美丽的双翅从画中走出来，在空中翩翩起舞，所有的人都看痴了。自从出了这样奇怪的事，谁都想到酒店来看看黄鹤跳舞，尝尝仙酒的滋味，于是，辛氏酒店宾客盈门，生意异常的兴隆。一晃十年过去了，道士又来到这里。辛氏见到老道，始终没有提起黄鹤和酒井带来的好处，还要求老道再变出些好东西来。老道沉思片刻，掏出一只笛子，用笛声唤下墙上的黄鹤说："这里不宜久留，我们走吧。"黄鹤果然闻声展翅，道士跨上黄鹤直上云天。黄鹤飞走了，酒井里的酒也还原成了水。辛氏后悔不迭，决心痛改前非，就用全部家产在黄鹤矶头建了一座高楼，供游人登临观赏，也以此纪念老道和黄鹤。这就是著名的"黄鹤楼"。

因仙得名的说法令赏楼者插上了纵横八极的想象翅膀，满足了人们的求美情志和精神超越需求。然而历代的考证都认为，黄鹤楼的得名是因为它建在黄鹄山上而取的。古代的"鹄"与"鹤"二字一音之转，互为通用，故名为"黄鹤楼"。因山得名的说法为黄鹤楼得名奠定了地理学基石。

在近两千年的历史烟云中，黄鹤楼历经多次的被毁与重建。我们登临的是20世纪80年代重建的最新款黄鹤楼。原此前的黄鹤楼是三层，高9丈2尺，加上7尺的铜顶，共成九九之数。新楼是五层，再加上5米高的葫芦形宝顶，高达51.4米，高出古楼近20米。旧楼底层各宽15米，而新楼底层则是各宽30米。72根圆柱拔地而起，雄浑稳健；

60个翘角凌空舒展，恰似黄鹤腾飞。楼的屋面用10多万块黄色琉璃瓦覆盖。在蓝天白云的映衬下，黄鹤楼色彩绚丽，雄奇多姿。

楼外还有铸铜黄鹤造型、胜像宝塔、牌坊、轩廊、亭阁等辅助性建筑，将主楼烘托得更加壮丽；主楼周围还建有白云阁、象宝塔、碑廊、山门等建筑。这些与蛇山脚下的武汉长江大桥交相辉映。

中国的很多风景名胜除了由来多所附会之外，更有众多名人雅士的故事增彩。与黄鹤楼有关系的历代名士多多，诸如王维、宋之问、崔颢、李白、白居易、刘禹锡、贾岛、陆游、岳飞、范成大、杨慎、张居正，等等。最有影响的莫过于崔颢与李白的过往了。

崔颢的那首《黄鹤楼》诗，很多人都耳熟能详："昔人已乘黄鹤去，此地空余黄鹤楼。黄鹤一去不复返，白云千载空悠悠。晴川历历汉阳树，芳草萋萋鹦鹉洲。日暮乡关何处是，烟波江上使人愁。"对于其中有关费祎在黄鹤山中修炼成仙后乘黄鹤升天的传说也津津乐道。

据说，"诗仙"李白曾经登临此楼，诗兴盎然的他发现崔颢的这首诗后，连称"绝妙"，留下"一拳捶碎黄鹤楼，一脚踢翻鹦鹉洲，眼前有景道不得，崔颢题诗在上头"后怅然而去。后来，有好事之徒在黄鹤楼东侧修建一座李白"搁笔亭"，和崔颢的题诗壁对面相望。

当然，李白还是写下了与黄鹤楼有关诗词，《与史郎中钦听黄鹤楼上吹笛》（"一为迁客去长沙，西望长安不见家。黄鹤楼中吹玉笛，江城五月落梅花。"）就是其中一首，从此，"江城"便成为武汉的美称。知名度更高的应该是那首《送孟浩然之广陵》："故人西辞黄鹤楼，烟花三月下扬州。孤帆远影碧空尽，唯见长江天际流。"这首诗成为黄鹤楼主楼壁画内容之一。

1927年2月，毛泽东来到武昌，写下了著名的《菩萨蛮·登黄鹤楼》："茫茫九派流中国，沉沉一线空南北。烟雨莽苍苍，龟蛇锁大江。

黄鹤知何去？剩有游人处。把酒酹滔滔，心潮逐浪高！"

伟人笔下的"锁大江"的"龟蛇"有着悠久的历史，更有着美丽的传说。

"龟蛇"是两座山。龟山即翼际山，位于汉阳，海拔高度90.02米；蛇山乃黄鹄山，位于武昌，海拔高度85.12米。都不算高。但是，"山不在高，有仙则名"。据传这两座山是大禹麾下的两员大将化身而成。当年大禹治水时，命二将竭尽全力制伏长江水患，但由于水怪厉害，时常兴风作浪。两员大将不惜以自己的身体变作大山，将水怪永远镇压在山下。翼际山"若巨鳌浮水上"，黄鹄山"缭绕如伏蛇"，雄踞大江两岸，其势有如龟蛇环卫。自明末以来，当地民众就以龟山、蛇山呼之。龟山一侧伸出江边部分称为"禹功矶"，上面建有禹王庙，又称禹稷行宫，就是为了纪念大禹治水的勋绩。

还是说回黄鹤楼本身。

楼身正中藻井有10多米高，正面壁上为一幅巨大的"白云黄鹤"陶瓷壁画，两旁立柱上悬挂着7米高的楹联："爽气西来，云雾扫开天地撼；大江东去，波涛洗净古今愁。"二楼大厅正面墙上，有用大理石镌刻的《黄鹤楼记》，系唐代文人阎伯理所撰，记述了黄鹤楼兴废沿革和名人轶事；楼记两侧为两幅壁画，一幅是"孙权筑城"，形象地说明黄鹤楼和武昌城相继诞生的历史；另一幅是"周瑜设宴"，反映三国名人在黄鹤楼的活动。三楼大厅的壁画为唐宋名人的"绣像画"，如崔颢、李白、白居易等人，自然少不了他们吟咏黄鹤楼的佳句。四楼大厅用屏风分割为几个小厅，有当代名人字画供游客欣赏、选购。顶层大厅有《长江万里图》等长卷、壁画。

阎伯理不到300字的《黄鹤楼记》内容丰富，极具文采。突出了其"游必于是，宴必于是"的不可或缺，抒发了"黄鹤来时，歌城郭之并是；浮云一去，惜人世之俱非"的感慨。

登临黄鹤楼，武汉三镇的风光可以尽收眼底，江水滔滔，人流匆匆，车水马龙，热闹非凡。无奈时间无多，容不得流连、咂摸，走马观花而已。

只是，眼下的黄鹤楼还好吗？通灵如它，能像当年的老道庇佑辛氏一样的庇佑武汉众生吗？

当下还是抗击新冠肺炎病毒的非常时期，我们只能遥想。

有机会，我们得再去看看。

2020 年 3 月 22 日

漂洋过海

写下这个标题，不是因为李宗盛的那首歌，也不是因为和歌同名的电视剧；虽然歌也听过，剧也看过，也都很喜欢。而是写实，是真正的漂洋过海，且很多时候都不是为了看谁。

"不仅有现实的苟且，还有诗与远方。"这句话眼下很流行。

确实，对远方的向往似乎是人的天性。曹文轩的《前方》里说："人有克制不住的离家的欲望。"中华第23届"圣陶杯"中学生作文大赛命题中就有一道是"远方"。

在走过祖国的山山水水后，对异域的异质风景的向往充盈于心中。于是，出国，韩国、日本留下了我们的身影；出洲，澳大利亚留下了我们的足迹。

乙未年（2015年）夏天，我和妻子一起到韩国观光。

丙申年（2016年）夏天，我和女儿一起到澳大利亚观光。

丁酉年（2017年）"五一节"长假前后，我和妻子一起到日本探望女儿。

在接二连三的出行中，我们大开眼界，大受启迪，大得裨益。

时光驻留在 2015 年的暑假。

韩国之旅早就启动了：全南大学发函邀请，我们办理签证一应手续。然而，家慈突然在肺部检查出了状况，而且在南通做了一个不算小的手术。我们左右为难！好在家慈明事理，家人通世情。于是，我们下定决心：按原计划进行。

8 日 9 点，从海阳路上车，我们一行 14 人前往盐城南洋国际机场。用过午餐后，当天下午飞往韩国仁川机场，也就 90 分钟的"空程"。随后，一辆大巴行驶了 80 分钟，把我们送达首尔，下榻于皇冠假日酒店。

翌日，我们先后在青瓦台、民俗博物馆、泡菜学校、南山塔、韩屋村等处观光。印象最深的是青瓦台，虽然只是遥望，不能近赏。但是，也许她与白宫、白金汉宫、克里姆林宫有着相同的功能，所以自然会让人浮想联翩。

青瓦台原是高丽王朝的离宫，1426 年朝鲜王朝建都汉城（首尔）后，把它作为景福宫后园，修建了隆武堂、庆农斋和练武场等一些建筑物，并开了一块国王的亲耕地。现在的青瓦台是卢泰愚总统在任时新建的，主楼为韩国总统官邸。

青瓦台得名于主楼的青瓦，主楼的青瓦和曲线设计的房顶是青瓦台最具代表性的地方，青瓦台共有 15 万块青瓦，每块都能使用 100 年以上。其间的绿地园、无穷花花园、春秋馆、景武队等景点，也只能借助于网络资料模拟得之。

颇为诡异的是：为什么入主过这里的一国之尊的结局总是那么悲惨？他们为什么不能逃脱"青瓦台魔咒"呢？其实，韩国历史上每一任总统都想把国家建设好，做个好领导；但是，无论是竞选总统的过程，还是当选总统之后的工作，都需要财阀的支持，所以免不了与巨商之间千丝万缕的联系，可以说在一个韩国议员决定竞选总统的那一刻起，他就已经是"不干净"的了。更何况，是人，都有弱点。连形象非常正面的李明博、朴槿惠也不能幸免。

全南大学是此行的重点。即便遇雨，也不构成阻碍。11日全天，我们都围绕着全南大学转。

清晨，从首尔乘高铁，抵达全南大学所在的光州；学校专车接去。举行了简洁然而正规的欢迎仪式，各种讲话、观影、拍照，一个都没有少！

随后是例行的参观校园，学校的形象大使——来自哈尔滨的赵悦、金薇全程陪同。校园内绿化很好，银行、邮局、医院、超市、健身房……应有尽有！

国际协力处长、政治外交学科教授吴京泽出面，在学校餐厅主持了招待午餐，和我们在自己学校食堂的就餐格式近似，长条形的餐桌，宾主相对而坐。

语言教育院院长、英文教授吴美罗出场，在市面的酒店主持了接待晚餐，韩国大餐烤肉让我们留下了很深的印象。

到韩国，购物是必备的项目。在新罗、乐天、华克山庄等大型免税商店，以及韩国保肝灵专卖店、海关免税店等地，我们为韩国的GDP做出了不小的贡献。

此次韩国之行，对韩国印象不错：

这是一个干净的国度！盛夏时节，偌大的菜市场内，看不到一只苍蝇，看不到一处地面污水。

这是一个有序的国度！虽然疆域不广，但是管理精细，很多国家头疼的停车问题，他们因为采用了双层甚至三层停车的做法而不成为问题了。

对全南大学，也留下很好的感觉：

办学条件一流，国内也许很少有高校比得上。师资素质绝对一流，那些在学科领域有地位、在学校管理岗位有位置的学者待人都热诚谦和，真正让人宾至如归。对接待的一些细节的考虑，让人内心非常温暖。

这所亚洲排名与我国东南大学不相上下——90 名左右——的学校，确实名不虚传！

13 日赶往仁川，12 点半的飞机飞盐城。不巧的是，到了盐城上空，因为暴雨不能降落，只好改飞上海虹桥机场。在虹桥机场，困在机舱内近三个小时，然后再飞盐城，近 18 点才落地。以致于友人在家乡安排的接风晚宴到 21 点开外才得以开席。

时光推移到 2016 年的暑假。

缘起昔日的一个学生与她的小学同学拟开拓澳大利亚方向的"多兰"留学游学业务，他们邀请我以资深教育顾问身份参与考察。于是有了一行 7 人 11 天的澳大利亚行。

8 月 14 日下午 1 点从如皋出发，当晚 7 点从上海浦东国际机场飞香港，160 分钟飞程；当夜 23：55 转飞澳大利亚的悉尼——归属新南威尔士州，是澳大利亚第一大城市——翌日上午 9：05 抵达，我们在浩渺无际的大洋上空飞了 9 个多小时，我在座位上利用前面座背配置的电视机，连看了四部影片。

在这漫长的大洋上空飞行中，我的 QQ 竟然被宵小复制，在我的朋友圈掀起轩然大波：骗子真是无孔不入！好在而今的人们也见多识广，虽然出于对我的信任，不少人加了"好友"，但是因为我没有向人借钱的习惯，所以除了一些困扰外，没有给朋友带来任何经济损失。

在澳期间，我们考察了昆士兰大学、格瑞菲斯大学、悉尼大学三所大学，也考察了两所中学——公立学校米奇尔顿中学，有 7 至 12 年级，时任校长琼恩，国际部的朱迪女士全程陪同；圣保罗学校，从学前到 12 年级齐全，但是只有 1300 多学生，国际生占比 5%。对于随后的留学游学业务的开展，有了一个基本的框架。

我们到了奥运村——第 27 届奥运会的举办地。当年，来自全球 200 个代表团的 1.1 万名运动员参加了盛会。中国体育代表团夺得 28 金 16 银 15 铜，列名金牌榜和奖牌榜（59 枚）第三位，两大指标都创下了参加奥运会以来的最高纪录。虽然正是里约热内卢奥运会进行时，这里却比较冷清。我们只是乘车在里面转了一圈，没有人想下车，也似乎没有什么值得驻足的。

我们去过著名的黄金海岸，海岸有 75 千米之长，有人在认真地喂养鹈鹕，成为风景。

我们还在海德公园、圣玛丽大教堂、有着 200 年历史的皇家植物园、举世闻名的悉尼地标性建筑——悉尼歌剧院、邦迪海滩、悉尼塔、唐人街等处观光。

还凑巧赶上了《雷神 3》拍摄现场，得以就近感受片场氛围。

对 17 日那天的蓝山游，我的印象特别清晰。

蓝山国家公园距离悉尼不到一百千米，坐落在新南威尔士州从海拔 100 米到 1300 米之间的高原丘陵上，特殊的地理和气候环境，孕育了种类繁多的动植物。

蓝山的得名是因为那里有蓝色的雾，这个景观的形成是由澳大利亚的国树——桉树（又名尤加利树，是数百种树的统称；常绿乔木，树干挺拔，木质坚硬，含有油质，可提取挥发油）排出来的油被太阳照射，使整个蓝山发出淡淡的蓝雾。

蓝山曾被英女王伊丽莎白十一世誉为是世界上最美丽的地方，在2000年被列入自然类世界遗产。

三姊妹岩是蓝山最闻名的名胜，堪为标志。

相传在很久以前，Katoomba部落美貌的靡爱倪、温拉、甘妮杜三姐妹同时爱上了山下Nepean族的兄弟三人。这在我们这里是很美妙的事，姐妹成为妯娌；但是，很不幸的是，在当地，这是有违异族宿怨与规矩的，因而不被父辈首肯。后来，他们的恋情引爆了两族之间的战争。有一位巫师为了保护三姐妹免受战争的威胁，就把她们变成了高度相近的三块石头（分别为922米、918米和906米）。然而，最后巫师战死了，剩下守着山谷的三姐妹岩。

到了蓝山，肯定要体验一下怀旧蒸汽火车的。那在陡峭峰峦上不懈攀登的火车，很像很多积极进取的人生。当然，三姐妹峰是沿途的风景。

我们还飞到澳大利亚第三大城市——布里斯班。这里属于昆士兰州，动物园里有考拉、袋鼠等，还有驯鸟、牧羊、剃羊毛等有趣的人工表演。

考拉又名树袋熊、无尾熊、树熊，是澳大利亚的国宝，也是澳大利亚奇特的珍贵原始树栖动物，从他们取食的桉树叶中获得所需的90%的水分，只在生病和干旱的时候喝水，当地人称它"克瓦勒"，意思也是"不喝水"（"no drink"）。

北部考拉较南部考拉体长稍短，体重稍轻。一般来说，成年雄性考拉体重在8～14公斤之间，而雌性则为6～11公斤。其体态憨厚，长相酷似小熊，有一身又厚又软的浓密灰褐色短毛，胸部、腹部、四肢内侧和内耳皮毛呈灰白色。成年雄性考拉白色胸部中央具有一块特别醒目的棕色香腺。考拉有一对大耳朵，耳有茸毛，鼻子裸露且扁平。

考拉的牙齿非常适合于处理他们的特殊食物。尖利的长门齿负责从树上夹住桉树叶，而臼齿则负责剪切并磨碎。门齿与臼齿间的缝隙地带，可以让考拉的舌头高效地嘴里搅拌混合食物团。爪长、尖而弯曲，每只五趾分为两排，一排为二，一排为三，尤其适应于抓握物体和攀爬，粗糙的掌垫和趾垫可以帮助考拉紧抱树枝；脚掌上，除大脚趾没有长爪外，其他趾均具尖锐长爪，且第二趾与第三趾相连。没有尾巴，这是因为它的尾巴经过漫长的岁月已经退化成一个"座垫"，臀部的皮毛厚而密，因而能长时间坐在树上，平衡感极强。

考拉主要栖息在桉树上，每天的睡眠时间多达 22 个小时。清醒的时候，它们的大部分时间也用来吃东西，可谓一个真正意义上的大懒虫。

最为巧合的是，我们在"利必思"下榻后，发了一个微信朋友圈。随即就有一个学生回应：她就住在我们旅店对面的高楼上。然后，她就来探访了我们，还为每个人都准备了礼品，又热情邀请我们一行享用大餐——"情人港"的牛排、猪排，后移步饮品店，享用冷饮、甜品。这，让我们在异国他乡感受到家乡般的温暖。热情似乎有着共生性，就连不爱和人搭讪的女儿也和我的这个女学生一见如故，还加了微信。

欢娱时短，11 天很快就过去了。

25 日凌晨 3 点，我和女儿安然到家。

也该到家了，得准备新学年的开学了。

2017 年的"五一节"前后，我们安排了日本六日行，是和老婆看女儿去的。

此行出师不利！

4 月 29 号凌晨零点五分，我们抵达上海浦东机场。在停车场，我们在车内待到四点，再移步候车大厅。因为脑子里想着"春秋"航空，便无视女儿发来的日程安排表上的 MM080（"乐桃"航空）——一家闻所未闻的公司，所以，在"春秋"航空所在的 A 区板等。直到排完长队办理手续时才发现弄错了。匆匆赶到"乐桃"航空所在的 H 区时，离起飞的六点一刻只剩三十分钟，因而早就停办手续，人去一空。我们竟然就被这家小日本的小公司"落掉"了！

不得已，只好临时从手机上的"同程"网花了 3580 元另购了两张十二点四十的票，女儿在春节期间为我们预购的两张票也因为超过一小时不得退票的规定而作废。于是，调整心态，从容地在"永和大王"用过早餐，再次回到车上休息。挨到十点半，再去办理取票——又接受忽悠各加价 70 元获得紧急出口处相对宽敞的座位——托运行李、通关等手续。结果，直到下午一点半才起飞，三点二十抵达大阪（关西）机场。

女儿是按我们上午八点半到达做计划的，漫长的等待之后，总算见了面！

先是在两个航站楼之间汽车摆渡，然后是地铁里的兜兜转转，最后在汤元（花乃井）——大阪最负盛名的天然温泉宾馆 823 房住下。

养足精神后，我们开始领略大阪港的"海游馆"的风姿，海洋世界形形色色的生物，熟悉的企鹅、水獭、鱼鳖之类，陌生的水母等等，让人眼界大开。

随后，在以经营饭窝蛋及蛋皮包饭而驰名的"自由轩"和"心斋桥"与"道顿崛街"等处流连。

走得有些累了，便看到"夫妇善哉"，我们饶有兴趣地走进去。这家店，店面不大，却举世闻名。它的声名大噪源于战后肉体颓废文学先驱、"无赖派"代表作家织田作之助的同名小说，以至于一款两碗红豆汤圆——确实是两碗——售价高达800日元。

让人不解的是，临睡前再去泡温泉，男女浴池竟然换过来了——男池的招牌挂到了昨日女池的门口，女池的招牌挂到了昨日男池的门口。而且，进入之后发现，原来的女池条件似乎好一些。这做派，很费解！是表示男女平等呢？还是日本的情色文化？

5月1日，全球性的节日。上午从大阪去京都，车程长，无座位，因为赶时间而没有费神去找早茶店——似乎也没有我们这里铺天盖地的早茶点，饿着肚子赶路，几有晕厥感。

有感于日本的寺庙文化——只是职业，无关信仰——我们有意近距离感受一下。

鹿苑寺自然是首选，寺名是开山住持梦窗国师根据寺院所在地的主人、足利氏第三代幕府将军足利义满的法名所取。寺所位于京都府京都市北区，是临济宗相国寺派的一座寺院，日本室町时代最具代表性的名园。只是它更有影响的名称是金阁寺，因为寺内核心建筑三层的"舍利殿"的外墙全是以金箔装饰的，故名。

金阁寺始建于1397年（明朝洪武三十年），在"二战"前，日本政府就已将其列为国宝。1994年12月，鹿苑寺寺院全境被联合国教科文组织指定为世界文化遗产。

三岛由纪夫的《金阁寺》和水上勉的《五番町夕雾楼》等小说让金阁寺名声大震。

因为游客不可以进入金阁寺，只能隔着镜湖池远观。即便如此，绿树掩映下倒映于湖面的金阁寺还是让人着迷。

公元593年建立的"四天王寺"，东本愿寺，岚山的法轮寺、天龙寺，各具风采。有一点共同的是，寺庙里没有僧人常驻，因为他们也要"下班"回家。

　　为了传言中的奈良公园，我们还特意从京都去了奈良县。奈良公园的卖点是散养着的鹿，乱入人群中，很生态的感觉。还有建筑别具一格的东大寺，寺门高大巍峨！寺内有一家藏品丰富的历史博物馆，走马观花地和展览物面对了，可惜不许拍照。

　　有趣的是，这里的县是管辖市和郡的，不像我们国家争着抢着县改市。

　　漂洋过海，收获是多方面的。

　　有机会的话，我们还要漂洋过海的！

2020 年 3 月 24 日

港澳记略

　　台港澳都是中国的版图范围，也早就实行了"三通"，如果你要去，凭着"大陆居民往来台湾通行证"和"中华人民共和国往来港澳通行证"就可以自由进出了。

　　不满足于仅仅从媒体上、出版物上对他们的了解，很想实地考察一下。于是，癸巳年（2013 年）夏天，我和全国各地的一些教育同行结伴，到台湾考察。甲午年（2014 年）春节期间，我们一家三口到了港澳。

　　因为台湾之行已有专文叙写过，这里从港澳的春节体验说起。

　　2014 年的 1 月 27 日到 2 月 2 日，我们花一周时间完成了香港—澳门之行，为已经回归祖国怀抱的港澳贡献了近 3 万元的 GDP。

　　在香港多日，有一些特别强烈的印象：地方虽小，人却很多，但是真正的外国人并不多。女人们多精致，一是娇小，二是靓妆。奇怪的是，常常看见女人在抽烟：在街头，有一个女人在抽的，有几个女人聚集在一起抽的，也有几个男女在抽的。这在大陆是几乎看不到的景象。

　　高楼多，道路窄。交通以汽车为主，私家车多"宝马""奥迪""奔驰"之类的名车，很少看到摩托车、自行车。道路畅通，压根儿就没有交通堵塞现象。不过，闯红灯现象比较普遍，好像比内地还要严重得多，莫非是生活节奏过快所致？

到处都要排队，乘车要排队，购物要排队，甚至吃饭也要排队——守候在某家餐厅外面，等着排到你的序号，常常都是好几十分钟的时间，而且铺天盖地的都是简餐店、套餐店！

有些规定似乎特别苛严，比如在地铁上吃食物要罚款2000港币，在旅馆范围抽烟要罚款1500港币。

与内地诸多不同：交通靠左，汽车驾驶座在右侧，英国交通管制的传统还保留着；路口指示行止的信号有区别——"等候"的铃声是"滴——滴——滴——滴——滴——滴"，"通过"的铃声是"滴滴滴滴滴滴"），还有"望左""望右"的提示——也许是对交通习惯不同的过客的提醒。

电插座的两孔或三孔都是竖直的，且之间距离很大。

旅馆中没有内地的"小心地滑"的标志，因为，因为，因为，他们采用的地砖本身就是不滑的。

一次性梳子都设计成一端粗疏一端细密的，真是有心！

如此等等，不一而足。

在香港艺术中心、会展中心、历史博物馆、星光大道、维多利亚公园、太平山顶、杜莎夫人蜡像馆、香港大学等处，我们都留下了足迹。

最有意思的地方莫过于杜莎夫人蜡像馆了。据说，杜莎夫人蜡像馆在世界多地都有，伦敦、柏林、维也纳、阿姆斯特丹、纽约、拉斯维加斯、华盛顿、曼谷有，我们的上海也有。香港的蜡像馆里有各界名流，文艺界的，体育界的，商界的，政界的……我们在奥巴马总统蜡像旁的办公桌边装模作样地打电话，只为了摆个 POSS 拍张照片；我们在成龙蜡像处拍了合影；我们还和各自心仪的名流分别留影——我跟流行金曲《不如跳舞》的歌者陈慧琳合了影；还和党和国家最高领导人留下"座谈"的纪念，两张座椅分列在一张方形茶几两边，茶几上是一盆花，座椅旁竖立着两面国旗。

我们逛了"崇光""时代""卓悦""丰泽"等大商场，女儿买了"苹果"牌平板，老婆买了鞋子，我买了 T 恤衫，还为母亲和岳母两个七八十岁的老太购买了保健品"大豆卵磷脂"……

我还保持了每到一地必逛书店的传统，买了张灼祥的《乐在其中》和韩连山的《死撑》两本书。在 2017 年底出版的专著《让书香浸润生命》中，《乐在其中》成为我荐读的 24 本著述之一，题目是《生活，如此美好！》。

"看了一部电影，读了一本书，听到一句话，参加一个活动，看到一场比赛，录了一个节目，到了一个地方，坐了一次车，碰到一件事情，遇到一个朋友，吃了一次排挡，喝了一次咖啡……都可以入文。足见，作者心思之细密；足见，作者文思之敏捷；足见，作者对生活之热爱。"

这是我文中的一段话。

可以说，这是我香港行的重要收获。

至于澳门嘛，感觉上和我们内地更接近。

比如普通话环境好，电视台有很多频道都是普通话对白的，不像香港的 23 个频道只有第 9 频道（中央 4 套）是普通话对白。

与香港比，相对落后，摩托车、电瓶车多，脏乱差情况突出些。

但是，这里的赌博业特别发达，不少赌博场所都是华丽阔气的，还有免费大巴在码头与赌场之间穿梭，为赌客们提供方便。

电插座的两孔或三孔多是圆柱形的，与内地也不接轨。

在澳门仅待了一天，到了妈祖庙、圣母玫瑰堂、郑（观应）家大屋、卢（廉若）家大屋、澳门理工学院等处，还特地打的到"威尼斯人娱乐城"去见识了一下赌城风采，对该建筑的蓝天白云的顶部留下了深刻的印象。

对在"文华酒店"（303 室）栖身一宿竟然要 1779.82 元的房费，印象尤深。

再说说往返的一些情况。

我们是自驾车去上海虹桥机场的。其间，手机导航发生障碍，我们把车开到了虹桥 1 号航站，实际上应该到 2 号航站。但是，归途却是停机在 1 号航站，将汽车停在那里正好方便了归程。而且，没有产生任何停车费用。

从上海虹桥飞深圳宝安是"东方"航空，回程是"春秋"航空。

28 日在福田办理完通关手续，抵到香港境内时，差不多是中午 12 点了。从落马洲乘地铁去红磡，转地铁到尖东，步行到尖沙咀转乘地铁到中环，再到铜锣湾，然后打的到旅馆。一路费尽周折。

其间，以微信、QQ 等方式，不断分享行踪、观光信息，从点击率大增可以看出，对港澳有兴趣的朋友很多，以至于正月初一那天的点击以 302 人次创下个人最高纪录。

时光匆匆，对港澳的理解也只是走马观花，到此一游罢了。

我想，我们还会再去的！

2020 年 3 月 25 日

从山城到蓉城

前年暑假，接到西南大学邀请，为西大附属学校（包括重庆、四川、海南等地十几所学校）的高一学生做一个提升阅读与写作素养的讲座。因为还没去过重庆，所以欣然应允。

7月18日，从南通的兴东机场飞抵重庆的江北机场，专车接到西南大学宾馆住下。

先说说西南大学吧。

这是教育部直属，教育部、农业农村部和重庆市共建的重点综合大学，是国家首批"双一流"建设高校、"211工程"和"985工程优势学科创新平台"建设高校。学校主体位于重庆市北碚区，坐落于缙云山麓、嘉陵江畔，占地8000余亩，泱泱校园，宏丽庄重，气象万千，是闻名遐迩的花园式学校。追溯她的源头，当为1906年建立的川东师范学堂，112年历史的百年老校。数代西大人铸就了"特立西南，学行天下"的大学精神，不断丰富着"含弘光大，继往开来"的校训内涵。现有在校生5万余人，其中普通本科生近4万人，硕士、博士研究生11000余人，留学生2000余人；专任教师3000人，其中不乏两院院士、国家级教学名师、"长江学者"、国家"千人计划"入选者、

"百千万人才工程"国家级人选、国务院学位委员会委员和学科评议组成员等高端人才。

翌日上午，三个小时的"书香氤氲与妙笔生花"之后，我就自由了，就可以像吴均所说的"任意东西"了。

大学中文背景的我，老舍在重庆的旧居、《四世同堂》纪念馆自然是必到的。

纪念馆坐落在重庆北郊的天生新村61号，原为林语堂全家迁来北碚定居时购置的住宅。是一幢砖木结构的二层楼房，上下两层共8间，面积120平方米，陈列有老舍的各类照片160余幅，文献160多册，还有老舍用过的文具和实物。

这是老舍在重庆遭日军轰炸后的长期居所，也是中华全国文艺界抗敌协会的办公室。1940年春，老舍在重庆主持中华全国文艺界抗敌协会工作，常来北碚组织文协活动小住。但在1943年夏，因日机对重庆市区频繁轰炸，老舍便移来北碚分会办公。不久，老舍夫人胡絜青携三个子女从北京辗转来到北碚。从此这里既是文协的办公室，又是老舍的居家之所。纪念馆保持着完好的原貌，反映了老舍先生生平以及他在重庆时文学工作上的贡献。

就是在这幢矮小的平房里，老舍先生先后写下了著名的长篇小说《火葬》《四世同堂》的前两部（《饥荒》与《惶惑》）和话剧《桃李春风》《张自忠》《王老虎》等100多万字。

因当时屋内老鼠很多成群结队，不仅啃烂家具，还偷吃食品，还经常拖走书稿、扑克等物，故老舍戏谑地称此地为"多鼠斋"，并以此为题，发表《多鼠斋杂文》12篇。

距离老舍故居不远处，便是梁实秋的纪念馆。

不少人对梁实秋的印象，也许还停留在鲁迅先生那篇有名的杂文

《丧家的资本家的乏走狗》吧？那是"梁鲁论战"最高潮的产物。两人的"不对付"也是事实。但是，梁实秋还有另外的许多面。比如，他是散文大家，代表作《雅舍小品》就在抗战期间的北碚寓所"雅舍"诞生。他还是翻译名家，翻译了莎士比亚的全部 30 多部戏剧作品，与方平、朱生豪同为译莎大家。

在重庆，卢作孚纪念馆也是一个好去处。

卢作孚先生（1893 年 4 月 14 日—1952 年 2 月 8 日）是重庆合川人。著名爱国实业家、教育家、社会活动家，民生轮船公司（现民生集团的前身）的创办者。他青年时便提出教育救国，并为之奋斗。自学成材后创建学校、图书馆、博物馆，普及文化和教育。以北碚为基地，从事乡村建设的理论探索和社会实践，获得成功。传世的《卢作孚集》是重庆人乃至中国人在 20 世纪前半叶最有价值的心智和实践的结晶之一。新中国成立前夕，他的民生公司是当时中国最大和最有影响的民营企业集团之一。

卢作孚纪念馆位于北碚区，呈三进三重殿四合院布局，具有浓厚的地域特色和时代特征。馆内以图片、文字、实物、影像展陈为手段，集中展现了卢先生短暂而辉煌的一生。

卢先生出任过江（北）、巴（县）、璧（山）、合（川）四县特组峡防团务局局长，官职不可谓高，却以创办教育、兴办实业、启迪民智、推行乡村建设实验的爱国主义情怀，被誉为"北碚之父"。

看来，历史还是有尺度的。

人文而外，自然风光也在关注之列。

于是，重庆武隆后坪乡天坑群景区——箐口天坑、牛鼻洞天坑、石王洞天坑、打锣凼天坑、天平庙天坑、二王洞、三王洞、麻湾洞、宝塔石林、文凤山苏维埃政府纪念碑等进入了我们的视野。

这里成群的天坑是由于受水长期冲刷而形成的，其形成时间大约在 200 万年至 230 万年以内。天坑周围，曾有三到四条水量非常大的河流汇聚，这种外源水的量相当大，水动力也相当强，便形成漩涡，同时侵蚀和溶蚀能力都很强，在冲蚀和崩塌联合作用下，洞口越来越大，越来越深，便形成了天坑。天坑形态典型，保存完好，其中的箐口天坑形态完美，可通过 3000 米长的二王洞直达天坑底部，属世界罕见。天坑上部数条瀑布似银河倒挂，轰鸣作响，极为壮观，瀑布汇集成河流流入二王洞，形成地下水，从麻湾洞涌出。天坑绝壁万丈，呈圆桶型，东西长约 250 米，南北宽约 220 米，深度 300 余米。2007 年 6 月 27 日，后坪天坑群被列入世界自然遗产名录，堪称南方喀斯特地质地貌经典。

还有名气也很响亮的地缝，兹不赘述。

行走在重庆，对"山城"有着很深的体会。道路的起伏很大，与山东的副省级城市青岛有一拼！

大家都知道，"山城"重庆是从四川单立出来的直辖市，本来就是二位一体的。时间上是允许的，又有一个在成都工作的 90 年代初的嫡系学生盛情邀请。于是，我们乘高铁去了"蓉城"。

成都有大熊猫基地，不能错过。只不过时值盛夏，我们去的时候又是正午，熊猫不论老幼，都是一副很慵懒的姿态，懒得动，懒得表现。任凭游客起哄鼓动，它自岿然不动。

成都还有很有名的武侯祠，锦里，宽窄巷子，当然都要去看看的。特别是宽窄巷子。

巷子位于四川省成都市青羊区长顺街附近，由宽巷子、窄巷子、井巷子平行排列组成，全为青黛砖瓦的仿古四合院落，这里也是成都遗留下来的较成规模的清朝古街道，与大慈寺、文殊院一起并称为成都三大历史文化名城保护街区。

康熙五十七年（1718年），在平定了准噶尔之乱后，选留千余兵丁驻守成都，在当年少城基础上修筑了满城。清朝居住在满城的只有满蒙八旗，清朝没落之后，满城不再是禁区，百姓可以自由出入，有些外地商人乘机在满城附近开起了典当铺，大量收购旗人家产。形成了旗人后裔、达官贵人、贩夫走卒同住满城的独特格局。此间的宽巷子名叫兴仁胡同，窄巷子名叫太平胡同，井巷子叫如意胡同（明德胡同）。民国初年，当时的城市管理者发文将"胡同"改为"巷子"。民国三十七年（1948年），一次城市勘测中，据说工作人员在度量之后，便随手将宽一点的巷子标注为"宽巷子"，窄一点的那条就是"窄巷子"，有井的那一条就是"井巷子"。

而今，三条不算长的巷子都满溢着文化情怀：宽巷子——一个有着老脸庞的怀旧地带；窄巷子——一条小资最爱的情调延长线；井巷子——一处市井老成都的情景再现。

美吧？

初到蓉城时，手机就接收到招牌推介语："拜水都江堰，问道青城山。"自然地，要到这样的地标性景点转转。

初识都江堰，是在中学的史地教材里面。

对它有深刻的印象，是由于一篇《上善若水》的散文出现在2009年的江苏高考试卷中，清楚地记得作者是张笑天——有着"短篇不过夜，中篇不过周，长篇不过月"传奇的著名作家。

文中有这样几段文字：

伫立水边，听着震耳欲聋的涛声，望着清幽的水跳跃奔流，我的心与波涛一同律动，我被那至清的水融化了，与晶莹和透明合而为一。

一想到黄河将成为泥河、长江将成为黄河、淮河将成为黑水河，众多我们赖以生息的湖泊和近海频频告急，我仿佛是那快要窒息的鱼，无处安身。何处有生命之泉？何处有可供自由呼吸、可供安枕的绿洲？

好在都江堰有。

这里，作家运用了常见的比衬手法，让都江堰在黄河、长江、淮河一众江河中异峰突起。

要知道，这个奇迹般的工程始建于秦昭王末年（约公元前256—前251），是时任蜀郡太守，知天文、识地理的李冰和他的儿子在前人鳖灵开凿的基础上组织修建的大型水利工程，由分水鱼嘴、飞沙堰、宝瓶口等部分组成。"李冰的众多后任，总会追踪李冰的足迹，日复一日、年复一年地疏浚、修缮都江堰。诸葛亮、高俭、卢翊、阿尔泰、丁宝桢……这些确保天府之国旱涝保收的官员们，生前也许没有立过德政碑，但后人有情。如今，他们就矗立在伏龙观前堰功道两侧，供人瞻仰。都江堰成就了他们，他们与都江堰同辉。"

两千多年来，都江堰一直发挥着防洪灌溉的作用，使成都平原成为水旱由人、沃野千里的"天府之国"，是全世界迄今为止年代最久、唯一留存、以无坝引水为特征的宏大水利工程，凝聚着中国古代劳动人民勤劳、勇敢、智慧的结晶。

所以，它没有争议地跻身于世界文化遗产、世界自然遗产（四川大熊猫栖息地）、全国重点文物保护单位、国家级风景名胜区、国家5A级旅游景区之列。

然而，成如容易却艰辛！

开始修建时，李冰父子凿穿玉垒山引水。由于当时还未发明火药，李冰便以火烧石，使岩石爆裂，终于在玉垒山凿出了一个宽 20 米、高 40 米、长 80 米的山口。因其形状酷似瓶口，故取名"宝瓶口"，把开凿玉垒山分离的石堆叫"离堆"。宝瓶口使得岷江水能够畅通流向东边，才可以减少西边的江水的流量，使西边的江水不再泛滥，同时也能解除东边地区的干旱，使滔滔江水流入旱区，灌溉那里的良田。这是治水患的关键环节，也是都江堰工程的第一步。

接下来就是分水鱼嘴的修建。

宝瓶口引水工程起到了分流和灌溉的作用，但因江东地势较高，江水难以流入宝瓶口，为了使岷江水能够顺利东流且保持一定的流量，并充分发挥宝瓶口的分洪和灌溉作用，在开凿完宝瓶口以后，又在岷江中修筑分水堰，将江水分为两支：一支顺江而下，另一支被迫流入宝瓶口。由于分水堰前端的形状好像一条鱼的头部，所以被称为"鱼嘴"。鱼嘴的建成将上游奔流的江水一分为二：西边称为外江，它沿岷江河雨顺流而下；东边称为内江，它流入宝瓶口。由于内江窄而深，外江宽而浅，这样枯水季节水位较低，则 60% 的江水流入河床低的内江，保证了成都平原的生产生活用水；而当洪水来临，由于水位较高，于是大部分江水从江面较宽的外江排走，这种自动分配内外江水量的设计就是所谓的"四六分水"。

为了进一步控制流入宝瓶口的水量，起到分洪和减灾的作用，防止灌溉区的水量不能保持稳定，又在鱼嘴分水堤的尾部，靠着宝瓶口的地方，修建了分洪用的平水槽和"飞沙堰"溢洪道，以保证内江无灾害，溢洪道前修有弯道，江水形成环流，江水超过堰顶时洪水中夹带的泥石便流入到外江，这样便不会淤塞内江和宝瓶口水道，故取名

"飞沙堰"。

为了观测和控制内江水量，又雕刻了三个石桩人像，放于水中，以"枯水不淹足，洪水不过肩"来确定水位。还凿制石马置于江心，以此作为每年最小水量时淘滩的标准。

在李冰的组织带领下，人们克服重重困难，经过八年的努力，终于建成了这一历史工程。

为了纪念李冰父子，齐建武（494—498）时把原纪念蜀王——就是大家熟悉的那个典故"望帝啼鹃"的主人——的"望帝祠"改祀李冰父子，更名为"崇德祠"。因为后来李冰父子相继被皇帝敕封为王，故而后人称之为"二王庙"。庙内主殿分别供奉有李冰父子的塑像，并珍藏有治水名言、诗人碑刻等。建筑群分布在都江堰渠首东岸，规模宏大，布局严谨，地极清幽。是庙宇和园林相结合的著名景区，占地约5万平方米。

该说说青城山了。

青城山古名天仓山。相传轩辕黄帝遍历五岳，封青城山为"五岳丈人"，故又名丈人山。"诗圣"杜甫就有"自为青城客，不唾青城地。为爱丈人山，丹梯近幽意"的佳句传世。唐开元十八年（730年）更为现名：青城山原名清城山，因古代神话说"清都、紫薇、天帝所居"故名"清城"，唐代时佛教发展迅速，佛教和道教在山上发生地盘之争，官司打到皇帝那儿，唐玄宗信道，亲自下诏判定"观还道家，寺依山外"，然而诏书将"清城"写成了"青城"。当然，也有说法是：青城山林木青翠，终年常绿，诸峰环绕，状若城廓。故名。

青城山位于都江堰市西南，东距成都市区68千米。由15平方千米的前山和100平方千米的后山组成。主峰老霄顶海拔1260米。青城山群峰环绕起伏、林木葱茏幽翠，享有"青城天下幽"的美誉。青城山历史悠久，是中国道教发源地之一——东汉顺帝汉安二年（143年），道教创始人"天师"张陵选中深幽涵碧的青城山结茅传道，青城山遂成为道教的发祥地，被道教列为道教十大洞天的"第五洞天"，全山的道教宫观以天师洞为核心，包括建福宫、上清宫、祖师殿、圆明宫、老君阁、玉清宫、朝阳洞等至今完好地保存的数十座道教宫观。是世界文化遗产，世界自然遗产，中国四大道教名山之一，全国重点文物保护单位，国家重点风景名胜区，国家AAAAA级旅游景区。

这里的闻名，除了道教创始人"天师"张陵，还因为张献忠。

张献忠的大西国成立之初，张献忠把他在战争中获得的奇珍异宝，特别是明成都皇室成员宝库中的金银财宝，在皇城举办斗宝大会，24间房子摆满奇珍异宝、金器银锭。大西军兵败成都时，十余艘大船从新津出发，沿岷江顺流而下，在彭山境内就被清军预先埋设的铁链拦住。大西国押运船只的兵将眼看敌不住清军的围攻，于是凿沉船只，弃船登岸逃走。清军早就知道张献忠有大量金银想要从成都运走，以为截获了运宝船队，欣喜若狂地登上还未完全沉没的一些大船，才发现船中装载着石块。自从张献忠的宝藏随着大西国的灭亡消失以后，宝藏之谜就困扰着一代又一代关注这件事的每一个人。特别是成都和新津都先后发现数量不小的大西国"大顺通宝"钱币和银锭，更使寻宝人相信张献忠那24间大屋展示过的财宝就藏在成都或成都周边，成都民间流传的民谣"石牛对石鼓，银子万万五"说的就是张献忠的宝藏之谜。

说到这个谜案，不得不提普照寺。

普照寺早期叫"金花庙"，供奉的是銮华祖师，是由一座家族弃祠改建而成的贫穷小庙，"无食以养僧，无房以妥神"。就是这样一个小小的穷庙子，却在乾隆三十年以后，突然大兴土木，广置田产。经百余年间的连续扩建，普照寺一跃成为川西四大丛林之一，远近闻名。据估算，这段时间普照寺修建费用在万两金银以上，而普照寺碑文载：未受捐施，不假募助。那么，这巨大的耗资从何而来呢？这便是令后人百思不得其解的普照寺突然兴旺之谜。据说，张献忠的财宝是埋在青城山的。莫非，被普照寺获得了。

最后，还得说说成都的特色饮食。

在"乐山钵钵鸡"吃串串儿，让我们有别开生面的感觉：所有的菜肴——无论荤素，不管贵贱——都用长短各异的竹签串着，你自选，在沸腾的水里面烫熟了，就可以享用。结账时，只要清点你手边的竹签。与我们常见的冷盘、热菜、糕点之类的餐饮格局迥异。

还有火锅，辣是他们的特色。即使他们设定的微辣，对于我们而言也是特别辣。但是，不辣上几回，不就等于没到过这里嘛。特别具有观赏性的是"鸳鸯锅"，辣的一侧，满是红红的辣椒、辣油，看得都心惊肉跳的，吃起来免不了龇牙咧嘴的。然而，够劲儿！

从山城到蓉城，有人情的温暖，有风光的迷人。然而，"梁园虽好，不是久恋之家"。好担心肆虐的"安比"台风影响我们的归途。所幸，它不但没有影响我们的行程，而且居然比预定是时间稍稍提前起飞，因而也提前降落。

此行，是专家，是人师，也是游客，委实令人难忘。

2020 年 3 月 29 日

海南，我来了！

　　江苏的 12 月，是严冬时节，如皋的温度基本在 10 摄氏度以下。然而，幅员辽阔的中国有四季如春的"春城"昆明，更有此时温度二三十度的海南。

　　海南是个年轻的省份，建省于 1988 年 4 月，同时成立海南经济特区。海南省行政区域包括海南岛和西沙群岛、南沙群岛、中沙群岛的岛礁及其海域，是中国国土面积（陆地面积加海洋面积）第一大省，海南经济特区是中国唯一的省级经济特区，海南岛是仅次于台湾岛的中国第二大岛。全省年末常住人口 903.48 万人。这里是著名的侨乡。当前在海外的海南乡亲与其后裔（外籍华人）共有 320 多万人（有人推算加上第四、五代后裔应有 500 多万人）。侨乡文昌的海外人口比岛内文昌人口还多两倍多。这些乡亲及其后裔遍布五大洲，尤其以泰国、马来西亚、新加坡、印度尼西亚、越南、美国、加拿大和澳大利亚较多。

　　对海南的了解，自然层面的仅限于南山、"天涯海角"；人文层面的知道苏轼曾经被贬于此，还出了个海瑞（1514—1587），是海南琼山人，明朝名臣、政治家，一生刚正不阿，被世人称为"南包公""海青天"，以"忠绝"和明代文臣之宗的"著绝"丘竣、"诗和平温厚，文气光明正大，当比唐宋诸大家"的"诗绝"王桐乡、清代海南唯一的探花郎"书绝"张岳崧合称为海南"四绝"（四大才子）。

突然有了一个机会可以亲临海南，当然是载欣载奔的了。

2016 年 12 月 9 日，星期五，晚上 6：15，在上海浦东机场，班机 CZ3836 把我们带到了三亚凤凰机场，随后下榻到"四所海景酒店"。

这里和老家的温差有 20 摄氏度之大！在家里，羊毛衫都上身了；在这里，依然是短袖、短裤，甚至可以随时下水，天天湿身。

好新鲜的感觉！

第一天的目标是呀诺达与槟榔谷。

呀诺达雨林景区位于保亭黎族苗族自治县三道镇，距三亚市区仅 35 千米，是名副其实的三亚后花园。景区北与五指山、七仙岭比肩相连；东眺南海万顷波涛，美丽的海棠湾近在咫尺；与南中国第一温泉——南田温泉仅一水之隔。

它的生肖广场很特别。以《山海经》为蓝本，将远古神话和有关十二生肖的故事、传说等，浓缩为雨林大型雕塑，以生肖为守护，让游客感受到神灵的护佑，感受对平安、幸福的期盼。游客们纷纷找到自己的生肖雕像，留下合影或者空镜头。

它的雨林谷很好看。以展现原生态的热带雨林景观为核心，汇集了参天巨榕、百年古藤、"活化石"黑桫椤、巨大的仙草灵芝、"冷血杀手"见血封喉、野生桄榔等"热带雨林的六大奇观"。谷内郁郁葱葱，遮天蔽日，年平均温度 24 摄氏度。生态绝佳，是得天独厚的巨大的"天然氧吧"和负氧离子发生器。游客到了这里，都会很夸张地深呼吸，满脸是猛吸一口气后的陶醉。

位于甘什岭自然保护区内的槟榔谷，是海南民族文化的活化石，要想真正了解海南最原始的民族文化，槟榔谷黎苗文化旅游区是不二的选择。两边森林茂密，中间是一条连绵数千米的槟榔谷地，故称槟榔谷。

椰子代表海南，槟榔代表黎家，在黎家，没有槟榔不成礼，没有槟榔不成婚，这"槟榔"二字可以说是海南真正的主人——黎族人的文化字符，而聚居在海南中部山区的黎族，以原神秘雨林为栖身，只有走入槟榔谷，走入黎家文化，进入这一片神秘雨林地，才能感受原汁原味的民族风情。"海岛原住民，海南淳风情，槟榔谷带您感受几近原始的艺术之旅。"

槟榔谷执着于对原住民传统文化的深入挖掘、全力保护以及大力弘扬，海南省国家级非物质文化遗产保护的 20 个项目，槟榔谷就展示了其中 10 项。谷内的黎族传统文化博物馆里，珍藏着整个海南岛最齐全最珍贵的黎族各种民间文物、见证黎族发展历程的种种器皿和图片，是一部生动恢宏的"黎族人历史教科书"。纺染织绣、竹木乐器演奏技法、打柴舞、黎族妇女的文身绣面等濒临失传的黎族传统技艺和正在消失的文化现象，被槟榔谷人呕心沥血地保护着，坚持着。

当晚还有"三亚千古情"演出，是黄巧灵导演的"千古情"序列之一，一小时在特色鲜明的表演中不知不觉就过去了。我们还就近到迷宫、倒屋、坡屋、窥屋、鬼城等处转了转，饶有意趣。

第二天去了南山和天涯海角。

南山，我们是从传扬千古的名句"福如东海，寿比南山"中知道的。

它面朝南海，坐落在中国唯一的热带滨海城市——三亚市的西南 20 千米处，是中国最南端的山。南山历来被称为吉祥福泽之地。据佛教经典记载，救苦救难的观音菩萨为了救度芸芸众生，发了十二大愿，第二愿即是"常居南海愿"。唐代著名的大和尚鉴真法师为弘扬佛法五次东渡日本未果,第五次漂流到了南山,在此居住一年半,建造佛寺,传法布道,随后第六次东渡日本,终获成功。日本第一位遣唐僧空海和尚也是在这里登陆中国并驻足传法的。

在南山,主要是参观上海世博会尼泊尔馆扩建后的新馆,叩拜108米高的三尊化一体的观音圣像(圣像一面是手持莲花,另一面是手拿金书,还有一面是手拿佛珠)。为了走近伸到海内的三身观音,我们走过了长长的栈道。置身于观音圣像下,感到自身的渺小,更觉得佛法的无边。

对"天涯海角"的了解,是很多文学著述、影视作品中看到的爱情宣言。它的来历很有传奇色彩。

"天涯"和"海角"是两块很有来历的大石头。传说一对热恋的男女分别来自两个有世仇的家族,他们的爱情遭到各自族人的反对,于是被迫逃到此地双双跳进大海,化成两块巨石,永远相对,不可分离。后人为纪念他们的坚贞爱情,刻下"天涯""海角"的字样,后来男女恋爱常以"天涯海角永远相随"来表明自己的心迹。

清康熙五十三年(1714年),三位钦天监钦差奉康熙皇帝谕旨在下马岭海边题刻"海判南天"石刻,以此为中国疆域的天地分界处。南天指的是太阳所行区域,"判"是一剖两半之意,"海"则指南海。"海判南天"综合起来的意思就是:"南海"在"海判南天"处分为"天南海北"。在此石刻的东南面,还有另外一块剖石,代表三亚冬至日的正午太阳高度。而"海判南天"石刻则代表这里的北极高度。

清雍正年间(1727年),崖州知州程哲在天涯湾的一块海滨巨石上题刻了"天涯"二字。民国抗战时期,琼崖守备司令王毅又在相邻的巨石上题写了"海角"二字。1961年,郭沫若在"天涯"石的另一侧题写了"天涯海角游览区"七个大字。至此，天涯湾畔的这片滨海地带便成了名副其实的"天涯海角"。

记住天涯海角的准确位置：东经109°20′52″，北纬18°17′31″。在三亚市西郊23千米处，背负马岭山，面向茫茫大海。

在天涯海角，我们先坐汽艇兜了一大圈，然后涉水沙滩，领略了"寿比南山不老松""天涯海角"的源头风采。

第三天，12月12日，双12，一个应该铭记的日子！这天，我们到蜈支洲去潜水。深入到海底！这是我五十年人生的第一次体验。

现在想起来，仍然觉得非常刺激！

从在更衣室换上潜水衣的那一刻起，因为潜水衣很厚重，紧紧贴着你的身体，便有一种呼吸不畅的感觉。然后，要在阳光下，走很远的路，才到达海边。这时会有一只飞船把你运送到潜水区域的大船上。在大船上有教练一对一地培训潜水要领。在你表示准备好了后，教练会指导你佩戴好潜水设备——氧气装置、护目镜等，带着你向深水区潜……当你潜到你的身体能够承受的水底世界后，你会有这个世界都是你的错觉。只见身体扁平的各色鱼类在身边游弋，触手可及；水底珊瑚千姿百态，五颜六色，真是美不胜收。

想想此刻处于深海之中，如果在老家得穿上冬装把自己保护起来，这样的反差也让我难忘。

海南三日，领略了迷人的自然风光，还感受到浓烈的乡情：在海南打拼得比较成功的如皋老乡纷纷登场，争做东道主，大餐美食，让我们非常感动。

说什么天涯海角，一样可以近在咫尺，亲在咫尺。

2020年3月30日

两广记行

"不到广东，不知道什么是富可敌国；不到广西，不知道什么是秀色可餐。"

这是微信上的一篇文章所云。因为广东是中国最富裕的省份，其经济总量直追韩国、墨西哥等，有"世界工厂之称"，故云其"富可敌国"。广西山水风光秀丽，有"桂林山水甲天下"的美誉，因此，称为"秀色可餐"。

有幸的是，这两个地方，近十年内都到过。

2010年的7月31日，我44周岁那天，下午4点，我们首途桂林，从南京禄口直飞桂林两江。

接下来的三天里，我们在象鼻山、独秀峰、七星岩等处领略了醉人的漓江风光，还在遇龙河漂流过；也到过靖江王府（广西师范大学本部）；还观赏过非常震撼的实景演出《印象·刘三姐》。

先说"甲天下"的"桂林山水"吧。

天下之大，山水之多，敢称"甲天下"，这底气该有多足？

浙江人王正功，时任广南西路提点刑狱，以地方官身份在嘉泰元年（1201年）宴请桂林中举的学子，赋诗《嘉泰改元桂林大比与计偕者十有一人九月十六》："桂林山水甲天下，玉碧罗青意可参。士气未饶军气振，文场端似战场酣。九关虎豹看劲敌，万里鸥鹏跨剧谈。老眼摩挲顿增爽，诸君端是斗之南。"足见王正功对这方水土的深情。800多年来，"桂林山水甲天下"似乎成了天下人的共识。

世界自然遗产地、世界上规模最大、风景最美的岩溶山水游览区漓江风景区堪为代表。

漓江风景区有一江（漓江）、两洞（芦笛岩、七星岩）、三山（象鼻山、叠彩山、独秀峰），是桂林山水的精华所在。

漓江山水之妙，韩愈的"江作青罗带，山如碧玉簪"摹写得极妙。漓江就像一条青绸绿带，盘绕在万点峰峦之间，奇峰夹岸，碧水萦回，削壁垂河，青山浮水，风光旖旎，有如一幅百里画卷。

漓江水清，一年四季晶莹透亮，清澈见底。宋人张自明的"癸水（指漓江水）江头石似浮"描写了它的清亮。

漓江山奇，宋代诗人范成大说："桂山之奇，宜为天下第一。"元帅诗人陈毅也有诗赞漓江"处处呈奇观""足够一生看"。

漓江风景奇巧，沿途石山形象万千，比拟无穷，摹人拟物。"仙人推磨""九牛过江""猴子抱西瓜"……无不惟妙惟肖。而石崖上的石纹石色，光怪陆离，绚丽多姿，构成许许多多的画面，巧夺天工。

漓江景致多变，乘船游江，只见两岸的山，一时孤峰直立，一时奇峰一片，时而山海峰林，时而平畴旷野。只见漓江的水，忽曲忽直，时缓时急，有时波平浪静，有时浪翻涛滚，银花飞溅。还随着季节、昼夜、早晚、晴雨的不同而变化。真是四季有景，时时皆景，景景不同。尤其是清晨和细雨之时，晨雾烟雨，笼罩群山，若隐若现，藏头露尾，变幻莫测。

象鼻山位于桃花江与漓江汇流处，由3.6亿年前海底沉积的纯石灰岩组成，酷似一头巨象伸长鼻子吸饮江水。象鼻山以神奇著称，首先是形神毕似，其次是在鼻腿之间造就一轮临水皓月，构成"象山水月"奇景。因此，象鼻山成了桂林山水的代表、桂林城的象征。

水月洞在象鼻山的象鼻和象腿之间。距今 1.2 万年前，地壳抬升，漓江缩小，加速了水月洞的发育，形成一个东西通透的圆洞。水月洞洞口朝阳，亦名朝阳洞。但洞在水上，如明月浮水，十分形象。"象山水月"与南望的穿山月岩相对，一悬于天，一浮于水，形成"漓江双月"的奇特景观。

七星岩原是地下河，现为上、中、下三层的洞景。上层高出中层 8 到 12 米；下层是现代地下河，常年有水；中层距下层 10 至 12 米。供人游览的是中层，犹如一条地下天然画廊，游程 800 米，洞内钟乳石遍布，神奇瑰丽，琳琅满目，状物拟人，惟妙惟肖。石索悬锦鲤、大象卷鼻、仙人晒网、南天门、银河鹊桥、女娲殿等让人流连。

九马画山不能不说。山高 400 余米，宽 200 米，临江而立，石壁如削，五彩斑斓，远望如一幅巨大的画屏，细细地端详，画屏中唯有一群骏马，或立或卧，或昂首嘶鸣，或扬蹄奋飞，回首云天，或悠然觅食……宋代诗人邹浩比作天公醉时的杰作："应时天公醉时笔，重重粉墨尚纵横。"清代诗人徐弓赞道："自古山如画，如今画似山。马图呈九首，奇物在人间。"清代大学者、两广总督阮元有长诗《清漓石壁图歌》："天成半壁丹青画，幡然高向青天挂。上古何人善画山，似于荆关斗名派……清漓一曲绕山流，来往何人不举头。六年久识奇峰面，五度来乘读画舟。石渠室绘几千卷，天上云烟曾过眼……后人来看道光款，传出清漓石壁图。"

身为教育人，就近的广西师范大学是必去的。它的本部就是靖江王府。

靖江王朱守谦是明朝藩王，藩王府始建于洪武五年（1372年），历时二十年建成，比北京故宫早建34年，是南京故宫的精华缩影。清朝唯一的汉人格格孔四贞（即"还珠格格"）的家，就在这昔日王府的深宫禁地之内。

其间有独秀峰读书岩，可以找到"桂林山水甲天下"的摩崖石刻真迹。王城外围有国内保存最好的明代城墙。由于地处桂林市中心，因而有"阅尽王城知桂林"之说。

清朝政府将靖江王府改为广西贡院，从这里走出了4位状元、585位进士、1685位举人，堪称读书人的福地。

广西师范大学就在这块福地上。

广西师范大学1932年建校，1953年始用现名。是教育部和广西壮族自治区人民政府共建高校，国家"中西部高校基础能力建设工程"项目建设高校。王城校区外，还有育才、雁山校区，总面积4100多亩。

校名系著名书法家、广西师范大学教授伍纯道题写。国学大师梁漱溟、修辞学家陈望道、戏剧家阳翰笙都是该校校友。越南政府总理阮晋勇、越共中央总书记上将黎可漂等大量的党和国家领导人都出自该校。

该说说刘三姐了。

民间传说中的刘三姐故事是一个纷繁的、相互歧异的话语渊薮。这里既有同一阶层民众不同价值观念的冲突，也有不同社会阶层之间的冲突；既有现实生活的写照，也有浪漫的幻想、鬼神巫术的观念。刘三姐故事组涵了民间伦理、民间智薮、民间想象、民间情趣，这些是刘三姐传说中最具魅力、活力的地方。

《印象·刘三姐》是大型桂林山水实景演出，是中国·漓江山水剧场的核心工程，全国第一部"山水实景演出"。总导演之一是张艺谋，在阳朔选择了漓江与田家河的交汇处作为剧场，而此处正是当年电影《刘三姐》的主要拍摄之地。2004年推出，轰动多年。

用张艺谋的话说："它是一场秀。"秀的是桂林山水，秀的是民俗风情，秀出了那种天人合一的境界。它展现了"红色、绿色、蓝色、金色、银色"五大主题色彩系列，将刘三姐的山歌、民族风情、漓江渔火、山水圣地等元素创新组合，不着痕迹地溶入山水，还原于自然，给人以强烈的视觉及听觉冲击，达到了如诗如梦的效果，被喻为上帝与人的杰作。

"一个比生命更久远的传说，一座与地球同年龄的剧场。最悠闲的座椅叫作青草，最美丽的厅墙叫作空气，最奢华的剧场叫作自然，最宏大的演出叫作山水。"这是对演出富有诗意的推介。

世界旅游组织更是直言而道：今天不管我们从世界上任何角落来到桂林，不管交通费用有多贵，看一场《印象·刘三姐》都是值得的！相信观赏这台世界上独一无二的山水实景的演出的确能让你感受到前所未有的震撼，实为看了终身难忘，不看终身遗憾。

我们适逢其时，有了"终身难忘"的经历。遗憾的是，2017年8月，因负债14亿元，资不抵债，运营这个工程的公司宣告破产。这，只能让很多人留下"终身遗憾"了。

2014年年底，为一个学生参加加拿大魁北克大学在大陆的招生考试，我应学生家长的请托去广州送考。

我们入住广东金融学院，与家在海门现在南京燕子矶中学的庄新主任同住。

好友刘长湖在广东金融学院的"半田咖啡"做东，让我们体验到慢生活的优雅，鸡尾酒"红粉佳人"真是有滋有味。

12 月 28 日，白天参加了魁北克大学招生发布会；晚上登上有"小蛮腰"之称的广州塔，饱览珠江夜景，尽兴而归。

广州塔又称广州新电视塔，昵称小蛮腰或水蛇腰，位于广州市海珠区赤岗塔附近。塔身主体 450 米，塔顶观光平台最高处 454 米，天线桅杆 150 米，总高度 600 米。是来自荷兰 IBA 事务所的设计师马克•海默尔和芭芭拉•库伊特夫妇设计的——如此妖娆的设计，偏偏来自外国设计家的创意？这难免让人有点遗憾！

小蛮腰具有结构性超高、造型奇特、形体复杂，用钢量最多的特点，创造了一系列建筑上的"世界之最"。最长的空中云梯：设于 160 多米高处，旋转上升，由 1000 多个台阶组成；最高的旋转餐厅：424 米高的旋转餐厅可容纳 400 人就餐，享受中外美食；最高的 4D 影院：身处百米高空看有香味的电影；最高的商品店：432 米高的广州塔纪念品零售商店，让您可以把广州塔精美的模型带回家；最高的横向摩天轮：在 450 米露天观景平台外围，增设了一个横向的摩天轮，可以乘坐摩天轮一览广州美景。以其中国第一、世界第三的旅游观光塔的地位，向世人展示腾飞广州、挑战自我、面向世界的视野和气魄。

到了广州，黄花岗公园当然是要到的。

走进公园，我自然想起了 2009 年湖北高考中周海洋的那篇奇文：《站在黄花岗陵园的门口》。

清宣统三年三月二十九日（西元一九一一年四月二十七日），广州起义暴发；起义之军百二十人持枪械攻入广州督府衙门，两广总督张鸣岐闻风而逃；然义军终因寡不敌众，数百清军围之，起义军多战死；旋革命党人潘达微见而怜之，收烈士之骸，止得七十二具，葬于白云山麓之黄花

岗；九十七年之后，时值腊月，会天大雪，余滞于广州，遂
至黄花岗七十二烈士之陵；止于其门，百感并至，赋诗一首，
诗曰：

赤焰难明赤县天，百年群魔舞翩跹；国土已破何人见，
金瓯早缺有谁怜？
皇祚不复天威去，天朝迷梦化为烟；五口通商香港失，
断鸿声中夷舰现；
…………

吾今立于陵门口，思绪纷飞感万千；聊诌一诗悼君魂，
勿怪字拙人不见。
后记：今日之生活，皆先辈流血而成，今中国多烈士之
陵，何止黄花岗耶？然吾平生只至黄花岗，愧矣；今年之秋，
料黄花岗之黄花，应于秋风之中透香中华乎？

该作采用"文言文＋古诗词"的形式，表达了敬仰、向上的感情，
内容充实，文体新颖——主体部分的诗歌（102句七言诗）作为文章的
组成部分，也不违反"文体不限，诗歌除外"的规定。因而得到了满
分，被誉为当年的"最牛满分作文"。
足见，英烈不朽！
我们还到了越秀公园，这里有四方炮台遗址、"镇海楼"的广州博
物馆、中山纪念塔等，也走过了千年古道遗址。
我们还特意赶到毛泽东当年的农讲所，可惜因为周一闭馆，不得
其门而入，只能在馆外行注目礼。

按照我的惯例，大学是要去的，于是走进了中山大学——孙中山先生创立于 1924 年的国立广东大学的今生。鲁迅、陈寅恪、李达、傅斯年、郭沫若、郁达夫、钟世藩等名流都在这里执教过。

书店也是要去的，于是《王阳明》和《原来如此》两本书成为我的藏书。

此去经年，不知两广是不是仍然富可敌国，秀色可餐？

2020 年 3 月 30 日

那年，我在承德，还有北戴河

承德？历史上是皇帝避暑的地方，承德避暑山庄可是举世闻名。

北戴河？印象中是中央领导开重要会议的地方，很小的时候就知道有个词组"北戴河会议"；是一个很上档次的疗养胜地，国家有关部门经常安排一些行业精英到那里度假。

虽不能至，然，心向往之。

都说人要有理想，万一哪天就实现了呢！

这不，2011 年暑假，因为组织部门组织优秀人才疗养，地点安排在北戴河和承德，我就梦想成真了。

7 月 12 日清晨，在市委大院前集中，然后乘车去南京禄口机场；从禄口机场飞北京；然后乘车去承德。我和市公安局刑侦大队时任副大队长薛警官同住，巧得很，他的儿子当时读初二，一年后考进我们学校，分在我的班上，成为我的学生。这就是缘分吧！

慕承德避暑山庄盛名，我们来了！

承德避暑山庄及周围寺庙就是清朝皇帝的夏宫，曾用名热河行宫。山庄始建于 1703 年，历经清康熙、雍正、乾隆三朝，耗时 89 年建成。避暑山庄以朴素淡雅的山村野趣为格调，取自然山水之本色，吸收江南塞北之风光，东南湖区、西北山区和东北草原的布局，共同构成了中国版图的缩影。环绕山庄蜿蜒起伏的宫墙长达万米，是中国现存最大的皇家园林。是中国园林史上一个辉煌的里程碑，是中国古典园林艺术的杰作，是中国古典园林之最高范例。

清朝的康熙、乾隆皇帝时期，每年大约有半年时间要在承德度过，清前期重要的政治、军事、民族和外交等国家大事，都是在这里处理的。因此，避暑山庄也就成了北京以外的陪都和第二个政治中心。它不仅有丰富的文化内涵，同时是中国统一多民族国家巩固和发展的象征，也是一部研究十八世纪中国历史的教科书和珍贵历史文化遗产的博物馆。

1961年3月4日，避暑山庄是第一批公布的全国重点文物保护单位，与同时公布的颐和园、拙政园、留园并称为中国四大名园。而今是世界文化遗产，国家5A级旅游景区。

这里处于内蒙古高原与华北平原的过渡带，属温带大陆性季风型山地气候，四季分明。冬天虽然寒冷，但由于四周环山，阻滞了来自蒙古高原寒流的袭击，所以温度要高于其他同纬度地区；夏季凉爽，雨量集中，基本上无炎热期。

避暑山庄是中国三大古建筑群之一，它的最大特色是山中有园，园中有山，大小建筑有120多组，山庄有著名的72景，其中康熙以四字命名了36景，烟波致爽、北枕双峰、西岭晨霞、锤峰落照、梨花伴月、双湖夹镜、长虹饮练……乾隆以三字确认了36景，勤政殿、松鹤斋、静好堂、观莲所、沧浪屿、嘉树轩、乐成阁……

这里特别为小布达拉宫写一笔。

小布达拉宫就是布达拉·行宫，坐落于避暑山庄正北狮子岭南麓，占地25.79万平方米。由皇家寺庙群中的普陀宗乘之庙和须弥福寿之庙组成，两座寺庙先后修建于 1767 年、1780 年。因仿拉萨的布达拉宫和日喀则的扎什伦布寺而建，俗称小布达拉宫和班禅行宫。布达拉·行宫景区为两座汉藏结合式寺庙，建筑规模宏大，雄伟庄严。让没有机会，或者体质亲赴拉萨的游客小小地满足一下。

随后，我们移师秦皇岛，为其辖下的北戴河而去。一行十多人下榻于北京军区疗养院即 281 医院，因为体检也是此行的安排之一。

北戴河名气太大了！

这里在清光绪二十四年（1898 年）被清政府辟为避暑区，在这里诞生了中国第一条旅游铁路专线、第一条航空旅游航线，第一个 19 孔高尔夫球场等许多"中国旅游史上的第一"，被誉为中国现代旅游业的"摇篮"。

新中国成立后，老一辈无产阶级革命家和现任的中央很多领导同志都曾到这里办公和休息，北戴河因此倍受世人瞩目。

北戴河先后被评为国务院首批公布的国家级重点风景名胜区、全国园林城市、中国优秀旅游胜地四十佳之一、首批中国优秀旅游城市。

我们在仙螺岛海滩体验了海泳。仙螺岛在南戴河，南戴河属于北戴河。

我们还在鸽子窝公园、奥林匹克大道公园、天下第一关古城、老龙头、孟姜女庙多处留下了足迹。

此行的回程，很值得一记。

17 日那天，我们乘车去天津滨海国际机场。

准时登机后，因为空中管制的缘故，3：25 的班机直到 6：55 才得以起飞——闷在机舱内整整三个半小时，接近 9 点飞到上海虹桥机场。

于是有人说，民间早有"七不出，八不归"的说法，让我们赶上了。

真的是这样吗？

2020 年 3 月 30 日

陕西行记

  2015 年暑假，我们参与的全国性的"少教多学"科研课题组在陕西咸阳召开结题推进会，考虑到结题工作的顺利，而且陕西至今没有成行，身为课题主持人，我决定与会。

  7 月 14 日清晨，与赴江西南昌召开另一个课题结题推进会的刘主任同车赴上海。在虹桥机场乘"春秋航空"到西安咸阳，一个多小时后乘着机场大巴、出租车抵达承办会议的西北工业大学启迪中学报到。然后在"悦滨酒店"安身。

  翌日，上午是会议的开幕式，陕西省语文教研员赵明老师主持的。随后的会务还安排了各种交流、研讨活动，兹不赘述。

  会议结束后，我就开始自由飞翔了。

  第一天目标华清池、秦始皇帝陵博物馆。

  华清池，又名华清宫，是以温泉汤池著称的中国古代离宫。历史文献及考古发掘的资料告诉我们，华清池具有 6000 年温泉利用史和 3000 年的皇家园林建筑史。

  华清池是唐玄宗与杨贵妃演绎爱情罗曼史的历史舞台，令文人雅士竞相吟咏——大家似乎都无视杨玉环原本是李隆基的儿媳妇，后来被李隆基设计霸占的事实。最有名的莫过于白居易的《长恨歌》了。

据说，毛泽东主席很喜爱《长恨歌》，20世纪60年代的某一天，他忙里偷闲，从"汉皇重色思倾国"开始书写，当他写到第32行"惊破霓裳羽衣曲"时，却被人突然打断了；因此，勒刻在宜春阁南面书墙上的只有224字，长约10米，高20余米，气势恢宏，疏朗有致，蔚为壮观。

华清池前，有个艳俗的杨贵妃塑像，游人纷纷在此和皇妃留影，也不管这个皇妃的私德是如何不堪，结局是如何悲惨。

华清池往东，是环园，一座颇具江南园林特色的雅致小院。据说1900年慈禧太后和光绪皇帝逃避战火西巡西安就就寝于此。1936年，蒋介石亲临西安，也下榻环园，这就有了震惊中外的"西安事变"。

走进环园，是一潭荷花池，池南是荷花阁，池东是白莲榭，沿着荷花池西岸走到荷花阁背后，就是著名的五间厅。

五间厅是一座砖木结构的厅房，南依骊山，北至荷花池，庭院平坦，树木葱郁，因由五个单间厅房相连而名。五间厅旁，还有蒋介石沐浴室，里面的浴池建于清代，仿贵妃池形制而建，康熙、慈禧、光绪都曾在此沐浴。1957年，京剧表演艺术家梅兰芳来此游览沐浴，为该池题名"杨妃池"。与五间厅相邻是桐荫轩，即人们所说的三间厅。

当年，蒋介石坚持"攘外必先安内"的国策，强迫张学良、杨虎城两位将军率东北军、十七路军进攻红军。张杨为促蒋抗日救国，在此谏阻蒋放弃内战政策，联合红军抗日。在蒋断然拒绝后，张杨联合行动，发动兵谏。至今，五间厅、三间厅的玻璃窗、墙壁上还保留有兵谏发生激战时的弹痕。凝望弹痕，几十年前的历史烟云在眼前飘荡。

让我们向历史更深处漫溯！

于是，我们移步秦始皇帝陵博物馆。秦始皇兵马俑是这里最有代表性的景观。

1974 年 3 月，秦兵马俑坑被发现，"世界第八大奇迹"惊现人间，被誉为"二十世纪考古史上的伟大发现之一"。

秦始皇陵布局缜密、规模宏富，已发现的各类陪葬坑、墓等有 600 多处。

秦始皇兵马俑包括秦兵马俑一、二、三号坑、铜车马陈列厅及相关临时展览。三个兵马俑坑成品字形排列，总面积 2 万多平方米，坑内放置与真人真马一般大小的陶俑、陶马 7000 余件，具有很高的艺术价值。兵马俑的塑造，是以现实生活为基础而创作，艺术手法细腻、明快，陶俑装束、神态各异。大部分兵器历经两千多年，依然锋刃锐利。

1980 年，在秦始皇陵西侧，还出土了两乘大型彩绘铜车马，每乘车前驾有四马，车上各有一名御官俑。铜车马造型逼真，装饰华美，大量使用金银为饰品和构件，制作非常精巧，被誉为"青铜之冠"。

站在坑边，放眼望去，胸中自有震撼感在激荡。

第二天的目标是华山。

"华山"最早出现在《山海经》和《禹贡》中，就是说春秋战国时期就有"华山"之名。她是中华民族的圣山。中华之"华"就源于华山，由此，华山有了"华夏之根"之称 。

华山是神州九大观日处之一，华山东峰（朝阳峰）的朝阳台为最佳地点，这是"中国黄河 50 景"之一。

华山还是道教主流全真派的圣地，为全国道教十大洞天的"第四洞天"，也是中国民间广泛崇奉的神祇，即西岳华山君神。共有 72 个半悬空洞，道观 20 余座，玉泉院、镇岳宫等都被列为全国重点道教宫观，有陈抟、郝大通、贺元希等著名的道教高人。

由于华山太险，所以唐代以前很少有人登临。历代君王祭祀西岳都是在山下西岳庙中举行大典。《尚书》载，华山是"轩辕皇帝会群仙之所"。《史记》载，黄帝、虞舜都曾到华山巡狩。秦始皇首祭华山。到魏晋南北朝时，还没有通向华山峰顶的道路。直到唐朝，随着道教兴盛，道徒开始居山建观，逐渐在北坡沿溪谷而上开凿了一条险道，形成了"自古华山一条路"。

这里有着太多的传说故事，这些传说故事更加传扬了这里的美名。

比如"天下第一洞房"。大家都熟悉"人生四大喜"的说法，"洞房花烛夜"乃其一，而"洞房"一词就源于华山西峰。由于华山路险难于攀登，这就为早期一些要隐蔽修行的人提供了绝好的去处。而在山上难以找到筑观盖庙的材料，隐士们就凿石洞而居，修行悟道。相传在华山修行的吹箫人萧史和秦穆公的女儿弄玉公主在双双驾鹤成仙之前，曾到西峰莲花洞点烛成婚，为姻缘而起的"天下第一洞房"便由此而来。这是真正意义上的"洞房"！所以华山是爱情山，是爱情的见证。

比如"观棋烂柯"。相传，华阴王道村有一个叫王柯的樵夫上山砍柴，来到"空灵峰"，见几个人围在一起下棋说天道地，听起来很有意思，他又是一个棋迷，便在一旁观战，竟忘记了砍柴，但见周围树叶一会儿落了，一会儿又绿了，也不知道是什么缘故，等他想起回家时，挑担不见了，斧子也生了厚锈。回到村里，他一个人也不认识，连自己的孩子，也无人知晓。枉到村内跑了一次，他只好返回华山修道，后来，人们就将此村叫"枉到村"，现称"王道村"。

华山有很多峰。我们是从西峰上山的，借助于汽车、缆车，也只是涉足了西峰、南峰和中峰。

西峰海拔 2082.6 米，因峰巅有巨石形状好似莲花瓣，古代文人多称其为莲花峰、芙蓉峰。李白诗中有"石作莲花云作台"句。西峰上景观众多，莲花洞、巨灵足、斧劈石、舍身崖等都是，并伴有许多美丽的神话传说，"沉香劈山救母"的故事流传最广。

登西峰若入仙乡神府，万种俗念，一扫而空。陈抟老祖就留下过"寄言嘉遁客，此处是仙乡"的名句。

西峰南崖有山脊与南峰相连，脊长 300 余米，石色苍黛，形态好像一条屈缩的巨龙，人称屈岭，也称小苍龙岭，是华山著名的险道之一。

南峰海拔 2154.9 米，是华山最高主峰，也是五岳最高峰，古人尊称它是"华山元首"。

登上南峰绝顶，有星斗可摘的豪情。举目环视，只见群山起伏莽莽苍苍，黄河渭水如丝如缕，漠漠平原如帛如绵，山水平原尽收眼底，使人真正领略华山高峻雄伟的博大气势，享受如临天界，如履浮云的神奇情趣。

南峰由一峰三顶组成，东侧一顶松桧峰，中间一顶落雁峰，西侧一顶孝子峰。落雁峰最高居中，松桧峰居东，孝子峰居西，整体像一把圈椅，三个峰顶恰似一尊面北而坐的巨人。明朝袁宏道在他的《华山记》一书中记述南峰形象说："如人危坐而引双膝。"

居中的落雁峰，传说回归大雁常在这里落下歇息。峰顶最高处就是华山极顶，登山人都以能攀上绝顶而自豪。历代的文人们往往在这里豪情大发，挥毫赋诗，不一而足，宋代名相寇准就写下了"只有天在上，更无山与齐。举头红日近，俯首白云低"的脍炙人口的诗句。

　　中峰海拔 2037.8 米，居东西南三峰中央，华山主峰之一。峰上林木葱茏，环境清幽，奇花异草多不知名。峰头有道舍名玉女祠，传说是弄玉的修身之地，因而此峰又被称为玉女峰。中峰多数景观都与箫史、弄玉夫妇的故事有关。如明星玉女崖、玉女洞、玉女石马、玉女洗头盘，等等。

　　古人抒写玉女及玉女峰的诗文较多。杜甫在他的《望岳》诗中有"安得仙人九节杖，拄到玉女洗头盘"句；唐代王翰有《赋得明星玉女坛送廉察尉华阴》诗；明朝顾咸正《登华山》诗中有"金神法象三千界，玉女明妆十二楼"句，等等。

　　第三天的目标是西安城内大慈恩寺，陕西历史博物馆，西安碑林博物馆。

　　唐贞观二十二年，太子李治为追念生母文德皇后，报答慈母恩德，奏请太宗敕建佛寺，赐名"慈恩寺"，还迎请高僧玄奘担任上座法师。玄奘于此创立了大乘佛教法相宗，此寺遂成中国大乘佛教的圣地。唐显庆元年，唐高宗御书《大慈恩寺碑记》，从此寺名为"大慈恩寺"。

　　唐永徽三年，玄奘法师为供奉从天竺带回的佛像、舍利和梵文经典，在长安慈恩寺的西塔院建造了一座五层砖塔，就是举世闻名的大雁塔，又名"慈恩寺塔"。后来层数和高度数次变更，今天所看到的是七层塔身，通高 64.517 米，底层边长 25.5 米。

　　大雁塔基座皆有石门，门楣门框上均有精美的线刻佛像及砖雕对联。底层南门洞两侧嵌置碑石，西龛是由右向左书写，唐太宗李世民亲自撰文、褚遂良手书的《大唐三藏圣教序》碑；东龛是由左向右书写，唐高宗李治撰文、褚遂良手书的《大唐三藏圣教序记》碑，人称"二圣三绝碑"。碑文高度赞扬玄奘法师西天取经，弘扬佛法的历史功绩和非凡精神，世称《雁塔圣教》。

唐代新进士及第后，有大唐天子于杏园赐宴，于曲江聚会饮酒，就是人们常说的"曲江流饮"；他们还喜欢到大雁塔题名，即著名的"关中八景"之一"雁塔题名"。唐中宗神龙年间，进士张莒游慈恩寺，将名字题在大雁塔下，此举引得文人纷纷效仿，尤其是新科进士更把雁塔题名视为莫大的荣耀。这些人中若有人日后做到了卿相，还要将姓名改为朱笔书写。在雁塔题名的人当中，最出名的当属白居易。他27岁一举中第，登上雁塔，写下"慈恩塔下题名处，十七人中最少年"以表达他少年得志的喜悦。

两大博物馆一个是室内的，人特别多，排了很久的队才得以进入；一个是露天的加室内的，馆藏丰富，让人目不暇接，眼花缭乱。深感十三朝古都的博大、厚重。

在十三朝古都西安奔突三天后，我们乘火车去中国革命的圣地——延安。

正常三个多小时的车程，因为大雨封道，走了六个多小时，近午夜12点才在"盛唐商务酒店"718房住下。非常巧合的是，今天正是7月18日，而且这个日子是女儿的生日。

第二天，我们去了壶口瀑布，南泥湾。

壶口瀑布是中国第二大瀑布，世界上最大的黄色瀑布。东濒山西省临汾市吉县壶口镇，西临陕西省延安市宜川县壶口乡，为两省共有旅游景区。北距山西太原387千米；南距陕西西安350千米。《尚书·禹贡篇》中关于大禹治水的记载是"壶口"第一次在历史文献中出现。

1938年9月，抗日战争极其艰苦的时期，著名诗人光未然（原名张光年，后来担任过中国作家协会副主席、党组书记）带领抗敌演出队来到壶口，在这里，他写下了不朽的诗篇《黄河颂》。回到延安，冼星海为这首诗谱了曲，杰出的《黄河大合唱》就此诞生了。

1987年9月，黄河漂流队探险队员王来安乘坐由40个汽车轮胎缠结成的密封舱，顺瀑布而下，揭开了人类在壶口体育探险的序幕，人称"黄河第一漂"。

1997年6月，柯受良驾车飞越壶口，创下世界跨度最大的飞车世界纪录，被称为"世界第一飞"。

壶口的四季，各有风采。

春季，为瀑布落凌期，河道里冰层断裂，"壶口"内冰凌坠落。夏季，壶口水流出现3条叉流，形成3个主要瀑布：一个位于龙槽顶端，落差约10米；另外两个分别从龙槽西岸和东岸跌入龙槽，落差分别为15米和7米。秋季，红叶夹岸，瀑布高悬30余米，水帘挂入云端，景色壮观。冬季，秦晋长峡冰封雪冻，不少河段成为天然冰桥，往日飞瀑高悬处，挂满冰凌。

据记载，2014年12月6日前后，由于受持续降温天气影响，黄河壶口瀑布出现流凌、冰挂景观。在我们离开11天后的2015年7月30日，受壶口瀑布上游陕西境内云岩河流域强降雨的影响，黄河壶口瀑布出现了西边浊浪翻滚、东边白浪滔滔的奇特景观。

如果说壶口瀑布是大自然的赐予，那么，南泥湾就是人工奇迹了。

1941年3月，为克服解放区面临的日军"扫荡"、国民党顽固派封锁以及自然灾害造成的困难，响应中共中央组织起来，开展生产运动的号召，八路军三五九旅在王震的率领下，在南泥湾开展了著名的"大生产运动"。两年的奋斗，将荒凉的南泥湾变成牛羊满川、麦浪起伏的"陕北江南"。

1943年3月，延安文艺界劳军团和鲁艺秧歌队80多人赴南泥湾劳军，贺敬之作词，马可谱曲的歌舞《挑花篮》唱道"陕北的好江南，鲜花开满山，开满（呀）山；学习那南泥湾，处处是江南，又战斗来又生产，三五九旅是模范"，从此脍炙人口的名歌《南泥湾》诞生，后经著名歌唱家郭兰英唱遍了大江南北，全国人民都知道陕北还有个好江南——南泥湾。

南泥湾是延安精神的发源地，也是中国农垦事业的发祥地。其自力更生、奋发图强的精神内核，激励着一代又一代中华儿女战胜困难，夺取胜利。

第二天，我们到了宝塔山、枣园。

宝塔山古称嘉岭山，是延安的标志和象征。位于延安市中心，因山上有塔，故通常称作宝塔山。山高 1135.5 米，始建于唐，现为明代建筑，平面八角形，九层，高约 44 米，楼阁式砖塔。

在民间，关于宝塔的传说口口相传，其中富有代表性的是苏世胜和曹淑珍传承父辈讲述、整理而来的"恶龙之争"：大唐天宝年间，肤施县（延安）是交通要塞，市井繁荣，不想来了两条恶龙伤食人畜，乡民叫苦连天。玉皇大帝命众神下凡修建"镇邪塔"，九级塔身，中间放置一尊金人像，两条恶龙被"金人"所缚，也变得温顺善良起来，从此肤施县灾患平息。

中华人民共和国成立后，国务院将延安宝塔归入第一批全国重点文物保护单位延安革命旧址中。1953 年版第二套人民币二元券正面图案为"延安宝塔山"。中华人民共和国 1955 年颁授的独立自由勋章，核心图案就是宝塔山。

著名文学家贺敬之的诗句"几回回梦里回延安，双手搂定宝塔山"，讴歌了宝塔山在中国人民心目中的神圣地位。

该说到枣园了。

枣园原是一家地主的庄园，中共中央进驻延安后，为中央社会部驻地，遂改名为"延园"，1944 年至 1947 年 3 月，中共中央书记处由杨家岭迁驻此地。进门醒目位置有"五大书记"（1945 年 6 月 19 日，中共七届一中全会上，毛泽东、朱德、刘少奇、周恩来、任弼时当选中央书记处书记，史称"五大书记"）雕塑。游客每每会在此留影的，我们也不例外。

现在的枣园旧址有"五大书记"和张闻天、彭德怀旧居——房子都不算大，里面的陈设也比较简单；中央书记处小礼堂；中央医务所；幸福渠；"为人民服务"讲话台——1944 年 9 月 8 日毛泽东在中共中央直属机关为追悼张思德召集的会议上，发表《为人民服务》讲话的地方——等景点。这是一个园林式的革命纪念地，四季景色秀丽，环境清幽。

此番西行，我们在西安城的"唐乐宫"看了"唐宫乐舞"表演，在"延安民俗文化影视城"看了《延安印象》演出。内容非常丰富，地方色彩浓郁，所以，印象相当深刻。

2020 年 3 月 31 日

到东山去

东山者何?

洞庭东山（又称东洞庭山）的俗称,乃苏州吴中延伸于太湖中的一个半岛,三面环水,湖光连天,鸥帆点点,与洞庭西山、光福邓尉等72峰交汇而成太湖风景区。

为何到东山去?

因为东山有故人,而且故人诚相邀。

故人何许人也?

就是朋友圈内鼎鼎大名的宋继高——上海继高影视、苏州继高影视创始人,上海巨果动漫董事长、上海诚唐会展董事长、苏州资产管理公司合伙人、上海开艺设计集团苏州分公司董事长。

宋董是如皋老乡,他是20世纪50年代初生人,80年代的时候,他的大大小小的稿件在如皋人民广播电台频频播出,套用一个习惯说法:我们是听着他的广播稿长大的。只不过因为年龄差了不少,从事的行业也没有交集,所以也只是知道有这么一个人而已。

前几年,我出了几本书,不知怎么的,竟引起了宋董的关注。他通过我们共同认识的朋友约见我,要在如皋请我吃饭。于是我们见了面，聊得很嗨。这也许就是很多武侠小说里喜欢描写的"倾盖似旧"的境界吧？

随后，他应上海一家商会邀请发表演讲，还认真地推介了我的新著《让书香浸润生命》。可见，他是认真地读了我赠他的这本书的。

接下来的春节，应该是 2018 年的春节吧，宋董在东山——他在太湖边上的一个私家庄园宴请如皋籍著名作家卢新华先生。也许知道我是中文背景的缘故，他邀请我去东山一晤。

熟悉中国当代文学的，对卢新华这个名字一定不会陌生。他在复旦大学读本科时，就在《文汇报》发表过整版的小说《伤痕》，从而开创了"伤痕文学"流派。那是 1978 年的事情。现在可以和这样高端的作家面对面，那是何等的荣幸。

所以，正月初六那天，我们如约前往。无奈，赶上了春节假期的最后一天，上班族的回程车把高速堵得水泄不通。正常情况下两个多小时的车程，我们走了七个多小时。赶到东山时，已经是晚上 9 点了。

好在卢老师还在。不仅互赠了图书，我还把十几年前写他复出文坛的一篇发表在《江海晚报》的散文的样报赠送给了他。随后，我们还一起唱了卡拉 OK，还搭档进行了掼弹牌戏——没有悬念地战胜了对手。

但是，路上耽搁了太多的时间，第二天又有安排，所以，对东山，除了主人的热情周到外，没有太多的感知。

心有不甘。于是，在回来后，通过网络，做了一点功课：

东山是伸展于太湖东首的一座长条形半岛，因其在太湖洞山与庭山以东而得名。因为隋时的莫厘将军居于此，故旧称莫厘山。主峰莫厘峰是太湖 72 峰中第二高峰，海拔 293.5 米，其山脉呈鱼龙脊背状，绵延起伏，气势雄伟。是拥有花果丛林、元明清古建筑、代表长江流域古文化的三山岛旧石器时代遗址等众多山水风景和悠久人文历史景观的旅游胜地。

东山岛是渐渐地逼近陆地的：隋时的东山岛与陆地相隔 30 余里；宋代的东山是湖岛；清道光十年（1830 年），东山与陆地（今临湖）相隔缩至 50 米；100 多年前，东山北面的连岛沙嘴和陆地相接而成为半岛。

东山是中国十大名茶之一——洞庭碧螺春的原产地，也是国家 5A 级风景区。历史文化底蕴深厚，名人辈出，古迹名胜不胜枚举，区域生态环境优越，天天有鱼虾，季季有花果。拥有丰富的地下深层天然矿泉水资源，是洞庭山矿泉水主要水源。

东山历史悠久，历代不少帝王将相、文人雅士多曾来此游乐憩息，留下众多名胜古迹。东山市镇大街东西两端犹存近千米的石板古街，两侧有 34 条古弄小巷。镇上有保存完好的仿古雕花楼，依山傍水的席家花园，明代住宅建筑楠木厅等。东山风物清嘉，还是名副其实的花果山、鱼米乡，盛产 50 多种土特产品，其中最负盛名的是"碧螺春茶"，声名久远的"白沙枇杷"，以及洞庭红橘、太湖莼菜和太湖三宝，等等。

但是，"纸上得来终觉浅，绝知此事要躬行"。所以，去年国庆节，我们又接受宋董的邀请，欣然前往东山。

6 号清晨，早早地就从如皋出发，还赶上了"雕花楼食府"的早茶。

"雕花楼"原名"春在楼"，典出清代诗人、苏州的俞樾名句"花落春仍在"。大楼原为东山富商金锡之私宅，建于民国 11 年（1922 年），花了 17 万银圆（折合当时黄金 3741 两）。全楼建筑砖雕、木雕、金雕、石雕、彩绘、泥塑、铺地艺术巧夺天工，精美绝伦，且"无处不雕，无处不刻"，享有"江南第一楼"之誉。"藏宝阁、神秘暗道、孩儿莲"是景区的神奇景观，"进门有宝、伸手有钱（后改称拉手有钱）、脚踏有福、抬头有寿、回头有官、出门有喜"是大楼雕刻的精华。有诗赞："此楼应是天上有，人间哪得几回闻。"

午餐午休之后，走进了陆巷古村。

位于后山（东山西部）太湖边的陆巷古村，因村中有六条古巷而得名（一说因为乡土名流王鏊的母亲姓陆而得名）。是江南建筑群体中质量最高、数量最多、保存最完好的古村落，是全国首批历史文化名村，被誉为"太湖第一古村"。

这里还是明代正德年间的宰相王鏊的故里。王鏊曾在科考中连捷解元（乡试第一）、会元（会试第一）、探花（殿试第三，和第一名"状元"、第二名"榜眼"合称"三鼎甲"），其门下名士唐伯虎称他为"海内文章第一，山中宰相无双"。观其塑像，身材并不伟岸，但是面相平和；左手被宰身后，右手紧握书卷，一副大家风范。

村中现保存有解元、会元、探花三座明代牌楼和明代古街、古弄及数十幢明清建筑，为江南少有的明清建筑博物馆。

惠和堂是一大型群体厅堂建筑，明基清体，有厅、堂、楼、库、房等一百零四间，建筑面积约二千平方米。其轩廊制作精细，用料粗壮，大部分为楠木；瓦、砖、梁、柱也均有与主人的宰相身份相对应的雕绘图案。三开间的二层书楼在苏州古宅中甚为少见，书楼前有一磨砖贴面照墙，高度与楼檐几齐，瓦滴下方有"九狮图"的砖雕，两端各有花鸟砖雕图案，照墙中央嵌有圆形的"丹凤朝阳"，整个图案刻工精湛，有栩栩如生之感。

始建于宋代的宝俭堂（初名梦园）是宋代观文殿大学士、文学家、词人叶梦得的故居，世代为叶氏后裔所居。它以小巧精雅著称，保持了苏州旧时官僚府第宅园相连的风貌。

翌日，我和如初的郝明智一家走进了启园——和康熙皇帝有关的一个庄园。

启园俗称席家花园，321年前的1699年，大户人家席家在此接康熙皇帝驾，席氏为纪念其祖上迎驾而兴建此园，为江南少有的山麓湖滨园林。该园藏山纳湖，步移景易，既融苏州园林小巧玲珑、曲折幽深的艺术特色，又具"脉接七十又二峰，波连三万六千顷"的粗犷气魄，柳毅井（中国传说故事《柳毅传书》中柳毅在洞庭的龙宫入口，石碑上的"柳毅井"三字系王鏊手书）、康熙皇帝御码头（有刻石，石上"御码头"三字系刘墉笔墨；还有敞亭，上端有"翠色满湖"匾额）、古杨梅树为"园内三宝"。厅堂轩榭、廊亭斋馆、花径曲桥散落其间，与天然山水浑然一体，风光旖旎，令人心旷神怡。园内辟有东山方志名人馆、康熙皇帝到东山史料陈列室、历史文化碑廊等，颇有可观之处。名人的书法匾额与对联多有所在，为各处景观增色多多。

2020年4月1日

湘行杂记

　　1934 年，沈从文先生返回湖南凤凰故里，眼见曾经的美丽乡村一片凋零，悲从中来，边行边写，细织密缝出他的童年、他的往事以及远行中船头水边的见闻，抒发他"无言的哀戚"。其间散落与张兆和的数十封往来情书。于是有了"中国现代文学史上最美的创获"《湘行散记》。

　　我的湘行是时隔78年后的2012年，7月份。

　　只是，出师不利：在江苏南通的兴东机场，应该8：50起飞，却滞留到12：40才登机，1点才开航；随身携带的玻璃杯，被一不小心一脚踢倒，碎了。

　　抵达长沙后，坐机场大巴到"民航大酒店"，再步行到"凯瑞大酒店"入住。

　　一路风雨！

　　抵达长沙的次日，7月14日，一个雨水不断且恣意成暴的日子，我执意去朝圣：造访毛泽东、刘少奇两位领袖故居。虽然最终付出了皮鞋被水尽情浸泡后作废的代价。

　　毛泽东故居位于韶山冲，又名上屋场，坐落在茂林修竹、青翠欲滴的山冲中。门额匾上题字"毛泽东同志故居"系邓小平手书。故居建于民国初年，坐南朝北，泥砖墙，青瓦顶，大小13间半房，系土木结构的"凹"字形建筑，东边是毛泽东家，右厢房第2间是毛泽东父母亲的卧室，右厢房第3间是毛泽东少年时代的卧室兼书房；西边是邻居，中间堂屋两家共用。

故居旁的韶山冲中心有铜像广场。毛泽东主席的铜像矗立在这里，是1993年时任总书记江泽民揭幕的。铜像按主席在开国大典上的形象设计，坐西南，朝东北，主席身躯伟岸，双手握书卷，身着中山装，双眼炯炯，神采奕奕。铜像高6米，红花岗石基座高4.1米，全高10.1米。基座上"毛泽东同志"五个大字是江泽民同志题写的。瞻仰大道长183米（寓意主席身高），宽12.26米（寓意主席的生日）。

距韶山市毛泽东故居37千米的北边宁乡县花明楼炭子冲屋场，是刘少奇故居。1898年11月24日，刘少奇诞生于此，并在此度过了童年和少年时代。屋场坐东朝西，前临水塘，后倚青山，为土木结构的四合农舍。有21间半房屋，其中瓦房16间半（正堂屋与邻居各半）、茅屋5间。从炭子冲屋场外坪入槽门经内坪登阶即为正堂屋。正堂屋往右第一间为刘少奇胞兄云廷卧室，第二间为刘少奇青少年时期的卧室，由此室过酒房为刘少奇父母卧室。出此室便至横堂屋，再依次为烤火房、厨房及猪栏屋、牛栏屋等杂屋。

"刘少奇同志故居"匾额也是邓小平题写的。

都说"出门长见识"，信哉！

借助于导游的介绍以及景点的说明，我们知道了"韶山"不是山只是地名，"滴水洞"不是洞而只是办公的平房，"花明楼"不是楼也只是地名……

说毛泽东与"9"缘分深深：秋收起义是9月9日，1935年粉碎张国焘分裂党的阴谋是 9 月 9 日，建国时搬进中南海是 9 月 9 日，1971 年躲过林彪谋害是 9 月 9 日，1976 年辞世也是 9 月 9 日……

说毛泽东与"28"也很有缘：繁体字的"毛泽东"是 28 画，故名"二十八画生"。1993 年出生的他于 1921 年建党时是 28 岁，建党距离建国的 1949 年是 28 年，新中国成立后主政至 1976 年还是 28 年。

"韶山"之形态与中国大陆的版图恰成倒对应之势。"韶"左边意即太阳升起的地方，右边意即文武双全。

还有广为人知的"8341"，这是毛泽东的警备部队的番号。巧得不能再巧的是，毛主席享年 83 岁，执政 41 年（从 1935 年确立领导地位的遵义会议起）。

还有毛泽东铜像落成之时（1993 年 12 月 26 日上午 10：28）的"日月同辉"、芙蓉盛开的奇观。

刘少奇的铜像高 7.1 米，一是肯定了他对党的重大贡献，二是寓含他存世 71 年。

如此等等，让你耳界大开。

15 日这天，是教育部课题经验交流成果共享暨全国中学教育科研联合体 2012 年长沙会议首日，几位专家走马灯一般地你方唱罢我登场，一个共同的特点是：牛气冲天！

教育部郑增仪司长先做了题为"基础教育改革与发展的思考"报告。选题宏大，材料新颖，观点鲜明，持之有据。官员兼专家的双重身份，使得整个报告过程充满了肯定性判断，都是些自信满满的结论。有话语权，就是不一样！

中国教育科学研究院的蒋国华教授就更加不得了。他有太多的学术身份，特别是——中国科学计量学创始人。他是清华大学的毕业生，俄语背景，却把英语自学得溜溜的。难怪他牛！他的"教育改革：反思与创新——时代机遇与挑战"讲座中充斥着批评、指责的声音，对中国教育颇多否定！对手机发明者——美女科学家海蒂拉玛、"苹果之父"——乔布斯、"六盏红灯"照亮前程的韩寒、22 岁的教授刘路等成功人士的独家解读，让你想开口似乎也没有什么话好说。确实，这个世界上似乎只有成功者的话语权。

陈永芳教授也牛得可以。他说，他所在的东北师范大学是国内师范中当之无愧的前三（仅次于北师大、华东师大），在基础教育研究上是当之无愧的老大：曾经有 12 个全国性的中学学术团体中占 9 席理事长（会长、主席）的荣光，而今还保有 6 席。学校为挽留他，先为他办理返聘手续再为他办理退休手续。

专家嘛，有学问做底气，牛哄哄的也是学术自信的一种表现，但是，最好还要辅之以学术理性。一言以蔽之，要予受众以舒服的感觉为好。否则，个人形象还是会受到影响的！

16 日上午，会务组织大家到湖南省长沙市第一中学考察学习。这是一所百年老校，培养了毛泽东、朱镕基、周立波、康濯、何立伟等政治家、文学家，有 18 个两院院士，35 个奥赛得主……也是牛得不得了！

随后就是自由活动了，我与新结识的南京师范大学中文系 1983 届学兄、泰州市的王建民结伴同行。

先是选中了就近的橘子洲、岳麓书院、爱晚亭。

橘子洲位于长沙市区对面的湘江江心，是湘江下游众多冲积沙洲之一，形成于晋惠帝永兴二年（305 年），距今已有一千七百多年的历史。其形成史，有个传说：在湘江中尚无洲的时候，江边上生活着一群渔民。一位绰号为胡子爹的老人，德高望重，深受众人的敬爱。于是大家商定，要做根腰带扎在老人腰上，让他感到温暖有力。他们挑选了7位最会编织的姑娘，编织了一根结实的白腰带；姑娘们还在腰带上绣了一座美丽的长岛。胡子爹接受了这一特殊的礼物，并把它系在腰中。一天，胡子爹和渔民们在江中捕鱼突遇暴风雨，十分危险，可处在风浪中的胡子爹只划了几下就到了岸边。他深感奇怪，双手往腰间一摸，才发现是腰带给了他力量。于是，他解下腰带，奋力向正在风浪中挣扎的伙伴们扔去。腰带在江中越飘越长，越飘越大，最后飘到渔民们的面前，变成了一块腰带形的陆地。渔民们因此得救了。

有人说，橘子洲是一幅展示风情的画。岳麓为邻，湘水做伴，从西向东，山水洲城融为一体，似流动的画，如放大的盆景。游客登洲，听渔舟唱晚，观麓山红枫，看天心飞阁，赏满树橘红，吟先贤辞赋，其乐融融。

有人说，橘子洲是一座承接历史的桥。她浸染着湖湘文化，形成了浓厚的历史底蕴。朱熹、张轼往来于岳麓书院与城南书院讲学过江的朱张渡，诠释着八百年前湖湘子弟求学的盛况。水陆寺、拱极楼讲述着元代宗教文化的兴盛。曾国藩操练水上湘军的号声依稀回荡在橘子洲上空。毛泽东对橘子洲情有独钟，青年时代就读于湖南第一师范时，经常和同学到洲头搏浪击水，议论国事；《沁园春·长沙》，抒发了济世救民的豪情壮志，站在橘子洲头发出的"问苍茫大地，谁主沉浮？"的天问更是创造了中国历史。

"橘子洲头"位于橘子洲的南端，西望岳麓山，东临长沙城，四面环水，绵延数十里，狭处横约40米，宽处横约140米，形状是一个长岛，被誉为"中国第一洲"。

西邻的岳麓书院是北宋四大书院之一，是北宋开宝九年（976年）

潭州太守朱洞在僧人办学的基础上，由官府捐资兴建，正式创立的。祥符八年（1015 年），宋真宗召见山长（该词最早见于《荆湘近事》："五代蒋维、东隐居衡岳，受业者号曰山长。"至宋相沿为习，亦称山主、洞主等。是书院的负责人，即现代意义上的"院长"。岳麓书院可考的山长共有 55 位）周式，并赐书"岳麓书院"四字门额。1926 年正式定名为湖南大学。岳麓书院历经千年，弦歌不绝，世称"千年学府"，现为湖南大学下属学院。书院大门两旁悬挂的对联非常有名：上联"惟楚有材"出自《左传·襄公二十六年》，下联"于斯为盛"出自《论语·泰伯》，源出经典，道出了岳麓书院英才辈出的历史事实。

讲堂是书院的中心，也是书院的核心部分，教学和重大活动都在这里进行。自北宋开宝九年（976 年）岳麓书院创建时，即有"讲堂五间"。南宋乾道三年（1167 年），理学家朱熹、张栻在此举行"会讲"，开中国书院会讲之先河。檐前悬有"实事求是"匾。大厅中央悬挂两块鎏金木匾：一为"学达性天"，由康熙皇帝御赐，意在勉励张扬理学，加强自身修养；二为"道南正脉"，由乾隆皇帝御赐，是对书院传播理学的最高评价，表明了岳麓书院在中国理学传播史上的地位。

岳麓山下清风峡中的爱晚亭，与安徽滁州的醉翁亭（1046 年建）、浙江杭州湖心亭（1552 年建）、北京陶然亭公园的陶然亭（1695 年建）并称中国四大名亭，建于 1792 年，为岳麓书院院长罗典创建，原名红叶亭，后由湖广总督毕沅改为现名。明眼人一看就懂，现名源于杜牧的七言绝句《山行》中的"停车坐爱枫林晚"。亭形为重檐八柱，琉璃碧瓦，亭角飞翘，自远处观之似凌空欲飞状。内为丹漆圆柱，外檐四石柱为花岗岩，亭中彩绘藻井，东西两面亭棂悬以红底鎏金"爱晚亭"，是由时任湖南大学校长李达专函请毛泽东所书手迹而制。

然后就远行到张家界了。车途遥遥！上午 7 点多从长沙出发，接近下午 1 点钟才抵达目的地。

张家界在湖南西北部属武陵山区腹地。

张家界之名，最早见于明崇祯四年（1631 年）《张氏族谱》序言。序言的作者张再昌是永定卫大庸所指挥使张万聪的第 6 代孙。明皇见张万聪镇守有功，将今天的张家界国家森林公园一带"山林之地"作为封地赏赐给他，他举家上山守业经营。明崇祯三年（1630 年），张万聪的第 6 代孙张再弘被赐团官，且设衙署于此。这一带成为张氏世袭领地，称"张家界"。当然，还有一种更牛气的说法：相传西汉留侯张良当年曾在此隐居，终老后葬在水绕四门，因此很早的时候这里就叫张家界了。

俗话说："九寨沟看水，张家界看山。"武陵源核心景区中三千座石峰拔地而起，八百条溪流蜿蜒曲折，让人仿佛置身于仙境，故而张家界有"中国山水画的原本"和"缩小的仙境，放大的盆景"的美誉。2010 年首部 3D 电影《阿凡达》，更是让其中的电影取景地——张家界的美景享誉世界。

有着世界溶洞奇观"地下明珠"之誉的黄龙洞是第一站。

进洞路上，一个又一个超大规格的水车组成的水车群所营造出的农业文明的艰辛让我们震撼。跟着洞中专职导游的土家阿妹，我们先拾级而上，攀升到洞内高处；再缓缓下行，来到了地下河边；坐着小船，晃晃悠悠地，800 米水程就甩在了身后。其间，响水河、天柱街、龙宫等处让人流连，根据石笋的形貌附会出来的一些煞有其事的传说故事，为溶洞平添了许多文化的内蕴。最后，我们走进了曾经封闭多年、年底将再度封闭的"迷宫"：一根又一根形体或粗或细或高或矮的石笋晶莹剔透，石笋、石柱、石花、石幔、石瀑、卷曲石、石珍珠等数不胜数，算得上精美绮丽。其中有一根与而今的饮料吸管酷似的石笋特别吸引了我们的目光。我们纷纷感叹：来得正是好时候！

晚宴后，我们组队前往国家文化产业示范基地——魅力湘西国际文化广场观赏"魅力湘西"演出。

湘西确实是有魅力的！写作的沈从文、绘画的黄永玉、唱歌的宋祖英三张文化名片就是金字招牌。"魅力湘西"几个大字就出自黄永玉的手笔，笔画之间充满了魅惑之气。

演出的宣传用语是"四大湘女约你狂欢"。四大湘女指的是宋祖英、张也等人。还说有性感女神阿朵坐镇演出。

演出分成两段进行：先是室内的节目，《追爱》在龙年央视春晚片段亮相过，此次得以观赏到全貌；一个又一个富蕴民族特色的风情展示让人真正走进了湘西，领略到湘西独特的魅力，湘西女子的从落洞女（痴心待嫁）到放蛊妇再到草枯婆的悲剧命运深深地牵动着游人的心。随后是室外的篝火晚会，硬气功、原生态演唱等让人赞叹不已。说句实在话，与云南丽江、广西漓江等地的同类表演相比，可谓各擅其胜，毫不逊色。

第二站是袁家寨子和天子山。

张家界第一山寨——袁家寨子是自选项目，位于高山之中，上山容易下山难，却舍不得不去。朱镕基总理有云：张家界顶有神仙。

气势恢宏，垂直高差335米、运行高度326米的"百龙天梯"是入山的快捷通道。"百龙天梯"是德国技术，以"世界上最高、运行速度最快、载重量最大的电梯"载入吉尼斯世界纪录。

不到两分钟，这"天下第一梯"（沈鹏题字）就把我们从山脚运到了山顶，在眼前倏忽而过的张家界十大绝景之一的"神兵聚会"——据说是由48座相对独立的石峰组成，是历史上土家族的起义领袖向王天子率兵起义的地方——还是让人很有印象的。

在飘飘洒洒的斜风细雨中,我们和天下第一桥(山与山之间自然形成的石桥)、迷魂台、天悬白练等景观相遇。

稍事修整后,我们进入袁家寨子——土家族遗存的原生态大戏。纺纱曲、舂米调、哭嫁歌、榨油号子等诠释了"土人土寨土活法"。个中所见,在此不一一叙说,你还是去眼见为实吧。但是我可以保证的是:如果你去了,绝对是好看的。

出了寨子,转到天子山。

山顶上有为纪念贺龙元帅转战天子山而建的贺龙公园。本来此地是观赏西海石林景观的佳处,但是腾起的越来越浓的雾气让这一切成为缥缈。所谓云海簇拥武陵群峰的君临天下之势,也只能模拟得之了。

下山的旅程是艰难的。7000多级石阶啊!我们花了70分钟,把自己转移到了山脚下,其间辛苦,非一言可尽。有数天后夜里腿还疼得难以成眠可以让你想见其艰辛程度。再花20分钟,走过了"水在山间流,人似画中游"的十里画廊。烟雨迷蒙中,山愈见其秀美之态。

张家界之行最后以"土家情歌"晚宴告结。

第三站是岳阳楼,君山岛。

岳阳楼在很多人的记忆里,是和范仲淹紧密相连的。

岳阳楼于我,有着特殊的情愫。1982年全国高考的作文题,就是以《岳阳楼记》中的名句"先天下之忧而忧,后天下之乐而乐"为题的,我正是在这一年考进了南京师范大学。

岳阳楼不如我们想象中的那样气派,仅三层高。但是有三点特别的:一是有五个朝代的缩微岳阳楼建筑群;二是岳阳楼本体全为木质结构,对缝合榫而成,没有用钢筋水泥钢钉等;三是一、二层里均有完整版的《岳阳楼记》书法呈现,署名均为张照(系乾隆皇帝的书法启蒙老师），只是一为真迹，一为仿作——系见宝起意的地方官员雇人花 17 个月模仿而成，只是受雇者有意在"居庙堂之高"的"居"字上做了手脚，故意把左撇写得短了，且与同一行中相邻的几个字组成了"君子居心"的隐义。

三楼上有毛泽东手书的杜甫诗《登岳阳楼》："昔闻洞庭水，今上岳阳楼。 吴楚东南坼，乾坤日夜浮。 亲朋无一字，老病有孤舟。 戎马关山北，凭轩涕泗流。"其中"老病有孤舟"误作为"老去有孤舟"。据说是年事已高的毛泽东忌讳"病"字而有意为之。又据称是毛泽东去世后从遗物中发现了这个真迹，此说有汪东兴为证。

楼旁还紧挨着三国时的美女小乔的墓冢。

还有与岳阳楼有关的名人蜡像展出：李白、杜甫、白居易、刘禹锡、张九龄、范仲淹、文天祥、张照等人都在其中。

与岳阳楼属于同一景区的还有以后羿射杀巴蛇雕塑为主体的广场，这也是岳阳之别称巴陵的由来。

须要补记一笔的是：在赴岳阳途中，经过了"芒果台"湖南广播电视台——一个 30 多层的外形如"b"的建筑，一个在全国电视行业中风生水起的所在。她的斜对面是形似庙宇的建筑群，是名为"西湖楼"的超大型酒楼，可以同时接纳 10000 人就餐。她的左邻是大型车展中心——一个在中部地区很有影响的展览中心。

君山岛坐落在洞庭湖中央，刘禹锡的诗句"洞庭湖中一青螺"可谓既形象又写实。花了 20 元，用了 20 多分钟，搭乘着电动轮船，我们上了岛。

据称，与该岛发生联系的帝王先后有舜、秦始皇（因风浪大作而最终未能登岛）、乾隆等。确实，八百里洞庭湖中，这岛也不是那么好上的，特别是交通不很发达的封建时代。

据称，这里有"二银"：一是银鱼——一种体形极小、通体透明、营养丰富的鱼；二是君山银针——一种跻身全国十大名茶的茶叶，因为冲泡时三落三起，故又称为"小平茶"，取邓小平人生经历之意。

君山岛的卖点在两个爱情传说：一个是舜与娥皇、女英二妃的，留有江南第一祠——湘妃祠、二妃墓、湘妃竹等；一个是柳毅与小龙女的，存有柳毅井（苏州东山也有一口同名的井）、传书亭等。于是，有了"爱情岛"的雅称。

地以人名？信哉！

也许是为了呼应赴湘时候的晚点，归程的飞机也晚点了！在长沙黄花机场登机时，比预定的时间延误了30分钟。

饶是如此，对此次湘行没有太大影响，因为此行还是很开眼界，很有收获的。

2020 年 4 月 2 日

泰山，我又来了！

　　李健吾先生在 1961 年创作的著名散文《雨中登泰山》中曾说过：不登泰山，"像是欠下悠久的文化传统一笔债似的"。学者王克煜将这篇散文和姚鼐的《登泰山记》、杨朔的《泰山极顶》、冯骥才的《挑山工》并称为现代泰山四大著名散文。

　　我对泰山没有负债感，因为我 2011 年去过，趁机许了愿；后来如愿以偿了，于是 2012 年又去还愿。

　　所以，我大声地说：泰山，我又来了！

　　先说 2011 年的那次泰山、曲阜行吧。

　　之所以成行，是以 2000 年的"3·18"车祸为由头，纪念在那么大的车祸下无一人有大碍。于是，一行 12 人，一辆"依维柯"，三天去来。

　　泰山乃五岳之首，曲阜系孔子故里，怎么说也该实地考察、体验一下的。

　　7 月 21 日清晨 6 点，从如皋出发；下午 3 点抵达泰安后，直奔岱庙。

建于秦汉之时的岱庙，是华夏名山第一庙，是历代帝王的泰山行宫。帝王登封泰山都要先在山下的岱庙内举行大典，然后才登山。

这里有历代刻石 2500 余处，堪称中国书法第一山！秦统一封泰山李斯碑、汉武帝大一统无字碑、晋孙夫人碑、唐高宗武则天封泰山鸳鸯碑、宋宣和碑、康熙云峰碑刻、乾隆 11 次登泰山留下的多处石刻、经石峪——金刚经摩陀刻石、西游记晒经石原型地、形似寿桃的"寿"字石……处处而是，令人目不暇接。

随后，我们到"乡下老家"享用晚餐，点的菜肴非常丰富，结账时花费还不到 600 元。这，大大出乎我们的预料：足见山东人的实诚。

翌日清晨，用过没有水果，鸡蛋定量配给的自助餐后，我们兴致勃勃地去登泰山。

泰山位于山东省泰安市中部，主峰玉皇顶海拔 1545 米，气势雄伟磅礴，有"五岳之首""天下第一山"之称。泰山风景以壮丽著称，重叠的山势，厚重的形体，苍松巨石的烘托，云烟的变化，使它在雄浑中兼有明丽，静穆中透着神奇。在汉族传统文化中，泰山一直有"五岳独尊"的美誉。自秦始皇封禅泰山后，历朝历代帝王不断在泰山封禅和祭祀，并且在泰山上下建庙塑神，刻石题字。

"泰山"之名最早见于《诗经》。"泰"意为极大、通畅、安宁。《易·说卦》"履而泰，然后安"。"泰"字就由原来的高大、通畅之意引申为"大而稳，稳而安"。随即出现了"稳如泰山""国泰民安"之说。

泰山之形，为开天辟地、代生万物的神人盘古头颅幻化而成。头为东岳，左臂为南岳，右臂为北岳，足为西岳。据《史记集解》所载："天高不可及，于泰山上立封禅而祭之，冀近神灵也。"

泰山之景，最为有名的是"四大奇观"——泰山日出、云海玉盘、晚霞夕照和黄河金带。

泰山日出是游人们的保留节目。当黎明时分，站在岱顶举目远眺东方，一线晨曦由灰暗而淡黄进而橘红，而云朵红紫交辉，瞬息万变，漫天彩霞与地平线上的茫茫云海融为一体，犹如巨幅油画从天而降。浮光耀金的海面上，日轮掀开了云幕，披着五彩霓裳，像一个飘荡的宫灯，冉冉升起在天际，须臾间，金光四射，群峰尽染，好一派壮观而神奇的海上日出。

云海玉盘是说变幻无穷的泰山云雾。时而山风呼啸，云雾弥漫，如坠混沌世界；俄顷黑云压城，地底兴雷，让人魂魄震动。随之，就是云海玉盘的奇景：有时白云滚滚，如浪似雪；有时乌云翻腾，翻江倒海；有时白云一片，如千里棉絮；有时云朵填壑，像汪洋大海。在岱顶俯瞰，可见白云乌云融为一体，汇成滔滔奔流的"大海"，妙趣横生。

晚霞夕照说的是夕阳西下时，漫步泰山极顶，又适逢阴雨刚过，天高气爽，仰望西天，朵朵残云如峰似峦，一道道金光穿云破雾，直泻人间。夕照下的云峰之上镶嵌着一层金灿灿的亮边，闪烁着奇异的光辉。那五颜六色的云朵，奇异莫测，如果云海在此时出现，满天的霞光则全部映照在"大海"中，那壮丽的景色、大自然生动的情趣，就更加令人陶醉了。

黄海金带说的也是夕阳西下时，举目远眺，在泰山的西北边，层层峰峦的尽头，可看到黄河似一条金色的飘带闪闪发光；或是河水反射到天空，造成蜃景，均叫"黄河金带"。它波光粼粼，银光闪烁，黄白相间，如同金银铺就，从西南至东北，一直伸向天地交界处。清代诗人袁枚在《登泰山诗》中对黄河金带描写生动而传神："一条黄水似衣带，穿破世间通银河。"

古人形容"泰山吞西华，压南衡，驾中嵩，轶北恒，为五岳之长"。传统文化认为，东方为万物交替、初春发生之地，故泰山有"五岳之长""五岳独尊"的称誉。

泰山崛起于华北平原之东，凌驾于齐鲁平原之上，东临烟波浩渺的大海，西靠源远流长的黄河，南有汶泗淮之水，与平原、丘陵相对高差 1300 米，形成强烈的对比，因而在视觉上显得格外高大，颇有"一览众山小"的高旷气势；山脉绵亘 100 余千米，盘卧 426 平方千米，其基础宽大让人产生安稳感，形体庞大而集中则产生厚重感，大有"镇坤维而不摇"之威仪。所谓"稳如泰山""重如泰山"，正是其自然特征在人们生理、心理上的反映。

自秦汉至明清，历代皇帝到泰山封禅 27 次。历代帝王借助泰山的神威巩固自己的统治，使泰山的神圣地位被抬到了无以复加的程度。

我们是乘专车到"中天门"的；然后步行到"南天门"，其间有"十八盘"——登泰山最险要的地方；再经"天街"到"玉皇顶"——1545 米的极顶。随后坐缆车返回。

后来，我们奔济宁市下辖的曲阜，为了"三孔"而去。

先说孔庙。孔庙是儒家学说的创始人、有"圣人"之誉的孔子的故居，按照皇宫的规格建造的，是我国三大古建筑群之一，在世界建筑史上占有重要地位。在他辞世后的第二年（前 478 年），他的住宅就被改成孔庙，每年祭祀。汉代以后历代皇帝都提倡尊孔读经，对孔子也不断追谥加封，同时扩大祭祀他的寺庙，孔庙的规模也越修越大。现存孔庙 327.5 亩，建筑物 466 间，前后有九进院落，纵向轴线贯穿整座建筑，左右对称，布局严谨，气势宏伟。前三进院落布置导向性建筑物，如门或牌坊。第四进有一座三重檐的高阁奎文阁，其中藏有历代皇帝赏赐的图书。第七进院落中有"杏坛"，据说是孔子生前讲学处。主殿是大成殿，高 31.89 米，宽 54 米，进深 34 米。廊下有 28 根云龙古柱，每根柱子都用整块石材雕成。前廊下的十根石柱用深浮雕手法雕成双龙对舞，衬以云朵、山石、涛波，造型优美生动，是罕见的艺术瑰宝。

孔庙内有孔子塑像，13 座碑亭、53 块巨碑，还有以孔子一生经历为题材石刻的 120 块《圣迹图》。现还陈列了汉魏以来的碑刻 800 多块，连同孔庙内原有的 1200 多块，共计 2100 多块，形成了我国又一碑林。

再说孔府。孔庙的东侧是孔府，也称对府，又称"衍圣公府"，有"天下第一家"之称，是孔子嫡长孙世袭的府第。始建于宋代，经过历代不断的扩建，形成现在的规模。占地 200 余亩，有房舍 480 余间。官衙和住宅建在一起，是一座典型的封建贵族庄园，衙署大堂用于接受皇帝颁发的圣旨，或处理家族内事务。庭院分东、中、西三路，东路为家庙，西路为客厅院，中路是主体建筑，其前院为官衙，后院为住宅。孔府后院有一座花园，幽雅清新，布局别具匠心，可称园林佳作，也是园宅结合的范例。

最后说说孔林。孔林又称至圣林，占地 3000 多亩，是孔子和他的后代子孙们的家族墓地。园内古木参天，茂密幽深。密林深处还有孔子墓及历代兴建的楼、亭、坊、殿及大小碑碣石雕。孔林内柏桧夹道，进入孔林要经过 1200 米的墓道，然后穿过石牌坊、石桥、甬道，到达孔子墓前。孔子的坟墓封土高 6 米，和儿子孔鲤、孙子孔伋三人的墓葬紧挨在一起，所谓携子抱孙也。在孔林中，有的墓前还存有石雕的华表、石人、石兽。这些都是依照墓中人当时被封爵位的品级设置的。整个孔林延用 2500 多年，内有 10 万多座坟冢，立碑者众。有内孔（孔门之后），也有外孔（在孔门做事的非孔门之人，只要赐姓"孔"，也可以埋葬于此）。其延续时间之久，墓葬之多，保存之完好，举世罕见。其间，"子贡手植楷（黄连树）"、文武翁仲等故事让人回味久长。

1994年，曲阜三孔被联合国教科文组织列入世界文化遗产。

1994年，女儿出生。后来，机关幼儿园—如师附小—如皋市实验初中—江苏省如皋中学，一路走到了2012年的高考。所以2011年我们在泰山上敬香时为她祈福，目标学校是复旦大学。临离开时，我说：泰山，明年我们会再来的。同行者说：许了愿，如果如愿了，确实需要来还愿。

归来后的年底，自主招生工作启动。如皋中学是复旦大学在苏北设置的考点，当年第一次发布了以《共产党宣言》中文全译本首译者、复旦老校长陈望道名字命名的"望道计划"。如中获得了一个名额。经过各班推荐候选人，候选人现场展示，学校领导、年级部领导、高三全部班主任和各班学生代表票决，我的女儿成为这个幸运者。然后，顺利通过了复旦的资格审核。这样就可以跳过笔试（俗称"千分考"），直接进入面试环节。在通过了面试后，只要高考达到一本分数线，就可以成为复旦学生。于是，在2012年的7月下旬，女儿收到了复旦大学的"录取通知书"。

还愿势在必行！

8月7日，老婆驾车，我们一家三口从如皋到直奔泰安而去。黄昏时分到达泰山

8月8日，我们二登泰山。因为去年刚刚攀登过，又旨在还愿，所以，从山脚到中天门，专车去来；从中天门直达南天门，索道去来；这样就避开了极耗体力的"三个十八盘"——自开山（原名云门）至龙门为"慢十八"，至升仙坊为"不紧不慢又十八"，至南天门为"紧十八"，共计1630余阶——特别是"紧十八"西崖有巨岩悬空，侧影似佛头侧枕，高鼻秃顶，慈颜微笑，名"迎客佛"。十八盘岩层陡立，

倾角70°至80°。远远望去，恰似天门云梯。

从南天门到玉皇顶这一段，我们是步行的。

在十八盘的尽处，旧称三天门（天门关），海拔1460米，山到此为最危耸，飞龙岩与翔凤岭之间的低坳处，双峰夹峙，仿佛天门自开。门为阁楼式建筑，石砌拱形门洞，额题"南天门"。红墙点缀，黄色琉璃瓦盖顶，气势雄伟。门侧有楹联"门辟九霄仰步三天胜迹；阶崇万级俯临千嶂奇观"。南天门是泰山的骄傲。南天门以上围绕着泰山极顶的区域，被称作岱顶景区。岱顶海拔已高，由于气压、温度诸因素的影响，景观与山下迥然有别，堪称奇妙，因此人们又称岱顶为"妙区"。置身岱顶只觉日近云低，使人感到虚幻缥缈，恍如天上人间。

其间，因为高兴，随喜与"被随喜"1000多元，都是一些利欲熏心的"佛门中人"让佛家圣殿变了味儿！

9日，从泰安到日照，尽情享用过海鲜大餐后，我们到"万平口景区"去泡海水。因为海浪太大，老婆、女儿被击倒，老婆是唯一的驾驶员，还被海水卷走了近视眼镜。无奈，只得摸索着驾车找了一家眼镜店，临时配了一副眼镜，才从日照开到如皋，往返全程1300多千米。

虽然两次登临泰山，但是总是去也匆匆，缺少好整以暇的从容。有机会，还得去，慢慢地走，欣赏啊！

2020年4月2日

大余去来

大余在哪儿？属于江西，与广东毗邻。距离我们江苏如皋太远了！

当然，也没有想到它会和我们如皋有什么关联。

然而，缘分就是妙不可言。

2015年年初，我接受中南大学出版社邀请，出任《中国好作文》丛书主编。为了编务，在全国范围遴选一些对写作教学有研究的QQ好友、微信好友组成编委会，于是，大余的程秀全老师成为编委会成员。

程秀全老师潜心研读钱钟书先生的《管锥编》多年，慢慢地开发出了江西省大余中学校本课程"随钱钟书一道与古人对话"，还谋划着出版。于是，我与该校的校长兼党支部书记张芳芳（1965年生人，大余人，大余中学毕业生。自2008年主政后，一直实践着"做人如写字，撇捺皆人生，本人平生无大志，只想办好一所学校"的教育箴言，在教育改革创新之路上幸福地跋涉着）、安徽年轻的"钱学"专家钱之俊（1982年生人，有专著《钱钟书生平十二讲》）成为该书的序作者之一，时乃2016年年底。

与此同时，"《管锥编》与高中语文"成为江西省教学教材研究室重点课题。为了推进科研课题研究，深化校本课程开发，我作为学校教科室主任、资深的语文教师，被大余中学聘请为导师。2017年9月，他们组织校本课程开发研讨开放活动，邀请我现场指导。职责所在，在所不辞。虽然千里之遥，还是要穿越千山万水。

2017年9月19日清晨4：15，平生第一次约了顺风车从如皋出发，到了南通汽车站。乘5：40首班机场接送大巴直达上海浦东国际机场。10点从浦东机场直飞江西赣州。11：40抵达赣州。大余中学教科处程秀全主任接机，先安顿到"维佳大酒店"住下。

据"高德导航"显示，如皋与赣州相距近1200千米，靠着小汽车，大巴车，飞机，小汽车的接力，我到了。

然而，还没有完，大余县是江西最西南的区域，与广东接壤，仅30多万人的一个县。从赣州过去，还有90分钟的车程。

一路上转来转去的，确实是行路难！

真正的大戏在21日上演！

上午，张校长、程主任陪着钱之俊老师和我考察了大余中学校园，很古朴的氛围；走进了校本课程开发办公室，简陋，然而我们有"山不在高，有仙则名；水不在深，有龙则灵"的文化浸润。还听了两节校本展示课，分别是韩勇老师的《词义引申——展现民族文化与心理》与李月萍老师的《"话分两头"在小说与诗歌中的运用》……在评课环节，我一口气说了50分钟。

该校网站对此有专稿发布：

这两节课得到了专家的一致认可。他们都表示，在江西大余这个地方，有一群人把钱钟书的学术著作纳入校本研发并开展得有声有色，实属不易；这固然与团队的合作进取有关，更与以张芳芳为代表的校领导的支持有关。校长是一所学校的灵魂，张校长不仅是"文化引领，精神感召"的提出者，更是这句话的实践者。

时鹏寿老师认为我们的校本课是校本的，是语文的，是有体系的，对于培养学生阅读兴趣、开拓学生思维、培养终身学习兴趣有着积极的作用，并称这样继续做下去，是一种"功德"。

……

在肯定成绩的同时，专家也指出了我们校本研发中的不足。我们的校本课以材料丰富、思维开阔、观点独特为特点，然而丰富的材料有淡化思考之嫌。

专家提出为校本"瘦身"——把教师传授的观点材料拿出一部分作为学生思考分析的材料，作为课外作业，这样才能真正让学生在"思维与方法"上有突破。"当局者迷，旁观者清"，专家的点拨，让我们豁然开朗。

当天下午，围绕"读书与论文写作"话题，我和大余中学的语文同行做了两个小时的交流。大余中学领导的亲和，语文老师的高素质有如校园内多棵百年香樟树一样，给我留下了深刻的印象。

办完了正事，好不容易去了一趟，当然要趁机领略一下当地的风土人情。

赣州多浮桥，有设计很别致的章江浮桥，有 400 米长的贡江浮桥，走在上面晃晃悠悠的，感觉很微妙。

赣州有这个台那个台，比如八镜台，是苏东坡极赞过的；比如郁孤台，因为辛弃疾一曲吟诵而为天下知晓。

赣州有很长很长的古城墙，特别的是，有些墙砖上还有一些文字，只不过年代太久远了，字迹难以辨认。如此，这城墙就多了几分神秘感。

大余在"打汤显祖牌"，于是有了建设中的牡丹亭主题公园，就在很有历史的南安东山大码头旁边，而南安东山大码头与梅关古驿道直接相关。

二十多级宽阔的码头台阶，刻有人物和动物浮雕的石柱，一块留有斑驳字迹的石碑，这就是南安东山大码头。它在大余县牡丹亭文化园内，已经静卧章江之滨千年之久。作为古代丝绸之路的节点、牡丹亭文化的发源地，南安东山大码头已不再承担当年的交通运输功能，但透过保留的古朴外貌，仿佛还能看见这座码头曾经的繁盛。

东山大码头的历史可以追溯到秦朝。秦始皇统一中国后，便在大余开辟横浦关。为巩固疆域，南开"新道"，由中原地区经江西南部翻越大庾岭进入广东地区，古道由此开通。为加强我国与海外各国的经济文化交往，唐开元四年（716年），左拾遗内供奉张九龄奉旨带领赣粤军民，用一个冬天的时间在大庾岭千丈层崖之中开出一条大道——大庾岭古驿道，也就是梅关古驿道。大道开通后，经过路应、赵抃、蔡斑、张弼等人的接续修缮，梅关古驿道成为我国历史上从中原到广州最重要的一条黄金通道。伴随着唐朝梅关古驿道的开通，南安东山大码头成为古代赣江通往岭南进入广东的重要交通渡口、中转码头。

如今的东山大码头，还保存着河坎、台阶、石碑等清代遗存，台阶与河流流向大致平行。残存的鹅卵石台阶有24级，宽23米，斜坡长 14 米。码头的沿江河坎保存较为完整，长约 170 米，高出水面三四米。

说到牡丹亭，自然离不开汤显祖。他是江西临川人，生于 1550 年，1616 年去世，著名戏曲家、文学家，和莎士比亚（1564—1616）是同时代的人，因为主要成就都在戏剧创作上，故有"东方的莎士比亚"之称。传奇《牡丹亭》《邯郸记》《南柯记》《紫钗记》合称"临川四梦"，以《牡丹亭》最著名。在戏曲创作方面，反对拟古和拘泥于格律。成就与元代和关汉卿、王实甫齐名。

临川真是个好地方！

王安石是这个地方的人，晏殊、晏几道父子也是这个地方的人，有汤显祖、祝徽、邱兆麟、帅机"临川前四大才子"，有陈际泰（有文章一万余篇）、罗万藻、章世纯、艾南英"临川四大才子"。"初唐四杰"之一的王勃就发出了"邺水朱华，光照临川之笔"的吟诵。流传千古的《全唐诗》中，临川诗人的作品多被收入。科考史上，自宋至清，临川人中录取了举人 1029 人，进士 731 人。著书立传的学者有 300 多人，著述 481 种，5580 多卷，其中 65 种 770 多卷被列入了《四库全书》。

上面提到的梅岭古驿道，因为特殊的地理位置，除汤显祖外，还与张九龄、宋之问、苏东坡、翼王石达开、"元帅诗人"陈毅等众多名家有各种关联。

张九龄（678—740），字子寿，一名博物，谥文献。唐朝韶州曲江（今广东省韶关市）人，世称"张曲江"或"文献公"，被誉为"岭南第一人"。唐朝开元年间名相，诗人。是西汉留侯张良之后。唐玄宗开元时历官中书侍郎、同中书门下平章事、中书令。母丧夺哀，拜同平章事。是唐代有名的贤相；举止优雅，风度不凡。自张九龄去世后，唐玄宗对宰相推荐之士，总要问"风度得如九龄否"？因此，张九龄一直为后世人所崇敬、仰慕。张九龄是一位诗文俱佳、才华横溢的文学家，尤以诗歌艺术成就为高。在唐代诗坛上，他是继陈子昂之后，力排齐梁颓风，追踪汉魏风骨，打开盛唐局面的重要一人。可以说，他以其诗歌创作和政治地位，影响了一代诗歌的发展。他的五言古诗，诗风清淡，以素练质朴的语言，寄托深远的人生慨望，对扫除唐初所沿袭的六朝绮靡诗风，贡献尤大。有《曲江集》。大家熟悉的《望月怀远》就是他的杰作："海上生明月，天涯共此时。情人怨遥夜，竟夕起相思。灭烛怜光满，披衣觉露滋。不堪盈手赠，还寝梦佳期。"清人屈大均在论及岭南诗歌的两大流派时，曾说："粤人以诗为诗，自曲江始；以道为诗，自白沙始。"这是很中肯的。

就在我们离开十余天后，梅岭古驿道成为当年的中秋晚会分会场之一，为世界瞩目。

这里还有大儒周敦颐的祠堂。

周敦颐（1017—1073），字茂叔，谥号元公，北宋道州营道楼田堡（今湖南省道县）人，世称濂溪先生。与同为北宋哲学思想的发展起了重要作用的邵雍、张载、程颢、程颐并称"北宋五子"，是宋朝儒家理学思想的开山鼻祖，文学家，哲学家。他提倡"文以载道"，强调文辞是艺，道德为实。胡宏《通书略序》如斯评价他："今周子启程氏兄弟以不传之妙，一回万古之光明，如日丽天，将为百世之利泽，如水行地。其功盖在孔孟之间矣。"看看这高度！

距离周敦颐故居七千米处，有他少年悟道的月岩。

月岩位于都庞岭东麓，有东西两座洞门。岩洞内削壁千仞，白石晶莹。最为奇特神秘的是，在这个岩洞内的不同位置，可以看到不同的景物变化。如果你从东洞门进，往西洞门走，往上方洞口看去，开始只能见到一弯"残月",形似蛾眉,如下弦月;再往前走,那"月亮"像镰刀、像小船,由缺而圆;到了岩洞中央,当顶便是一轮"皓月",成为"望月";继续往前走,这轮"皓月"又逐渐由圆而缺;最后又是蛾眉一弯,成为"上弦月"。正是由于这种不同方位引起的景物变化,使月岩在人们的心目中充满了神秘感,月岩之名不胫而走。天圣七年(1029年),十四岁的周敦颐征得父母同意,在仆人周兴的陪伴下,带着简单的行李,带着许多书本,揣着许多想不明白的问题,奔向月岩,筑室于此,在这里读书,并悟得"无极而太极"的道理,为其后来学术的发展奠定了基础。

最后,为老朋友、大余中学教科处程秀全副主任写点文字。

他个子不高,圆圆的脸,肤色偏黑。在网上神交多年,深感他的敬业、热情、憨厚、谦逊。除致力于"钱学"校本化研究,他还热衷于推介学生作文给各级报刊发表。作为同好的我深知,这是非常消耗时间的,没有热爱,难以持久。他不仅自己做,还带着组内同事一起做。如今,40万字的校本课程《随钱钟书一道与古人对话》虽经周折而终于在江西教育出版社正式面世,还荣获江西省首届校本课程评比一等奖;他还把这个课程推广到了其他学校。推荐发表的学生佳作也汇编成集在学校交流。他本人也成长为江西省骨干教师,得到业内不少行家的认可。在学校领导和同事的心中,都有很高的江湖地位。很有情怀也很有胸襟的张芳芳校长毫不讳言对他的赏识:"秀全能在余中校本课程开发中引领大家,我心存钦敬:敬其沉静纯朴,执着恒韧!心存祝福:祝其越走越好,越走越远,为余中再添一抹亮色!"

在陪同我们的过程中,每到一处,他都能如数家珍,可以看得出他积淀之丰厚。

他带我们在街头小摊享用过极具地方特色的烫皮早餐,认真地介绍正确的食用程序与方法，让我们印象很深。

回程的时候，我选择了从赣州直飞常州，因为常州有热心的大学同学——同级不同班的杜坚敏——在等着我。老杜非常热心，不仅开车数十分钟接机，还绕路到武进接上我同班同学也一直从教的冯全琴，在"小洋楼"酒家享用了一个三人宴，虽无酒，也成宴。不是常说，只要感情有，喝啥都是酒嘛！

大余去来，虽然因为不是直达而不得不在路上兜兜转转，但是，因为有专业活动，有美景美食，更有热情的新朋老友，真是不虚此行。

2020 年 4 月 3 日

河南行略

河南，中原大地，古都最集中的地方！

中国古都学会通过并经国内史学家承认的"八大古都"中，河南占四席——洛阳、开封、安阳、郑州，另四席是西安、北京、南京、杭州。由于中原地区不仅是中华文明和中华民族的主要发源地，而且长期是中国古代的政治、经济和文化中心，所以"八大古都"中，河南拥有半壁江山。

我曾经两次到过河南。

第一次是 2006 年国庆节假时，随市委组织部牵头的"河南—山西考察团"出行。此行，穿过了江苏、安徽、河南、河北、山西五省。

我保存的这样一些手机短信，可以在传递一些行程信息的同时，传递地方文化：

从 4 日清晨 5 点 45 如城发车，到 7 日夜 10 点回到如城家中，近90 个小时里，有近两天时间都耗在了路上：4 日从如城而河南林州，15小时；5 日从河南而山西平遥，9 个小时；6 日从乔家大院而河南开封，6 个小时；7 日从开封回如皋，10 个小时。因为坐车子的时间太长，我充分体验了"抓狂"的感觉。

在这样紧凑的节奏下，5号上午游览了红旗渠，有《永远的红旗渠》记之；6号上午游览了山西平遥古城，有《遥远的平遥》记之；6号下午游览了山西祁县乔家大院；7号上午游览了河南开封府、清明上河园。

这里记写一下对开封府、清明上河园的印象。

对开封，我们最强烈的是京剧《包龙图打坐在开封府》。包龙图是小说和戏剧中对包拯的称谓。"龙图"来历不俗："龙图"这种官职是从包公才开始有的。民间传说包公曾使仁宗皇帝母子团圆，仁宗皇帝对包公十分感激，再加上包公为官清正，百姓呼为"包青天"，于是仁宗皇帝亲自为包公画了一张半身像，赐给包公；因为是皇帝画的，所以就称"龙图"。"龙图"不是随便可以挂的，所以仁宗皇帝又赐造了一座楼阁，把"龙图"挂在里面，这就是"龙图阁"，也是包公的官府。后来，包公屡建功劳，仁宗皇帝又封包公为"龙图阁大学士"。从此，"龙图"就正式作为一种官职，包公也叫作包龙图了。

包拯是历史上的一个真实人物，生于公元999年，卒于公元1062年，北宋庐州（今合肥）人，宋仁宗时官员。包拯为官执法严峻，不畏权贵，断过许多大案，被人视为清官。经过小说、戏剧的宣扬，包拯名扬四海，深受世人推崇。在传统的戏剧中，包拯被称作"包龙图"，也称"包黑子"和"包文正"。这几个称号都有来历。"包黑子"的称号有两种说法，一是在戏剧中，包拯是一副黑色的打扮，黑头、黑脸、黑胡须、黑衣服；一是他皮肤黝黑。《三侠五义》中写他出生时外貌黑漆漆的，起名"黑子"，后来改叫"黑三"，所以，民间就有了"包黑子"的叫法。人们之所以这样描绘，是因为人们认为黑色是刚正无畏的象征，代表着威严和铁面无私，与包拯的身份和精神相吻合。人们称他"包黑子"，是对他的褒奖。"包文正"的叫法，也是文学作品对他的褒奖，《三侠五义》中写道："宁老先生给包公起了个官名。一个'拯'字，取意将来可拯民于水火之中，起字'文正'，取其'文'与'正'，岂不是'政'字么，言其将来理国政，必为治世良臣之意。"包拯本字"希仁"，小说中将其改为"文正"，自然是为了颂扬他，戏剧也采用了此说，于是"包文正"之名便叫开了。

而今的开封留下了包公很多的痕迹。这是后人对清正官员的肯定，也是为政者景仰的高标。它启迪着后人如何做人，如何为官。

说起清明上河园，很显然源自宋代著名画家张择端的画作《清明上河图》。

这是一座宋代文化大型实景主题公园，坐落在开封市龙亭湖西岸，是国家首批5A级旅游景区和中国非物质文化遗产展演基地。以《清明上河图》为蓝本，按照《营造法式》的建设标准，以宋朝市井文化、民俗风情、皇家园林和古代娱乐为题材，以游客参与体验为特点的文化主题公园。集中再现原图风物景观的大型宋代民俗风情游乐园，再现了古都汴京（梁）千年繁华的胜景。

清明上河园的600余亩占地中，水面180亩，大小古船50多艘，房屋400余间，景观建筑面积3万多平方米，形成了中原地区最大的复原宋代的建筑。园内设驿站、民俗风情、特色食街、宋文化展示、花鸟鱼虫、繁华京城、休闲购物和综合服务八个功能区，并设有校场、虹桥、民俗、宋都等四个文化区。还设立了宋代科技馆、宋代名人馆、宋代犹太文化馆和张择端纪念馆。主要建筑有城门楼、虹桥、街景、店铺、河道、码头、船坊等。园区按《清明上河图》的原始布局，集中展现宋代诸如酒楼、茶肆、当铺、汴绣、官瓷、年画等现场制作；汇集民间游艺、杂耍、盘鼓表演；神课算命、博彩、斗鸡、斗狗等千年京都繁华的街市风情。

斗转星移，2015 年 7 月 20 日黄昏时分，我们夫妇从陕西乘火车赶到了洛阳。

翌日，跟一个临时组成的旅游团去了少林寺、龙门石窟。

少林寺位于郑州市登封市嵩山五乳峰下，因坐落于嵩山腹地少室山茂密丛林之中，故名。是中国佛教禅宗祖庭和中国功夫的发源地，被誉为"天下第一名刹"。现为世界文化遗产、全国重点文物保护单位、国家 5A 级旅游景区。始建于北魏太和十九年（495 年），是孝文帝元宏为了安置他所敬仰的印度高僧跋陀尊者而敕建。因其历代少林武僧潜心研创和不断发展的少林功夫而名扬天下，素有"天下功夫出少林，少林功夫甲天下"之说。少林功夫是中国武术中体系最庞大的门派，武功套路有七百种以上，又因以禅入武，习武修禅，又有"武术禅"之称。"少林"一词成为中国传统武术的象征。

少林寺常住院建筑在河南登封少溪河北岸，从山门到千佛殿，共七进院落，总面积约 57600 平方米。主要包括常住院、塔林和初祖庵等。常住院的建筑沿中轴线自南向北依次是山门、天王殿、大雄宝殿、藏经阁（法堂）、方丈院、立雪亭、千佛殿。另外，寺西有塔林，北有初祖庵、达摩洞、甘露台，西南有二祖庵，东北有广慧庵。寺周还有同光禅师塔、法如禅师塔等 10 余座古塔。

山门为少林寺大门，清雍正十三年（1735 年）修建，1974 年重新翻修。门额上有清康熙帝亲笔所题"少林寺"三个大字。匾正中上方刻有"康熙御笔之宝"六字印玺。山门前有石狮一对，雄雌相对，系清代雕刻。山门的八字墙东西两边对称着立有两座石坊，东石坊外横额"祖源谛本"，内横额"跋陀开创"；西石坊内横额"大乘胜地"，外横额"嵩少禅林"。山门的正门是一座面阔三间的单檐歇山顶建筑，坐落在两米高的砖台上，左右配以硬山式侧门和八字墙。

六祖堂在大雄宝殿西侧。殿内正面供奉的是大势至菩萨、文殊菩萨、观音菩萨、普贤菩萨、地藏菩萨，两侧供奉的是禅宗初祖达摩、二祖慧可、三祖僧灿、四祖道信、五祖弘忍、六祖慧能，人称六祖拜观音。六祖堂的西壁是大型彩塑"达摩只履西归图"。殿前甬道有明万历年间铸造的大铁钟，重约 650 公斤。

这个以"武"扬名的地方也有"文"：嵩阳书院。

它是宋代的四大书院之一，又是洛派理学传播和发展中心，历代有很多知名学者到此讲学和学习，在中国教育史上有着显著的地位。嵩阳书院的汉封将军柏和大唐碑，号称"稀世珍宝"，成为嵩山丰富历史文化积淀的象征。

据历史资料记载，少林寺在元代以前曾有临济、沩仰、法眼、云门、曹洞五大宗派，元初有个叫福裕的和尚统一了五大宗派，创立了少林寺雪庭曹洞之宗，并撰写了子孙辈诀，此后历代少林寺和尚均照此取名。雪庭曹洞正宗谱诀共 70 字，它的确立，标志着少林寺从此形成了一个子孙相继的禅院。目前最常见的是德、行、永、延、恒字辈。现少林寺方丈就是在全世界闹出很大动静的释永信，他是第 30 任，为"永"字辈弟子。

如果说人们对少林寺的关注偏重于武术，那么对龙门石窟的关注会偏重于艺术。

龙门石窟位于洛阳市洛龙区伊河两岸的龙门山与香山上，与莫高窟、云冈石窟、麦积山石窟并称中国四大石窟，是中国石刻艺术宝库之一。它开凿于北魏孝文帝年间，历经东魏、西魏、北齐、隋、唐、五代、宋连续大规模营造达 400 余年之久，在南北 1 公里的范围内存有窟龛 2345 个，碑刻题记 2800 余品。现为世界文化遗产、全国重点文物保护单位、国家 5A 级旅游景区。

自古以来，龙门山色被列入"洛阳八大景"之冠，唐代大诗人白居易曾说："洛都四郊，山水之胜，龙门首焉。"龙门石窟就开凿于伊水东西两山的峭壁上，共有97000余尊佛像，最大的佛像高达17.14米，最小的仅有2厘米。

万佛洞很引人注目，因洞内南北两侧雕有整齐排列的一万五千尊小佛而得名。洞窟呈前后室结构，前室造二力士二狮子，后室造一佛二弟子二菩萨二天王，是龙门石窟造像组合最完整的洞窟。窟顶有一朵精美的莲花，环绕莲花周围的为一则碑刻题记："大唐永隆元年十一月三十日成，大监姚神表，内道场智运禅师，一万五千尊像一龛。"它告诉世人该洞窟是在宫中二品女官姚神表和内道场智运禅师的主持下开凿的，完工于唐高宗永隆元年，即公元680年。

洞内主佛为阿弥陀佛，端坐于双层莲花座上，面相丰满圆润，两肩宽厚，简洁流畅的衣纹运用了唐代浑圆刀的雕刻手法。主佛背后还有五十二朵莲花，每朵莲花上都端坐有一位供养菩萨，她们或坐或侧，或手持莲花，或窃窃私语，神情各异，像是少女的群体像。五十二代表着菩萨从开始修行到最后成佛的阶位，即十信、十住、十行、十回向、十地、等觉和妙觉。

这里还有唐代诗人白居易的墓园，就是洛阳龙门东山琵琶峰上的白园也是国家重点文物保护单位。白居易晚年居住洛阳18年。虽尊为"少傅"，但一生清贫，喜酒善诗，在龙门修香山寺，开八节滩，对龙门山水十分眷恋，死后按照遗嘱而葬于此。

站在乐天堂前，可回味诗人原作"门前常流水，墙上多高树。竹径绕荷池，萦回百余步"的内涵。诗廊有立石38块，由国内名家书写，行草篆隶齐全，既可以欣赏白居易的名作，又可以领略书法艺术之美。墓体区位于琵琶峰顶，从牡丹坛拾级而上即可到达。这里有白居易墓、卧石碑、乌头门以及中外仰慕白居易的客人及族裔的立石。墓前型石铺地，墓后草坪如毯，周围翠柏环抱，给人以庄严肃穆的感觉。

世界遗产委员会如斯评价龙门石窟：龙门地区的石窟和佛龛展现了中国北魏晚期至唐代期间最具规模和最为优秀的造型艺术。这些翔实描述佛教中宗教题材的艺术作品，代表了中国石刻艺术的最高峰。

翌日，我们又前往白马寺游览。

白马寺创建于东汉永平十一年（68年），为纪念白马驮经，取名"白马寺"。"寺"字源于"鸿胪寺"，后来"寺"字便成了中国寺院的一种泛称。它是佛教传入中国后兴建的第一座官办寺院，中国第一次西天求法的产物，最早来中国传教弘法的僧人的居所，第一部中文佛经和中文戒律诞生地，产生了第一个中国汉地僧人……是名副其实的中国佛教的"祖庭"和"释源"。现存的遗址古迹为元明清时所留。寺内保存了大量元代夹纻干漆造像如三世佛、二天将、十八罗汉等，弥足珍贵。

摄摩腾和竺法兰在此译出的《四十二章经》为现存中国第一部汉译佛典。此后又有多位西方高僧来到白马寺译经，在公元68年以后的150多年里，有192部计395卷佛经在这里译出，白马寺成为当之无愧的中国第一译经道场。中国第一古刹，世界著名伽蓝。

寺庙坐北朝南，总面积约4万平方米。主要建筑有五重大殿和四个大院以及东西厢房。寺庙布局规整，风格古朴。走进山门，西侧有《重修西京白马寺记》石碑，是宋太宗赵光义下令重修白马寺时，由苏易简撰写，淳化三年（992年）刻碑立于寺内的；东侧有《洛京白马寺祖庭记》石碑，是元太祖忽必烈两次下诏修建白马寺，由当时白马寺文才和尚撰写，至顺四年（1333年）著名书法家赵孟頫刻碑立于寺内的，人称"赵碑"。

只因自身肖马，便莫名地对白马寺有着特殊的情愫，所以深度了解，所以流连忘返。

先后两顾河南，第一次主要在开封，第二次主要在洛阳。

还有郑州和安阳呢，还有古都而外的地方呢，所以，还得去！

2020 年 4 月 4 日清明节

对浙江的深情

在很多人的心目中，江浙沪是三位一体的。媒体经常并提，很多活动也是三省市携手推进的。

身为江苏人，已经记不得多少次到过浙江了！但是，有几次印象特别深刻。

最早的一次去，应该是 1993 年 8 月份，我们新婚不满一年，是和另外一对夫妇（两家女眷是闺蜜）结伴而行的。目标是普陀山。

浙江普陀山是与山西五台山、四川峨眉山、安徽九华山并名的"中国佛教四大名山"，乃观世音菩萨教化众生的道场。普陀山大海怀抱，金沙绵亘，景色优美，气候宜人，以其神奇、神圣、神秘而满溢着吸引力。有"海天佛国""南海圣境""人间第一清静境"多种誉称。

山上寺庵众多，最有影响的是普济寺。

普济寺始建于北宋，又称前寺，是普陀山供奉观音菩萨的主刹。规模宏大，建筑雄伟，有殿宇九座，其中大圆通殿是正殿，殿正中塑观音像，高约九米，两旁塑观音 32 应身像，展现观音在十方世界以不同身份出现的各种形象。每年农历二月十九、六月十九、九月十九是观音香会、朝圣盛典，海内外香（游）客蜂拥而之，摩肩接踵。

寺内有多宝塔，在莲花池东面，是普陀山现有最古老的建筑（建于元代元统年间），多宝塔与"普陀鹅耳枥"（我国特有树种）、"杨枝观音碑"（1608年宁邵参将刘炳文觅得阎立本观音碑拓本，请名匠勒刻杨枝观音碑，珠冠锦袍，璎珞飘披，面部丰满，脸似冠玉，右手执杨枝，左手托净瓶，端详庄严。并建"杨枝庵"供奉。后殿宇几经废兴，此碑得以幸存。画像线条流畅，造型壮丽，刻画细腻，系艺术珍品）合称"普陀三宝"。

还有法雨寺，又称后寺，在岛的中部，建于明万历年间。寺东有天灯台，为普陀最高处，登塔以望，海天茫茫，极目千里。寺内建筑倚山就势而建，共有六重殿堂，殿内正中供有毗卢观音像，像后供千手观音，系永香樟木雕刻成。

还有慧济寺，又名佛顶山寺，位于佛顶山上，是普陀山第三大寺，建筑倚山势而建。正殿大雄宝殿供奉释迦牟尼及二弟子佛像，在岛上最高处供奉佛祖，以示信徒对佛祖的崇敬。这是普陀山寺庙中主殿供奉佛祖不供奉观音唯一的寺庙。

不过，印象最深的还是我们在普济寺内的客房住宿的经历。

因为担任如皋市佛教协会名誉会长的叔爷爷性观法师在如皋定慧寺的元老地位，以及他在宗教界的影响力，普济寺管理后勤的师傅安排我们在寺内住下，还招待一日三餐。在有标准间大房间可选择的情况下，同行的那对夫妇坚持选择了大房间，于是我们4个人住在一间屋子里。寺内每天都为我们房间提供小吃和饮品，让我们仿佛感觉到了共产主义的美妙。时任住持、老家在如皋市柴湾乡的志禅法师还特意接见了我们，陪着用了一餐高规格的全素宴。

还记得那时候的交通远远不像今天这样便捷！路上不能直达，在花费冤枉钱的同时，还要花费不少时间。坐船去普陀山的时候，风浪让人有强烈的不适感。

那次是典型的穷游：回程只能吃方便面；到家时，带出去的 630 元只剩下 6 元钱 。这，还亏得在普陀山的吃住基本没怎么花钱，亏得管理财务的老薛一路的精打细算。

2007 年，我们又去过一次，这次是一家三口同去的。

此行目标是雁荡山与乌镇。

8 月 5 日，从上海过。先在上海参观了 88 层楼高达 420.5 米的金茂大厦，体验过最高时速 430 公里的磁悬浮列车；然后驱车 7 小时，抵达浙江乐清的雁荡山，北雁荡是也。

翌日的雁荡游从大龙湫的一块"鳄鱼石"开始。

说起雁荡山，历史可谓久远。

它形成于一亿二千万年以前，是环太平洋大陆边缘火山带中一座白垩纪流纹质破火地。开山凿胜始于南北朝，梁国昭明太子——名萧统，有《昭明文选》传世——在芙蓉峰下建寺造塔。唐代的西域高僧诺讵那因仰慕雁荡山"花村鸟山"的美名，率领三百弟子来雁荡山弘扬佛教，被奉为雁荡山开山鼻祖。宋代时期，雁荡山开发规模逐渐增大，共建有十八寺、十院、十六亭，为雁荡山发展鼎盛时期。

它以山水奇秀闻名，素有"海上名山，寰中绝胜"之誉，史称中国"东南第一山"，主体位于浙江省温州市东北部海滨，小部在台州市温岭南境。除主体山脉外，还包括苍山支脉，全域按地理位置不同分为北、中、南、西、东雁荡山。最有名的是二灵一湫（灵岩、灵峰、大龙湫），被誉为"雁荡三绝"。

大龙湫在"三绝"中独占鳌头。景色和姿态会随着季节、风力、晴雨等的变化而不时变换。阳春三月，大龙湫从嶂顶飘泻下来，不到几丈，就化为烟云；盛夏季节，雷雨初过，大龙湫像一条发怒的银龙，从半空中猛扑下来，震天撼地；晴朗冬日，大龙湫像一串散珠，在阳光照射下呈现出色彩绚丽的五色长虹奇观。

在小龙湫，我们欣赏了惊心动魄的"天柱峰"采草药表演、260米高空的"天柱峰"与"展旗峰"之间的爬索表演，还在索桥体验刺激的行走。

历代文人墨客如谢灵运、沈括、徐霞客、张大千、郭沫若等都为它留下了诗篇和墨迹。

下一站是桐乡乌镇，一个大有可观之处的江南水乡。

乌镇地处浙江省桐乡市北端，西临浙江湖州市，北界江苏苏州市吴江区，为二省三市交界之处。曾名乌墩和青墩，具有六千余年历史。是典型的江南地区水乡古镇，完整地保存着原有晚清和民国时期水乡古镇的风貌和格局。陈运和诗《乌镇剪影》赞"一个现代文明影响不大的世界，一张古老色彩依然浓重的史页"。以河成街，街桥相连，依河筑屋，水镇一体，组织起水阁、桥梁、石板巷、茅盾故居等独具江南韵味的建筑因素，体现了中国古典民居"以和为美"的人文思想，以其自然环境和人文环境和谐相处的整体美，呈现江南水乡古镇的空间魅力。有"鱼米之乡，丝绸之府"之称。

桥是江南水乡古镇不可或缺的。现30多座，其中西栅有通济桥、仁济桥，中市及东栅有应家桥、太平桥、仁寿桥、永安桥、逢源双桥；南栅有福兴桥和浮澜桥；北栅有梯云桥和利济桥。这些桥最早建于南宋，大多始建或重建于明清，有些桥还题有桥联。

江南民俗馆是个好去处。这里展示了晚清至民国时期乌镇民间有关寿庆礼仪、婚育习俗和岁时节令等民俗。蜡像塑出婚丧嫁娶的话剧。衣俗厅以实物、蜡像、照片等不同手段展示百余年前江南民间穿着习俗。节俗厅通过一年不同节气中乌镇人不同的生活习俗，比如元宵走桥、清明香市、立夏秤人、端午吃粽、水龙大会、中秋赏月、重阳登高、冬至祭祖等，展示江南水乡风情。婚俗厅以喜堂拜堂为中心，通过新人、媒婆、父母等人物以及花轿、嫁妆等实物展示婚庆的热闹场景。寿俗厅以老人祝寿为主题，通过厅堂的吉庆实景和字画、寿幛、寿桃、寿面等特有的做寿物品。

作为文科出身的游客，茅盾故居当然是要到的。茅盾故居是嘉兴市迄今唯一的全国重点文物保护单位，坐落在乌镇市河东侧的观前街，四开间两进，层木结构楼房，坐北朝南，总面积约 450 平方米。故居分东西两个单元，是茅盾的曾祖父分两次购买。故居包括卧室、书房、餐厅等建筑，其家具与布置仍是茅盾当初居住时的样子。斯人已逝，但是他的包括《子夜》在内的佳作流芳，他在 1981 年捐资 25 万元设立的褒奖长篇小说的"茅盾文学奖"已经成为中国文坛极具影响力的大奖。

当然，临走时，还不免俗地与文坛巨匠的塑像合了影。

还有引人注目的半回廊二层硬山式古建筑群，乃昭明书院。书院坐北朝南，得名于曾在乌镇筑馆读书的南朝梁昭明太子萧统。主楼为图书馆，中为校文台，为著述编校之处。前方庭园中有四眼水池，四周古木参天，浓荫匝地。

自 2014 年 11 月 19 日始，古老的乌镇对接现代文明，成为世界互联网大会永久会址。

最近的一次是 2019 年暑假，是和几位教育同行结伴而行的。

7 月 30 日中午，我们赶到浙江湖州安吉县。

在店名很有诗意的"往日街头酒店"用了午餐。

下午去附近的 3 公里漂流专线，和昔日的门生孙总同舟，真正体验了一次漂流，全程刺激，妙趣横生。

随后到"灵峰寺"。

以"灵峰寺"冠名的寺庙很多，安吉灵峰寺是其一。它是安吉最大的寺院。灵峰寺高僧辈出，五代有义嶙禅师创业肇始；宋有仲贤；元至正年间日本东拙禅师从海路入中国，欲往印度遇阻，亦留居任住持，直至圆寂；明有智旭，著有《灵峰宗论》等 47 种，191 卷，创净土宗灵峰派，被净土宗奉为第九祖。

7 月 31 日上午在"藏龙百瀑"，下午到了莫干山。

藏龙百瀑处在浙江省安吉县东南部，南连临安的"小九寨沟"风景区，西与世界第二、亚洲第一的天荒坪抽水蓄能电站相连。从名字不难看出，它是浙江最大的瀑布群，有三折重叠、落差为 60 多米的"长龙飞瀑"，有人称"小黄果树"、彩虹横卧的"虹贯龙瀑门"，更有神形皆备的"神龟听瀑"：真可谓瀑瀑相连，一步一景。

它不仅以瀑布众多而闻名，还有一块万吨巨石在七千万年前就悬挂在两座悬崖之间，人称"仙人桥"，有千钧一发之险，望仙石、老鹰石、天生悬石，石石相望，形象逼真。景区内有多种野生动物和近百种国家保护树种。夏天天气凉爽，宁静幽雅，有十里不打伞之奇，峡谷无蚊之妙；冬天百瀑冰凌，天造奇观，雪景迷人，堪称"江南哈尔滨"。

这里有四大"仙物"。

其一是"仙茶"，岩上沃地、茶叶满枝、滋味甘醇、清香浓郁，在遍缀山坡的野生茶园里有一株古称"仙草茶"的"白茶王"。家住杭州西湖的白娘娘为救夫命去南方仙境盗仙草，在得手后被白鹤童子发现。白娘娘边战边逃，慌乱中来到藏龙百瀑景区上空时，不慎掉下一棵仙草。着地生根的"白茶王"被当地百姓视为圣灵。

其二谓"仙水"，景区不但山涧泉水长年不止，而且岩石顶上也不乏山泉，山顶上的藏龙山泉是天荒坪电站的唯一水源，也是上海的母亲河——黄浦江的源头之一。

其三谓"仙桃"，这里有上万亩连绵的山核桃林，嘉靖年间，藏龙百瀑的山核桃被征为朝廷贡品。

其四谓"仙药"，景区内有珍稀药材近百种，尤以接骨木、野三七、金银花等闻名于世。相传明代名医李时珍曾到此采药。

足见，藏龙百瀑是原始生态与历史文化景观相结合的景区。

莫干山为天目山之余脉，位于浙江省湖州市德清县境内，是中国四大避暑胜地之一。

稍微有点文化积淀的人都知道，莫干山的山名来自干将、莫邪二人在此铸剑的古代传说。春秋末期，群雄争霸，吴王欲争盟主，得知吴越边疆有干将、莫邪夫妇是铸剑神手，限令他们三月之内铸成宝剑来献。干将、莫邪锻锤成雌雄宝剑，雌号莫邪，雄称干将，分则为二，合则为一。刚能斩金削玉，柔可拂钟无声。论锋利，吹毛断发；说诛戮，血不见痕。时莫邪有孕，夫妻俩知吴王奸凶，莫邪留雄剑于山中，干将往献雌剑。吴王为使天下无此第二剑，杀了干将。十六年后，莫邪、干将之子莫干成人。莫邪详告以家史。莫干问宝剑何在。莫邪道："日日空中悬，夜夜涧边眠。竹青是我鞘，黄金遮霜妍。"机敏的莫干在竹林中黄槿（金）树洞中得到干将雄剑。于是别母亲，持剑赴吴国京城，欲刺杀吴王。途遇父亲生前好友之光老人。老人说：吴王禁卫如林，谋刺难成。若能借得莫干二宝——干将之剑，莫干之头——老人定能谋取吴王之头。莫干即以剑自割其头，将剑与头献给之光老人。老人赶至吴宫要献"稀世之宝"。吴王召见了他，老人以油鼎煮莫干头，头竟然唱起了歌，老人邀吴王凑近看，趁机拔剑把吴王之首斩入油鼎中，两头相搏。王头奸凶，老人又自斩其头，两头共斗王头，终于得胜。随后二剑化作两条巨蟒腾空飞去。一日，莫邪备果品山花，至铸剑处祭奠丈夫英灵，祈求儿子平安。地方官闻讯气势汹汹地赶来，要拿莫邪问罪。莫邪愤慨地说："我夫干将铸剑献剑有功，反遭昏王杀害；我儿莫干为父报仇，为民除暴。罪在哪里？"说话间，潭里白浪涌腾，一条巨蟒探头出水，张嘴飞出一口宝剑，银光一闪，地方官便身首异处。然后，宝剑又飞回巨蟒口中，那巨蟒连连出水点头，似在向莫邪传言。莫邪得知阴阳剑已飞回剑池，说声："莫邪愿永远与宝剑同在！"便纵身跳进深潭。后人为纪念莫邪、干将，将其铸剑、磨剑处叫剑池，将剑池所在之山名为莫干山。

莫干山山峦连绵起伏，风景秀丽多姿，虽不及泰岱之雄伟、华山之险峻，却以绿荫如海的修竹、清澈不竭的山泉、星罗棋布的别墅、四季各异的迷人风光称秀于江南，享有"江南第一山"之美誉。

莫干山那浩瀚无限、绿波万里的竹海的确令人叹为观止，然而，更令人惊异的还是在竹海中隐藏着的一幢幢各尽其美的精致别墅。二百多幢形象丰富、无一雷同，分别代表了欧、美、日、俄等十多个国家的建筑风格，使莫干山素有"世界建筑博物馆"之美称。

纵观莫干山别墅，有的庄重，有的轻巧，有的舒展，有的雄浑，有的优雅，有的稳定。别墅与周围的环境和谐且统一，依山就势展开，高低错落有致，或对山相望，或隔溪而居；或左右为邻，或上下而立……更令人留恋的是，这里的每一幢别墅都蕴藏着丰富的历史文化内涵。

一天嗨下来，就到了晚宴时间。同行的昔日的一位学生为我安排了生日（公历）蛋糕、长寿面条等。很巧的是，同行的一个湖南人，海门女婿、数学名师、文枢中学漆主任当天是农历生日（6.29）。于是，我们的快乐加了倍。

日历翻到了 8 月份。

我们从湖州到了舟山。

1 号下午，我们先在乌石滩出航，也就是坐上船出去兜了一圈。随后到水上乐园休闲。扯着吊绳荡到水上方形木头平台上的游戏吸引了我。不幸的是，在游戏过程中，右手中指第一节的表皮被绳子无情地绞去。这，影响了随后的南沙下海。具体地说，就是没下成，只是站在沙滩上做观众。当然，我也没有痴痴地站着，而是在沙滩上逡巡。反而领略了更多的风景：水里的，岸上的。

第二天上午，我们花 4000 元租了一条船出海捕捞，旨不在猎物，主要是为体验捕猎的快乐。当在开阔的海面撒开渔网时，我们的希望就放飞了。近两小时后，我们算得上满载而归。最开心的是，当天中午，在就近的"海逸酒楼"，我们享用了自己的捕捞成果：整盆整盆的、大大小小的螃蟹；一盘又一盘的梅子鱼，红烧的，或者是油炸的。大家分外开心。

一再前往某地，表达的是对某地的深情！无论是显意识的，还是潜意识的。

2020 年 4 月 7 日

南京情结编年

　　一个人对一座城的感情，其他人很难理解，但是，当事人自有道理，或者根本不讲什么道理。这就是"情结"吧。

　　南京于我，就是这样。

　　她是我们的省会城市，但是这个无关紧要；有关紧要的是，我的大学是在这座城市里读的。也因此，这里有我的母校，我的同学，我的青春热血，我的很多回忆；也还是因此，从业至今，深耕杏坛数十年，没有改行，很多荣光都与她有关。

　　想必很多人都熟悉《水调歌头 · 重上井冈山》："久有凌云志，重上井冈山。千里来寻故地，旧貌变新颜。到处莺歌燕舞，更有潺潺流水，高路入云端。过了黄洋界，险处不须看。风雷动，旌旗奋，是人寰。三十八年过去，弹指一挥间。可上九天揽月，可下五洋捉鳖，谈笑凯歌还。世上无难事，只要肯登攀。"从1927年10月毛泽东率秋收起义部队上井冈山，开辟了工农武装割据道路，并沿着这条农村包围城市的道路取得了中国革命的胜利；到1965年5月重上井冈山，暌违三十八年，感慨良多，诗兴大发，写下这首有好多名句、广为传诵的词作。

"三十八年过去，弹指一挥间。"是的！

1982年9月10日7点20分，乘着如皋汽车站的长途汽车，于下午1点20分踏入南京城，2点30分进入宁海路122号的南京师范学院的校园。当天的日记里，我写下了豪言壮语："南师是我的新的学习场所，不是我的歇脚地！""我们是八十年代的青年人，必须奋进，从零开始，写好自己的历史。"

从此，我拥有了一个新的编号：382119。"3"代表中文系，"82"指1982级，"119"是141名新生的序号——分了4个班，前三个班各35人，我们4班36人。

在听了一个又一个的报告——政治的、专业的，观念的、方法的，宏观的、微观的——后，9月16日，专业课正式开启。还清楚地记得，第一课是"现代汉语"，主讲老师是风度翩翩的叶祥苓副教授。当时的教授真不多，为本科新生授课者多为讲师，副教授就不多见了。后来成就赫赫的江苏省中华成语研究会会长、常州工学院人文社科学院院长莫彭龄教授就是叶老师的助教，因为无情的天花在1947年出生的莫老师的脸上留下了深深的印痕，所以我们印象特别深刻。

当年的10月6日，我们亲历建校30周年庆典。王栋老师的"文艺界尽责的小卒——老舍创作道路一瞥"、李志老师的"论太阳社"等学术报告让我们感受了大学的学术氛围。此后，追着听各种各样的学术报告成为我在大学的学习生态之一。

当年的12月31日，我们带着年画到教我们"现代文选"的郁炳隆老师家（五台山幼儿园2楼）慰问的情境历历在目。专门的书房，书架连着书架，满眼都是图书。让我们对图书充满了向往。先生烟瘾极大，以烟点烟，一支接着一支，侃侃而道——他的经历，他的治学观，他对社会的认知，他对我们的期许……郁老师仙人已逝，但是他在课堂上手舞足蹈、唾沫纷飞的神采永远定格在我们的记忆里。

1983 年初，给自己确定来了每天写 500 字的目标。于是，读一本书，看一部影片，听一场讲座，游一处景点……都会写点东西。后来，一篇《斤斤计较论》得到"写作"课业师许永的赞赏。当年 9 月 12 日，参加了中文系的"小草文学社"。入社后做的第一项工作就是从南京日报社领来"我爱生活"征文稿的淘汰稿，写退稿信，还要煞有介事地说个一二三。

当年 12 月 22 日，和姚文中（高邮人，现在省文化旅游厅）到图书馆还书，因为在《冯牧文学评论选》上空白处兴之所至写了一些瞬时感受，一些文字下画了些波浪线，较真的管理员翻查出来了。于是被扣留了"借书证"，还联系了时任年级辅导员丁晓昌老师（后来出任过省教育厅副厅长）。写了检查，罚了款。但是，在读书时写写画画的习惯保留下来了，只是要首先习惯性地确认是自己的图书。

1984 年，我们 4 班进行"执委会"管理机制改革：在团支部常设的前提下，一个被举荐的执委会主席物色三个同学组阁，管理班级事务一个月。10 月份，我成为第六任主席。在彼此认可的基础上，同为 1966 年出生（我们那届出生年份最晚的）的方伟（启东人，现任中学教师）、高凤娟（无锡人，现任中学教师）和年龄稍长的张成文（丰县人，现任中学教师）成为我的阁员。这是最年轻的一届执委会，也是全体成员至今都坚守着教育的唯一的一届。

在我们任内，有几件事情印象较深：

一是中文系优秀班级评选。10 月 23 日，丁老师在辅导员办公室召集 1982 级 4 个班长会议。我把历任执委会开展的工作进行了精心的总结，以数量和质量获得其他 3 位班长的一致推荐。翌日，我又参加了全系四个年级的班长会议，最终锁定了"优秀班级"的荣誉。

二是组织了在玄武湖的联欢晚会。月底，经过充分的准备，我们全班在玄武湖欢聚，玩得很嗨。把我从郭德进（滨海人，现在上海做媒体）手上接过来的为期一个月的"执政史"画上句号。顺便说一下，我的后任是陈来香（溧水人，现在南京市第一中学，中语界名师），和陪我去还书的老姚成为我们班上唯一的一对佳偶。

3月，中文系组织了中国象棋首届比赛。我是1982级的5位选手之一，和1980级、1981级和1983级全循环。每个选手下两局。首场对阵1983级，我一胜一负；后来对1981级和1980级，我四局全胜。总积分10分，为我们年级代表队以37分赢得团体第一名做出了不小的贡献。

9月，大三开设了"外国文学"，任课老师是陆协新，助教是许海燕老师。一、二、三班用的是朱维之、赵澧合编的《外国文学简编（欧美部分）》，我们四班（又是改革试点班！）没有教材，而是陆老师自由讲授。陆老师会给我们开阶段性阅读书单，然后进行讨论、交流。这种方式让我们有了更多的阅读、更多的思考、更多的写作。幸运的是，我是这门课的课代表。为了应对这门课的考试，我和潘大春（东台人，毕业留校任教，后任文学院党委书记；现任省出版学校校长）承担了整理陆老师讲稿的重任。32页的题为"文学的本体性特征在欧洲文学中被认识和展示的历史过程"的提纲为同学们提供了很多的方便。这个讲义，我至今珍藏着。这门课的改革得到了媒体的关注，《南京师大报》进行过追踪报道。

1985年5月23日，我经过层层遴选，参加了学校举办的第三届百科知识竞赛暨首届智力竞赛，除了类似于前几年风靡的复旦大学自主招生的"千分考"（涉及语数外理化生政史地和微机十门课的知识），外加放映幻灯片辨识图画、播放录音辨识歌曲。我以高分荣列一等奖第一名，算是对我总爱跑图书馆、泡阅览室的一种肯定。后来，我还因此登上了《南京师大报》第97期（6月1日）头版。

在1981级毕业离校前夕，中文系来自如皋的7位学长希望结识尽可能多的如皋同乡，于是，筹建同乡会的大任就落到了我的肩上。经过反复的沟通，悉心的准备，1985年6月16日，"南京师范大学如皋同学会"在南京清凉山公园成立，我自然而然地成为首任会长。1983级学弟万久富（搬经人，现为南通大学校史馆馆长、语言学家）亲自刻写、我和他一起油印的3张8开纸的当时在南师大的全部87名如皋籍学子的"通讯录"至今也珍藏着。回头审视这个名单，这里走出了省部级政界人士、学界教授、商界大佬等各行各业的精英……

1986年初，我的小说习作《一颗心的沉浮》在中文系内刊《绿叶》上亮相。

3至4月，我们班12个同学结伴在南京三中实习了8周，获得"优秀"等级。

6月17日，我研究一位作家的题为《标新立异，戛戛独造》的毕业论文顺利通过现场答辩，并获得"优秀"等级，指导老师贺国璋功不可没。

6月26日，中文系为1982级的同学举行了饯行晚宴。

6月28日，在"中大楼"109室，系领导公布了分配的"大方案"。我们知道了当年毕业分配有个"哪里来，哪里去"的原则。

6月30日，在"中大楼"204室，时任中文系副主任郁炳隆老师公布了分配的"小方案"。于是我被安排回如皋教育局报到，随后成为江苏省如皋中学的一名教师。

从此，四年随园生活成为历史，载入我的史册。

因为它很大程度上影响了我的人生，所以请原谅我的有点放肆的自恋。也许，我的这种纯粹写实的文字会唤起我的师友同学的很多回忆。

重回南京，应该是2001年。那年，我们4班组织毕业15周年聚会，地点就安排在随园校区。

原来满头秀发，每次理发都要先用苗剪狂打一番的我已经秃顶5年。所以，当我出现在大家面前时，十多年不见的同学几乎都没能一下子认出我来。这也成为随后的一个话题，甚至好多年后还会有人提起。

接下来的数年间，因为我在学校办公室主任的位置上，所以多次因公赴宁。比如：2002年，我们学校申报江苏省重点高中；2004年，我们学校转评三星级高中（省重点）；2010年，我们学校申报四星级高中（国家级示范）……

2011年，我转任学校教科室主任，甚至更多次因公赴宁。

因为2012年，我校跻身于江苏省科研基地学校行列。这是南通市第一所进入基地的学校，目前也仅四所，全省也就60所。

2013年，我校又跻身于江苏省课程基地学校。这是江苏省教育厅与财政厅共同在普通高中推动的工程，我们学校是第三批通过的学校（前两批不到80所），如皋市八所高中里的第二所，也是目前如皋的高中七所基地学校里唯一的"优秀"级。

这两个序列的会议特别多，活动特别频繁，而且很多会议、活动都是在南京的学校承办的，所以，我一次又一次地去南京。还因而有了在南京市雨花台中学的报告厅向与会的基地学校发声的机会。

2003年，我被遴选到省骨干教师培训班，到南京"白云亭宾馆"

进行为期一个月的封闭式培训。

这也是一次因公前往南京。

此间，听了高校教授、基础教育名师很多讲座。结业的要求之一是论文。我的选题是成语研究。导师是马景仑教授。在随园求学期间，马老师就是业师。此时，他已经是文学院副院长，江苏省语言学会会长，海内外知名的语言学家，尤其在《说文解字》研究方面成就突出。他以围绕《说文解字》研究撰写了数十篇论文所演绎的"挖一口深井"的为学之道深深地启发了我。特别让我感动的是，我的那篇8000字的论文满布着马教授工整的字迹，体现了马教授治学的严谨，一贯的严谨。可惜的是，天不假年，马老师在春秋正旺的时候就仙逝了。但是，他的形象、他的精神都永在我心，永在人间。

接下来，我再说说与南京的私人情缘。

2011年，我晋升为教授级中学高级教师（正高级教师）。这个评审的最后环节是在南京完成的。这是对我25年的中学教学生涯的一种确认。

2013年7月，我的第一本专著《语文教师的五般武艺》出版。时任南京师范大学附属实验学校校长的大学同学顾永林（吴江人，现任南京师范大学新闻学院党委书记）邀请我去他们学校和老师们做个分享。于是，9月26日，我走进了南师附校。

2014年，《江苏教育》第6期封二"人物"专版给了我，使我有机会推出了我对语文的认知："语文就是教师引领着学生听说读写思的一方晴空，一片沃土。"对教学的体悟："在教学过程中，我致力于让阅读成为学生生活的常态，因为我认同阅读是人间最优雅的姿态；致力于让写作成为学生内心的需要，因为我懂得写作是人的心灵最自由的遨游。在教学过程中，我认为教师要注意帮助学生完善自己的知识建构，有意带领学生从'形而下'的层面向'形而上'的境界攀升，这是教师的能耐，也是教师的责任，更是教师的功德。"

当然，南京的很多报刊诸如《扬子晚报》《江苏教育报》《江苏教育研究》《教育家》《教育研究与评论》《精品》《莫愁》都发表了我的文学作品、教育随笔、教学论文，特别是《教育家》发了我的第一篇"卷首语"文字，《江苏教育》发了我的第一个"教学实录"，《教育研究与评论》发了我的第一篇课评，《扬子晚报》发了我的第一篇高考下水作文并且让我从此开启了已经持续7年的下水之旅。

当然，我摸索多年形成的"高中语文'四步作文讲评法'课堂教学模式"被公开推介出来，也是南京大学出版社。2009年12月，解读"南通教育"的丛书《高效课堂：模式与案例》出版，"语文卷"收入11个教学模式，其中有3个关于作文的，我的这个是其中之一。

2015年8月24日，江苏省常熟中学组织骨干教师到南京进行封闭式培训。应江苏省教师培训学会邀请，我赶到位于秦淮河畔夫子庙附近的一家宾馆做了题为"文字，为教育人生添翼"的交流。随后的四年里，在南京，我先后和南京市六合区、仪征市，苏州市太仓市，盐城市，湖南省常德市等教育同行做过专业分享。

2016年，在南师大的随园校区，部分同学组织1986届中文系毕业30周年聚会。于是我们欣然返校。见到了昔日的老师们，见到了很多年没遇到的老同学，见到了熟悉的校园。按照会务组的安排，四个班各有一个代表班级的发言机会，四班把这个机会留给了我。在聚会现场，我惊讶地发现，我是基础教育的唯一代表，这是当年南师大培养学生的主流方向吧？另外三个班发言的同学都来自高校，分别来自南京中医药大学、清华大学、苏州大学，他们都是学科领域的翘楚。

2017年年初，因为南京市五十四中时任校长周波（现任鼓楼区教育局副局长）的厚爱，"时鹏寿工作室"在该校挂牌。按照约定，我以每月一次的频率走进该校：听课，评课，磨课沙龙，论文沙龙，微讲座……

2017年年底，处在南京的江苏凤凰教育出版社出版了我的两本书——《让书香浸润生命——时鹏寿伴你品读经典》和《怎样上好语文课——时鹏寿解析精彩课例》。不仅没有像很多出版社那样要作者付出书号费、审稿费之类的，还付了我稿费，虽然稿费标准不算高。

2019年，南师大文学院所在的"中大楼"经过长时间的修复后再度投入使用，同时筹备成立南师大校友会的文学院分会。因为文学院师友的厚爱，我成为理事之一，应邀回院参加"中大楼"重新投入使用的庆典暨校友会文学院分会。于是，我又一次回到母校，而且住进了"南山专家楼"。更开心的是，在感受文学院赓续"江南文枢"的同时，结识了更多的优秀师长。

2020年，在宅家的这段非常时期，我把三十多年的作文教学的积淀进行了梳理，完成了两本书稿，一本是关于记叙文的，一本是关于议论文的。是南京师范大学出版社欣然接受了我的书稿，社领导张鹏、负责基础教育的主编姜爱萍女士在认可了书稿的质量和市场前景后，尽心竭力促成出版；而且就在我写这篇文章的当天，书稿刚刚通过了社里的三级论证。

虽然，38年来，也在南京长江大桥、紫金山、栖霞山、中山陵、明孝陵、雨花台、总统府、玄武湖、莫愁湖、夫子庙、鸡鸣寺、燕子矶、瞻园以及包括南京大学在内的多所高校等处留下过足迹，但是本文都姑且忽略，而是把注意力集中到自己成长过程中的所谓"高光时刻"，以此向南京这所名城致敬。

2020 年 4 月 9 日

大上海印象

上海，虽然历史不算久长，但是地位举足轻重。为了表示对她的敬意，人们常常以"大上海"称呼她。

第一次踏进上海，是 1985 年的 7 月。也是第一次实地领略她的风土人情，而且是比较深入的。

那是我大三大四之间的暑假，因为有个要好的同学在华东政法学院就读，南师大比华政放假早一个星期，我就利用了这个时间差，直接混进华政的学生宿舍住下。同学期末应考，我凭着一张地图在大上海游走。

依稀记得在中山公园、外滩、上海自然博物馆、上海博物馆、上海展览馆、豫园、上海动物园（原西郊公园）、上海植物园、龙华寺、龙华塔、龙华公园、万国公墓、上海市图书馆、中共"一大"会址、孙中山故居、周公馆（中共代表团驻沪办事处）、华政图书馆等处留下过足迹。

中共"一大"会址内有"一大"代表董必武 1956 年故地重游时题写的"作始也简，将毕也钜"，这是中国古代哲学家庄子的话。

会址内还有清朝的爱国老人一幅图画：在中国版图上，他画了鹰（美国）、青蛙（法国）、狗（德国）、狗熊（沙俄）、太阳（日本）、虎（英国）等，形象地表明清政府在世界的处境。因其形象有趣而留下极深的印象。

上海植物园以其千姿百态的植物如珊瑚树、米兰、柠檬、杧果、香蕉、龟背竹、七叶树、开花扶桑（绿叶红花）、树梅、变叶木、紫罗兰等让人流连。特别是"园中之园"的盆景园，有"舒卷江山图画""十八罗汉朝南天""沙漠驼铃"等盆景，或悠远，或空旷，或挺拔，或潇洒，异彩纷呈，各有境界；更有众多名人书法，如王个簃（"盆景园"）、谢稚柳（"山林清胜"）、胡子遂（"四景轩"）等。

最是难忘的是交通。从南京到上海还好，两个大城市，火车可达。从上海回如皋就麻烦了：先要到十六铺码头乘江轮（江申111号251次）到南通，需要7个多小时；再从南通乘汽车回如皋，又要近3个小时。而今从如皋去上海，自驾车只要2个多小时。不久的将来，高铁通车了，只要半个多小时就可抵达。这社会的进步可是日新月异呢！

随后的30多年里，记不得多少次走进大上海，更记不得多少次行经大上海——特别是虹桥机场和浦东机场。但是都是有事而往，不是传统意义上的旅游。

不过，有几次在大上海的经历还是有着很深印象的。

1992年筹备婚礼时，我们专门到上海选购过衣服。

今天的人们可以足不出户，淘宝、京东、萌推之类的网站就会把你需要的穿的、吃的、用的各种东西快递到你的手上。所以，有些人很难想象我们的上海购物之举。不是你不明白，是这个世界变化快！

在上海当时最繁华的南京路上，我们在一家又一家商店里进进出出。清楚地记得，那时一年到头都西装革履、领带加持的我，买了一套西服，灰色的，有着隐隐的竖条纹，花了400多元，穿了很多年，至今还在挂衣橱内挂着，没舍得扔掉。

2007年暑假，南通市教育局组织、如皋师范承办的学科带头人、骨干教师培训在华东师范大学参加。于是，在这里，我们有了数日的学习经历。

华东师范大学是全国师范院校里的翘楚，在教育界享有盛誉。他们安排的主讲专家非常给力。

为我们讲了一整天的"科研策略与规范"的胡东芳博士给我的印象特别深刻，甚至是震撼。他在读博的三年内，竟然出版了9本书，发表了82篇论文。这是怎样的创造力！他还为我们解读了他为孩子取名"胡康德龙"的深意："康德"是德国著名哲学家，代表西方；"龙"是中华民族的象征，代表东方。"康"寓意健康，"德"寓意道德。这番解读形成文字后，让他在《新民晚报》的征文大赛中拔得头筹。

拥有双胞胎女儿的研究员唐思群分享了"师生沟通的艺术"，教授、博导王斌华分享了"校本课程开发的理论与方法"，上海新中中学的体育教师出身的特级教师、特级校长徐阿根分享了"名师成长轨迹研究"，教授、博导单中惠分享了"国际教育改革与发展"，王洁博士分享了"课堂研究的视角、方法和案例——教师在教育行动中成长"：他们的视野之广、思虑之远、专业之精，多有过人之处，让受众如沐春风，受益良多。

8月4日下午安排的是科研课题示范性开题，我和通州刘桥中学王新彦、通州金郊初中顾炜、通州高级中学管宏斌四人先后登台开讲。

为此，3 日做演示 PPT 课件直至深夜。

为此，未能亲临市里在如皋大剧院召开的人才工作会议，作为首届"优秀人才"之"如皋市名教师"十人之一，只好委托家兄前往代领荣誉证书和奖金。

南师大学长、时任如皋师范教务处陆处长以承办方的具体负责人的身份全程都在。在我的住处，他带着"贵烟"来，热情地邀请我陪他抽烟，喝着茶、聊着天，你一支我一支地抽着，不抽烟的我居然"醉烟"了：手没轻重地按翻了床头柜，还摔碎了茶杯。

2012 年初，为陪女儿参加复旦大学自主招生的面试，我们走进了这所在国内排名列前的名校。

为了这次面试，我们先请如皋中学高三年级沈主任、资深英语顾老师分别做了辅导；然后，我亲自上阵，为女儿做面试的全程培训。

我们的策略：战略上藐视，战术上重视。

我对她的要求：精神饱满，气定神闲；有条不紊，滔滔不绝。

我们的预设题：

1. 你们学校把唯一的"推优生"资格给了你，你认为你与你的同学相比优势何在？

2. 你的父母都是从事教育工作的，而且也很优秀，你怎么选择了学医的呢？

3. 你选择复旦大学，看中了她什么？

4. 你选择复旦大学上海医学院，看中了她什么？

5. 你的两个志愿中，一个是医学，另一个是文学，你是怎样考虑的？

2 月 11 日下午，我们全家专车抵沪。在沪的大学同学、供职于上海大学的张博士带我们在她的校园内兜了一圈，再到她三层小楼的家小坐，然后到"轩乐诗"聚餐。同在沪的大学同学、供职于上海伽马刀医院的鄂女士，大学同学、供职于浦东的一家媒体、女儿同年参加上海财大的自主招生且被预录取的郭主编都拨冗前来相聚。毕竟同学情深！我们班也就他们仨生活在上海。他们对女儿的自主招生面试给予了不少建议。

随后，我们入住了"复旦正大管理发展中心"；还把面试的具体地点摸清楚了。

翌日，几分钟的步程后，目送着女儿进入了面试点，我们在校园里溜达。两小时后，女儿欢快地出来了。

女儿是所在面试组的6号。在候面室内，有电视可消遣，声音低低的，放着纪录片。

据说，出场面试的是四个教授，清一色的男性，坐在一张长桌的后面，应试者坐他们对面，前面有一张一小桌。坐中间偏右的面试组长先开口："请你做下自我介绍，再说说为什么要上复旦。"

女儿的自我介绍是用江苏语文高考的作文题串接的，从名字、性格、特长、理想四个方面介绍：

2011年的"拒绝平庸"：希望成为有价值的人，我一直在拒绝平庸。我的名字也是不平庸的名字——"时"是少见的姓氏，"嘉""姝"同义，寓意美好，古有"家书（嘉姝）抵万金"之说，我虽然是"千金"，却想把自己的价值提升，自然是期待不平庸的人生。

2004年的"水的灵动，山的沉稳"：灵动即积极肯定现状、随机应变，沉稳即沉着大气、有条不紊。灵动与沉稳，这如同水和山两种看似不同的性格，在我身上很好地融合了。

2009年的"好奇心"：我的爱好比较广泛，二胡、舞蹈、跆拳道、写作、素描等都有涉猎，这一切无不源于我的好奇心，源于我对美的探求。并且我相信，好奇心也会成我未来人生的助推剂，让我以同样的热情投入到学习、工作中去。

2008年的"怀想天空"：我的理想是成为一名肝脏科的专家，它如同启明星挂在天空上。我想着它、看看它，跳高去触碰它，然后在复旦为自己制造飞行器，坚定不移地向它飞去。

2007年的"人与路"：一路走来，取得了不少成绩，也认识到自己的不足。所幸才刚刚启航，一切都来得及。接下来若是有幸能和复旦结伴而行，一定可以欣赏到别样优美的风景。

其间，其他三个教授都埋着头看什么东西。当女儿说到"我爸说他上的211高校，我怎么也得上个985高校吧"时，其他3个教授也抬头来看了。组长根据自荐材料追问："为什么你初二的时候就坚定了学医的志向啊？""因为初二的时候我弟被车撞了，所以刺激了我……"

组长右边那个穿天蓝运动服、胖胖的教授接着问："你想学医，现在医患关系紧张，你怎么看待？你以后做了医生，怎么处理？""看待这个问题要从是什么、为什么、怎么做来考量……"

最左边的那位教授接着问："你说你拒绝平庸，你觉得什么是平庸？""大多数人都很平凡，但是平庸有贬义。第一点，道德不高尚的人平庸；第二点，浪费社会资源的人平庸……"

中间靠左的那位教授接着问："你觉得你身上有哪些平庸的地方？"女儿回答："我肯定是有缺点的，但是我不认为这是平庸。"教授说："那你就说说缺点吧！"在女儿表达的过程中，组长打断说："到大学可能不那么突出了，怎么调整心态啊？"女儿说："如皋中学本来就是很好的普高，所以进如中就已经调整过心态了……"

最后组长说："要不是时间有限的话，还想请你来段舞蹈。"大概因为女儿的自我介绍中提到了舞蹈吧。

女儿感谢了面试她的教授们，就出了面试室。

前后仅一刻钟。

听女儿复述了全过程后，我们心中有了底。

此次面试是没有参加"千分考"的学子（冲过"千分考"的学子要到 18 日才面试）：苏浙沪共 237 人——上海的 109 人，浙江的 37 人，江苏的 91 人。

幸运的是，女儿成为"望道计划"430 人中苏浙沪的 186 人之一，其中苏 70 人，浙 33 人，沪 83 人；其他 244 人从京津闽粤等省市产生。

之所以如此详细地记写这次面试，一方面是这是一次成功的面试，它让女儿圆了"复旦梦"；另一方面是很多人会面对高校自主招生的面试、求职的面试等，这些可能会对他们有所启发。

2020 年 4 月 18 日

三进北京城

北京是我们国家的首都，历史悠久的她有很多的"符号"，比如天安门、故宫、圆明园、香山、万里长城，比如北大、清华、人大，比如中央电视台、鸟巢，比如人民大会堂、毛主席纪念堂、人民英雄纪念碑，比如各种博物馆、纪念馆，比如京剧、老舍……

千禧年以前，北京于我，就是在图书里，在影视里，在别人的各种讲述中。

2000 年 10 月，我第一次踏进北京城，为了精准备战高考。

2006 年暑假，我第二次踏进北京城，为了个人专业成长。

2013 年 1 月，我第三次踏进北京城，为了学校科研课题。

当我列出这个时间表的时候，许多记忆涌到手指之端、键盘之上。

第一次是十几个人结伴，从苏州乘火车去北京的。为了当时被捧上神坛的"高考信息发布会"。因为没有进入后来的多省市自主命题格局，还是全国统考，所以在北京的这样的会议，谁也不想错过，谁也不敢错过。

19 日下午 4 点上车，20 日清晨 7 点到达，除掉去苏州的两个多小时，仅火车上就是 15 个小时。在玉泉酒店安顿好了，我们就去了卢沟桥，石狮和桥面给我们以很深的印象。

很多人对卢沟桥的记忆是和"卢沟桥事变"联系在一起的，而且恐怕也仅止于此。1937 年 7 月 7 日，日本发动全面侵华战争，中国抗日军队在卢沟桥打响了全面抗战的第一枪。

其实，始建于南宋淳熙十六年（1189 年）的卢沟桥是北京市现存古老的石造联拱桥。全长 266.5 米，宽 7.5 米，桥两侧雁翅桥面呈喇叭口状。1985 年，卢沟桥正式退役。1988 年 9 月 3 日，一个霹雳将卢沟桥北侧东起第 68 根栏杆望柱击坏，望柱上的石狮也同时损坏。两侧桥栏有石雕栏板 279 块，望柱共 281 根。望柱间距 1.8 米至 2 米，柱高 1.4 米。每根柱头均雕有大石狮，共 281 个，大狮身上有小狮 198 个，顶栏上 2 个，华表上 4 个，大小总计 485 只。1997 年 6 月，对部分被雷击坏的石狮和望柱进行了修缮补救。这里的数百个石狮子历经金、元、明、清、民国、新中国各个时期，融汇了各个时期的艺术特征，成为一座自金代以来历朝石雕艺术的博物馆。

它的桥面也和常见的桥面不一样，它不平坦，仿佛是鹅卵石铺成的，不实用，却更具观赏性。

随后，还路过了即将竣工的中华世纪坛、向往已久的中央电视台，但是都不得其门而入。

21 日开始，连续三天都是专家报告：听傅文昌老师布道，听陈天敏老师布道，听姚家祥老师布道。三位都是当时语文界频频亮相的响当当的人物。他们从阅读到写作，从命题到应试，和我们分享了他们的智慧。平心而论，在互联网还不很普及的当时，这样的高屋建瓴的引领是有价值的。也让与会者有不虚此行的感觉。

接下来的几天就是我们自由放飞的时光：当时没有现在执行得很

严的"八项规定"之类的，而且，从某种意义上说，高考信息发布会出席对象都是各校学科的中坚力量，与会有奖励性质，游览是其中应有之义。于是，在故宫、八达岭长城、十三陵之定陵、香山、圆明园、清华大学、毛主席纪念堂、中国革命博物馆、军事博物馆、天坛公园等处，都留下了足迹。

最震撼的是在圆明园。

始建于1707年（康熙四十六年）的圆明园最初是康熙帝给皇四子胤禛（后来的雍正帝）的赐园，康熙为之题匾"圆明园"（圆明是雍正法号）。经过康熙、雍正、乾隆、嘉庆、道光五个朝代150多年的持续建设，在这20万平方米的空间里有150余景，有"万园之园"之称。被誉为"一切造园艺术的典范"，被法国作家维克多·雨果称誉为"理想与艺术的典范"。然而，1860年10月6日，英法联军洗劫了圆明园，抢掠文物，然后，居然焚烧！这帮畜生，竟然如此践踏人类文明。1900年八国联军之后，圆明园又遭到匪盗的打击，终于变成一片废墟。其宏大的地域规模、杰出的营造技艺、精美的建筑景群、丰富的文化收藏和博大精深的民族文化内涵都成为过去！

只有废墟，成片成片的废墟！

26日，我们还特意早起，只为观看天安门广场的升旗仪式。这，也许是初到北京的游客的不二之选。在现场看升旗的感觉，有强烈的参与感，和在影视中看升旗的感觉是很不一样的。

27日离京前，我们还赶到新东安市场，买了北京烤鸭——形式大于内容的行为！

特别离奇的是，住宿安排不凑巧，唯一的女性被安排在该校的一位主任和我共同的房间，她住在我们套间的小房间里。这件事从入住的那一刻开始就成为话题，而且无巧不成书的是，此后数年，她成为我妻子一个学校的同事，她丈夫也成为我一个学校的同事，大家经常拿这件事打趣。算是首次进北京的余绪吧。

归程乘飞机，起飞晚了一个多小时。接机的汽车又晚了近一个小时。那时的交通和现在还真有差距。

回来后的第二天，如皋市教育局在安定小学召开高三教学工作会议。语文组活动时，我被安排汇报了北京的专家报告的主要内容。

2006年，南通市教育局委托南通大学继续教育学院组织学科带头人培训，我在其列。为了不错过这次安排到北京大学的高层次研修班学习，我不得不错过了大学毕业20年的轮庄到徐州的同学会，还承诺了学校方面的考察不出北京城的要求。看来，成为北京大学的"学生（员）"，总是要付出代价的。

7月30日午后，我与丁非、陈柏华、王桂林、沙建华、吴晓梅同车前往南通大学培训中心集中，陆续遇到了如皋方面的崔迎春、王祥、田凤翔、苏宏祥等人。动员会议后，从南通乘大巴到扬州，再改乘Z30次新空调硬座直达卧车，20：10发车，火车一路晃荡着，近十个半小时的苦征后，于翌日凌晨6：38进入北京。

31日，周一，大雨滂沱。7：38，进入北大校园。

9：48，到达北大电教楼314室，参加"开训典礼"。

然而，此刻，此处，居然没有电！

时任北大继续教育部副部长侯建军致欢迎辞，时任南通市教育局副局长王笑君讲话。

随后，时任中国教育学会副会长陶西平开了第一个讲座：以学习促发展。陶会长分享了"教育是一门专业""教育是一种服务"（教师的专业发展应当建立在了解学生，有针对性地为学生服务的基础之上；

学校是教师和学生共同发展的地方；学校应当为教师搭建创造工作成就，享受工作快乐的平台；要关注教学研究的不良倾向：去知识化——忽视教师学科素养的提高，纯理论化——忽视行动研究，纯方式化——忽视教学内容的研究，单课展示化——忽视常态教学、单元和学段教学工作的整体研究，去问题化——忽视生成性问题，"快文化"——忽视教学研究的周期和规律……）和"教育是一项集体智慧"等观念。

他说：新课程的灵魂是为了中华民族的复兴，为了每一个学生的发展。

他说：如果用30分钟看一所学校，那就看玻璃，看厕所，看课间操，看合唱。

当天下午，时任教育部课程中心主任助理刘坚做题为《新课程：实践与反思》的报告，四个小时，先是互动，后是演讲。现场效果很好！

这天是我的生日，因为身在北大，心里居然有漾兮兮的感觉。

8月1日，周二，阳光明媚。上午7：10进入北大校园，到"塔""湖""图"实地观赏、体验。

8：30，著名作家曹文轩教授闪亮登场。老家是江苏盐城的曹教授与中学关联很深，他常常深入基层学校——仅如皋就多次光临，做过很多讲座。他编了很多教材，自己也有不少文章收进中小学教材。

曹教授主要围绕三句话做了分享："面对苦难，我们应抱有感恩之心""没有情调的人生是一种质量低下的人生""能够感动，这是一个人的美德"。

课后，我与曹教授进行了面对面的沟通。

具体情形，我写成了《与著名作家曹文轩面对面》，发表在2006年9月15日出版的《学子读写》上。

当天下午，北大物理系78岁高龄的赵凯华教授来布道。一气而下

4个小时，而且思路清晰。课题《中国传统文化与现代科学》虽然不怎么引人，却也颇有听头，关键是思想与材料并存。

8月2日，北大哲学系教授王博（现任北大副校长）开讲《儒家与道家》。王教授生于内蒙古赤峰，1992年博士毕业后就留校任教，长着一张娃娃脸。

他从北大的"一塌（博雅塔）糊（未名湖）涂（图书馆）"说起，称人成长的过程就是越来越"糊涂"、越来越"虚伪"的过程。

他说：泰山如坐，嵩山如卧，华山如立；泰山好比儒家，嵩山好比佛教，华山好比道家。

他说：儒家与道家差别很明显：儒家——热，是春天，是青年人的，刚，强调普遍性，重有用，"以己养养鸟"，统一，重教化；道家——冷，是秋天，是老年人的，柔，强调个体性，重无用，"以鸟养养鸟"，多元，任自然。儒家用语言去教育，道家用沉默去教育。

他启迪思考：树因为有用而被先砍，鸡因为有用而被保留——人到底应该有用还是无用？当在"有用与无用之间"。

在课堂推进过程中，有"北大三最教授"（最年轻、最帅、最受学生欢迎）之誉的王博突然指名"高明"先生回答"美国人爱不爱这个世界"的问题，我知道，这是在调侃我"高处明亮"。于是，我心领神会地站起来回答："他们以他们的方式在爱。"这被王教授确认为"一个非常高明的答案"。

当时，电视台热播《王保长》，于是，具体负责培训安排的南通大学继续教育学院王宝军副院长被大家呼为"王保长"，和我一样收获了一个雅号。

8月3日上午，北大教育学院副教授汪琼女士就《学校教育技术》进行互动式教学。有意思的是，随机派发"遥控感应器"时，我竟然拿到了 1 号。

下午，北大教育学院教授、已经上任 5 年的北大附中校长康健以《教育与教师》为题开讲，主要讲了两个话题：一是怎样理解教育？二是怎样理解素质教育？

康校长说：教育是人类有意识、有目的、有计划促进自身生长、发展和实现社会化的活动。教育的本质是即时交流。教学，是教师的"圣事"。能否与学生亲和、交流，是每一个教师的基本素养！教师从教七八年会面临"职业倦怠问题"，因此，需要经常"充电"。

康校长认为：在中学教学实践中，本科生较硕士生、博士生受欢迎。因为，硕士生、博士生的思维方式、生活节奏很难调整过来！

8 月 4 日上午，北大心理学系讲师易春丽老师做题为《心理压力的识别与应对》的讲座。

8 月 5 日上午，特级教师、北大附中张思明副校长做题为《用数学激发创造，和学生一起成长》讲座。张校长祖籍苏州，先后执教过多个学科：历史、物理、语文、计算机、数学，跨高一、高三年级教学。与那些把老百姓都明白的事用老百姓不明白的话把老百姓侃晕的所谓"专家"不同，他是真正的专家！虽然我们不是同一学科，但是启迪很大。他是真正的"特级"，我们不少"特级"其实"不特别高级"甚至"特别不高级"。

下午，教育部师范司师训处长唐京伟做《素质教育与教师专业化发展》报告。

随后举行了结业典礼。北大网络学院李慧主任主持。学员代表朱洁芬、陈柏华先后发言，说得都还不错！

我领到了北大的"结业证书"，编号"继教字第 4066150533 号"。说实在的，这次来自各个领域的专家、名师的智慧分享，对开阔我们的视野、启迪我们的智慧、涤荡我们的理念是很有裨益的。

回苏直飞无锡"硕放机场"。虽然坐在 7D 座，还是到空着的 3A 座花半小时好好地观察了万里晴空。

在不少文学作品中，人们习惯用"朵朵白云""乌云翻滚"之类的词汇来写云彩，其实未必恰当。像那天的好天气，有时似乎没有一丝云彩，视线可以直达地面，建筑、农田、水域、公路、铁路等，虽然我们处在 1 万多米的高空；有时成片的云彩如同连绵的山峰，高低起伏；有时是白云堆堆（想来想去还用"堆堆"比较合适），但是似乎稳稳地架在空中，一动也不动……

其间，多次逛书城，在"风入松""北京图书大厦"多处转了又转，入手了十数本书。

2013 年 1 月 5 日清晨 7：22，平生第三次抵达北京火车站。坐 9 路车奔北京西站旁的"中裕世纪大酒店"。12 站路，仅象征性的 1 元车费！与江苏省太湖高中教科室化学背景的邓文杰主任共处一室。

6 日安排了三场专家报告，主讲专家郑增仪、汪明、蒋国华。

还遴选了一些学校做大会交流，包括我校。我代表学校做了关于师资队伍建设内驱力问题的发言，一个原生态的表达，没有习见的 PPT 展示。

7 日，我们先后走进了首都师大附中、北京市第八十中学参观学习。

首都师大附中在海淀区，与北大附中、清华附中、人大附中、101 中学并名。1914 年建校，差不多是个百年老校了。本部面积仅 42 亩。时任校长沈杰，数学特级教师，一个很有想法、非常干练的女性。

北京市第八十中学在朝阳区名列前茅。1956 年建校，占地 140 多亩。时任校长田树林，女，生物特级教师。该校的孟尧和王满强被冠名小行星了。2011 年 9 月 9 日，时任中共中央总书记胡锦涛、国务委员刘延东到校视察、慰问。2011 年 11 月 2 日，该校"金帆乐团"在奥地利维也纳金色大厅举办了"聆听金帆"专场音乐会，庆祝中奥建交40 年暨学校建校 55 年。该校办学实绩及影响力可见一"斑"。

8 日，安排了两个报告。主讲专家是总课题主持人、北京师范大学裴娣娜教授和老科协教育分会常务副会长孙学策教授，他是时任中央政治局常委、中央纪委书记王岐山读初一初二时的班主任。

延续每到外地必逛书店的传统，在"王府井书店"，看到《在北大听讲座》，欣然购之，有八个主题共 44 个讲座，便觉得很值得。

还有一个小插曲：现供职于中共中央组织部的、我 1986 年第一年执教的一个学生设"西湖汇"晚宴招待我，恰好在京的、同为他语文老师的徐海峰先生也应邀出席。我因为对忽上忽下的地铁不对付，约就读于北京外国语大学的陈赟领路，席间遇上了如皋在京的两个老乡、南师大同门——2005 届毕业生、从学校团委借调在团中央的刘立为，1999 届毕业生、牛津大学博士生、自主创业的卢五一。那个夜晚，六个和如皋有渊源的人相谈甚欢。氤氲的乡情驱散了冬夜的寒气。

迄今，三进北京城，我都是师者，有所为而来，来也匆匆，去也匆匆。

他日，身无挂碍时，想待几日就待几日，想到何处就到何处，那感觉肯定大不一样。

会有这一天的！

2020 年 4 月 22 日

人间仙境——武夷山

国庆节快到了！

今年的国庆节我会在哪里呢？老实说，现在我还不能确切地知道；但是我清晰地记得，去年的国庆节我是在人间仙境——武夷山度过的。毫不夸张地说，武夷山给我留下了美好而又深刻的印象，不仅因为她在自然风貌方面的特色，更是由于她浓烈的人文色彩。

武夷山风景名胜区是经国家旅游局正式批准的国家 5A 级旅游景区，根据资源的不同特征划分为西部生物多样性、中部九曲溪生态、东部自然与文化景观以及城村闽越王城遗址 4 个保护区。西部生物多样性保护区分布着世界同纬度带现存最完整、最典型、面积最大的中亚热带原生性森林生态系统；中部涵养着九曲溪水源并且联系着东西部，保持了良好的生态；东部山与水完美结合，人文与自然有机相融，以秀水、奇峰、幽谷、险壑等美景、悠久的历史文化和众多的文物古迹而享有盛誉；闽越王城遗址则是江南保存最完整的一座汉代古城址，在创建选址、建筑手法和风格上独具一格，是中国古代南方城市的一个典型代表。

武夷山已知的植物多达 3728 种；已知的动物有 5110 种。难怪乎中外生物学家把武夷山称为"研究两栖、爬行动物的钥匙""鸟类天堂""蛇的王国""昆虫世界"。专家学者尽可以沉迷于这个博大的天地里，从中获得无穷的乐趣。

在导游的引领下，我们把汗水挥洒在武夷山风光精华所在的天游景区。有道是："不到天游，等于白游。"为了不虚此行，流再多的汗也是应该的。天游峰是一条由北向南延伸的岩脊，东接仙游岩，西连仙掌峰，削崖耸起，壁立万仞，高耸群峰之上；虽然相对高度只有215米，但是408米的海拔高度让她显得比较挺拔。虽然鼓勇直上，那数百级陡峭的山阶还是迫使我们中途几度歇脚。付出了气喘吁吁的代价后，我们登顶了。顶峰有个"一览台"，驻足其上遥望云海，有变幻莫测之感，宛如置身于蓬莱仙境，遨游于天宫琼阁，"天游"于是得名。"一览台"是一处绝好的武夷山水观赏台，据称，随着时序流转，在这里可以观赏到日出、云雾、佛光、夕阳、明月等天游五绝，因为时间的关系，我们只能领略个中云雾的风采。从"一览台"上俯瞰九曲溪，武夷山水尽收眼底，令人心胸开阔，陶然忘归。始觉明代著名地理学家徐霞客"不临溪而能尽九溪之胜，此峰固应第一也"的赞语不虚！

饶是如此，我们还是亲临了九曲溪。毕竟，远观不如近历；更何况还有那"不坐竹排（竹筏），等于白来"的诱惑呢！这里的游客实在太多了！经过漫长的等待，我们自由组合的6个人身着救生衣上了竹筏。竹筏宽约2米，长约9米，样子比较古朴。时不时地会有溪水穿上筏面袭击我们的鞋子。竹筏的主人是个快言快语的小伙子，同筏的烟民不断殷勤地敬烟更激发了他说话的热情，于是我们在领略"一溪贯群山，两岩列仙岫"的独特美景的同时，还听到了许多沿途景观的趣闻传说，其中还有不少"带彩的"文学。山临水而立，水绕山而行，峰岩高低、河床宽窄、水流急缓、视域大小、视角仰俯等都达到绝妙的程度。在筏上，抬头可见山景，俯首可观水色，侧耳能听溪声，伸手能触清波。竹筏水中流，人在画中游。

绝壁岩洞中的架壑船棺和虹桥板特别引发了我们的兴趣：那么高的山，那么陡的壁，这些东西是怎么弄上去的呢？这些古先民的丧葬遗存，距今3000多年了。武夷架壑船棺是现今国内发现年代最久远的悬棺；棺中的棉布残片是中国迄今发现最早的棉纺织品实物。武夷山被考古学家认为是悬棺葬俗的发祥地就不无道理了。

约90分钟的时间，19里的水程，36峰、99岩倏忽而过。浪击轻舟、篙点褐石、绿树红花、流水游鱼、泉歌虫鸣、浮云飞鸟……让人流连！

在有"全国第一长"（178米，时有白蝙蝠出没）之誉的"一线天""虎啸岩"（豪情满怀地爬过"好汉坡"）、"定命桥"（说什么官运、财运、桃花运均系于此，呵呵！）、"止止庵"（一个道教的庵）、宋街（仿古如古的地方）等处，我们都留下了足迹。

忽然想到一个问题：武夷山何以名武夷山的呢？原来还有两种传说。一说唐尧时代有一长寿老翁隐居此山，生有二子，长曰武，次曰夷。二人开山挖河，率众农耕；后人为纪念他们，就把此山称为了武夷山。一说此地为古越人的栖息之地，古越人的首领叫武夷君，后人就把此地称作武夷山了。如此说来，无论取哪一种传说，都能够看出武夷山历史的悠久。

武夷山本来就够出名的了：天游峰近百处的摩崖石刻中有"第一山"，是这里石刻中最大的一幅，系道光壬辰冬武显将军岭南徐庆超题写的，意思是说天游峰即是"武夷第一胜地"，理应号称"第一山"（一说武夷山是道教名山，列三十六洞天中的第十六升真元化洞天。道教的创始人是老子，老子天下第一。因此，他所占居的名山，就应该是天下"第一山"。层现错出的"一说"足以说明这里是如何吸引天下人的目光！）；汉武帝时曾派使者在此设坛，用干鱼祭祀武夷君；唐天保年间，朝廷封武夷山为"天下名山"。如果还有名人与她结缘的话，山以人名，这山就更加了不得喽！

可不，还就有这么一个人与武夷山姻缘深厚。谁？朱熹呗。

朱熹从 14 岁到武夷山，直到 71 岁去世，在这里从学、著述、授徒有 50 多年。朱子理学在这里萌芽、成熟、传播。他创办的武夷精舍等书院成为当时最有影响的书院，直接在武夷山受业于朱熹的学者有 200 多人。在朱熹的影响下，历代理学家纷纷以传道为己任，在武夷山溪畔峰麓择基筑室，著述授徒，武夷山遂成为理学名山。

在中国文化史上，武夷山与泰山各有千秋。泰山孕育孔子，武夷山造就了朱熹，朱熹集孔子以下学术思想之大成，构建了完整的儒学思想体系——朱子理学，成为中国封建社会后期700余年间的正统思想。因而国内外学者普遍认为，在中国文化史、传统史、思想史、教育史和礼教史上影响最大的，前推孔子，后推朱熹。朱熹的影响远及东亚和欧美诸国，至今，国外还保留着日本朱子学、朝鲜朱子学（退溪学）等，世界上几十个国家的专家、学者致力于理学思想的研究。改革开放以来，国际朱子理学研讨会在夏威夷、厦门、武夷山、台北召开了 4 次。这份殊荣属于中国，当然也属于武夷山。著名历史学家蔡尚思教授赞誉："东周出孔丘，南宋有朱熹。中国古文化，泰山与武夷。"这是有历史眼光的。

佛家讲究"过眼即是拥有"的境界。从这个意义上说，于武夷山而言，我也是一个"富有"的人了。希望大家有朝一日也能成为"富有"的人。

《特色教育探索》2009 年第 9 期

写在书后

本来，初稿是 168 篇文章，30 多万字；因为丛书规制，因为编审意见，不得不一再"割爱"，于是精选出这60多篇，虽非"精思傅会"，倒也卅年乃成。

有个成语"敝帚自珍"，说的就是时师我此刻的心境。

尽管这个文集中过半的文稿在各级各类报刊上公开发表过，然而因为成稿的时间跨度长达三十年，因为有些文稿是未经深思熟虑的"急就章"，因为有些文稿是"戴着镣铐跳舞"的，所以，文章质量的参差是显而易见的。

但是，我结集的初衷是为了人生留痕：在半个多世纪的人生旅程中，做过什么？见过谁？到过哪里？想些啥？感觉怎样？说得更直白些，主要是写给自己的文字。如果还有人也愿意看看，甚至看了之后也有所裨益，那自然是我非常高兴的事情。

古人云：必也正乎名。

为此，时师颇费踌躇。

几经斟酌，还是定名为《生正逢时》。因为，我们生活在一个好的年代：就微观而言，求学阶段成本不高，大学毕业分配工作，参工之后职评常态，成家之际福利分房，生育自有计划政策，孩子高考自主招生……从宏观考量，60 年代生人，躬逢改革开放，社会由计划经济向市场经济转型，变化可谓一日千里、翻天覆地。社会发展的节奏之快，数十年经历了此前数百年都罕见的种种新生事物。譬如通信的升级换代，譬如交通的日新月异，譬如住房的不断改善，譬如饮食的日趋精美，譬如衣饰的丰富多彩……

根据文章内容，粗略地切分为三个板块：人事代谢，生活百味，江湖行走。

人事代谢，主要是家人，身边人，中外名人，当然，还有自己。

生活百味，主要是日常生活的记写，以及感悟，满满的烟火气。

江湖行走，主要是为这些年到过的一些地方留痕，系写实版的。

文稿长短不拘。内容驳杂，当然也可以说丰富。写法多样，因为很难划一，也不应该划一。如斯，不同的读者会有各自的阅读兴奋点，可以满足多样的"阅读期待"。

文稿中提及了不少人，多是"实事求是"的记写；当然，有时师情感的融注，个别地方不可避免地"失事求似"了。套用比较成熟的说法：大事不虚，小事不拘。

说过了《生正逢时》的"形而下"，再说说《生正逢时》的"形而上"。

这是一个散文结集，当然要说说散文。

因为不少人对散文的认知有误解，于是散文的道路上人山人海，摩肩接踵，热闹非凡，散文的作者队伍非常庞大。

对于散文，都知道"形散神不散"的道理，然而知易行难又是不争的事实。

对于散文，都知道郁达夫的"一粒沙里见世界，半瓣花上说人情"的妙说，却常常只有"一粒沙"与"半瓣花"而不见"世界"和"人情"。

首届冰心散文理论奖得主王兆胜教授说：如果小说没有故事性、诗歌没有诗意、戏剧没有强烈的矛盾冲突，它们就很难成为其自身。这就决定了小说、诗歌、戏剧的文体意识较强，其边界也是比较明确的。比较而言，散文文体就不明确，也很难对其进行规范和定位。究其因，主要与视野有限、静态理解和缺乏超越性有关。散文文体的最大特点和魅力是其张力结构，这包括：开放包容与纯粹精致、大胆解构与积极建构、实用性与艺术虚构、陌生化与心灵对语，等等。

中国报人散文奖得主、丰子恺中外散文奖得主，致力于散文写作实践和理论研究的如皋籍著名作家徐可认为：在我国古代，散文是一种高贵的文体，古人以写出好文章为荣，诗词、歌赋、戏曲、小说都不能与它相提并论。时至今日，散文已经脱去贵族气，回归人间，成为大众写作的最平常的文体。但是我们不能数典忘祖，不能丢了前人创造的这笔宝贵财富。

他在《呼唤散文的古典美》一文中整合了香港作家董桥的"散文须学、须识、须情，合之乃得"的观点，调整了顺序，提出了散文"三有"：首先，散文须有"情"；其次，散文须有"识"，就是有担当、有见识、有胸怀、有格调；再次，散文须有"学"，一是有文化底蕴，二是有文学素养。

他认为：有"情"、有"识"、有"学"，佐之以"才"，庶几能够撑起一篇优秀散文。

时师对散文也略有心得。早年，对散文写作，曾经提出过"四文"说：文胆，即主题；文脉，即结构；文化，即内蕴；文采，即语言。

好的散文，应该是"四文兼具"的。

说了这么多，旨在和文友们分享好的散文评判的标准，实际上也是好的散文抵达的路径。虽不能至，然而可以心向往之。

以上述诸多对好的散文的解构，比照《生正逢时》的篇章，时师深知其间有上升的空间，而且有的篇章的空间还比较大。但是，"不悔少作"也是一种写作的态度，权当留此存照吧。

"凡是过往，皆为序章。"

"而今迈步从头越。"

继续前行，永远在路上！

写于"时鹏寿工作站"

2020 年 6 月 6 日初稿

2020 年 12 月 31 日定稿